KB236192

▲ 연설중인 J. M. 쿳시

▲ J. M. 쿳시가 재직했던 케이프타운 대학 전경

▲ 소설의 배경을 이루는 흑인 거주 지역들

▲ 케이프타운 대학 재직 시절의 J. M. 쿳시

▲ 케이프타운 대학 교정에서 역자와 함께

J.M.Coetzee
DISGRACE

J.M.Coetzee
DISGRACE

J.M. 쿳시 지음 · 왕은철 옮김

동아일보사

추락

초   판 1쇄 발행 2000년 4월 8일
개정판 7쇄 발행 2009년 8월 5일

지은이 | J. M. 쿳시
옮긴이 | 왕은철

발행인 | 김재호
편집인 | 이재호
출판팀장 | 김현미

편집장 | 윤성근
마케팅 | 이정훈 · 유인석 · 정택구 · 이진주
인쇄 | 삼영인쇄사

펴낸곳 | 동아일보사
등록 | 1968.11.9(1-75)
주소 | 서울시 서대문구 충정로3가 139번지(120-715)
마케팅 | 02-361-1030~3 팩스 02-361-1041
편집 | 02-361-0991 팩스 02-361-0979
홈페이지 | http://books.donga.com

ISBN 89-7090-339-9 03840
값 11,000원

卒
弘

그는 이혼까지 한, 쉰둘의, 남자치고는, 자신이 섹스 문제를 잘 해결해왔다고 생각한다. 그는 목요일 오후, 차를 몰고 그린포인트로 간다. 두 시 정각에 윈저 맨션 입구에 있는 부저를 누른 뒤 이름을 밝히고 안으로 들어간다. 그러면 113호실 문 앞에서 소라야가 기다리고 있다. 그는 향긋한 냄새와 은은한 조명이 적절하게 뒤섞인 침실로 곧장 들어가서 옷을 벗는다. 소라야는 욕실에서 나와 옷을 벗고 그의 옆으로 들어온다.

그녀가 묻는다.

"저 보고 싶었어요?"

"난 당신이 늘 보고 싶어."

그는 이렇게 대답하며, 햇볕에 타지 않은 갈색 꿀 같은 그녀의 몸을 쓰다듬는다. 그는 그녀의 젖가슴에 입을 맞춘다. 그들은 사랑을 한다.

소라야는 키가 크고 늘씬하며, 길고 검은 머리와 축축한 까만 눈을 하고 있다. 생각해 보면 그는 그녀의 아버지가 되기에 충분할 정도의 나이이다. 하기야 더 생각해 보면, 남자는 열두 살에 아버지가 될 수도 있다. 그가 그녀의 손님이 된 지는 1년이 넘는다. 그는 그녀에게 아주 만족하고 있다. 사막 같은 한 주에서 목요일은 *'화려한 관능'(luxe et volupte)*의 오아시스다.

소라야는 침대에서 호들갑스러운 타입이 아니다. 사실 그녀는 기질적으로 오히려 조용한 편이다. 조용하고 고분고분한 그녀의 생각은 놀랄 만큼 도덕적이다. 그녀는 해변에서 젖가슴 ― 그녀는 '젖통이'라는 말을 쓴다 ― 을 드러내놓는 관광객들을 못마땅하게 생각한다. 그녀는 거지들을 잡아다가 도로청소를 시켜야 한다고 생각한다. 그는 그녀가 생각과 현실을 어떻게 조화시키며 사는지 묻지 않는다.

그는 그녀에게서 쾌락을 얻고, 그 쾌락은 어김이 없다. 그는 어떤 점에서는, 이것이 상호적인 애정이라고 믿는다. 애정은 사랑이 아닐 수도 있지만, 적어도 그것의 사촌쯤은 된다. 별다른 기대도 없이 시작했다는 점을 감안하면, 그들은 운이 좋은 셈이다. 그는 그녀를 만나게 되어, 그녀는 그를 만나게 되어.

그는 그런 생각에 자기 만족적인 면이 있다는 사실을 알고 있다. 그러면서도 그런 생각에 매달린다.

그는 90분에 400랜드(약 8만 원)를 지불하는데, 그 돈의 반은 디스크리트 에스코트의 것이다. 디스크리트 에스코트가 그렇게 많은 돈을 가져 간다는 건 애석한 일이다. 하지만 그들은 113호실과 윈저 맨션의 다른 아파트들을 소유하고 있다. 어떤 의미에서 보면, 그들은 이런 일을 하는 소라야도 소유하고 있는 셈이다.

그는 그녀에게 서로 편리한 시간에 만나면 어떠냐고 물어보고 싶다. 그는 저녁시간을, 아니 밤새도록 그녀와 같이 지내고 싶다. 하지만 그는 다음 날 아침까지 그녀를 데리고 있기에는 자신에 대해서 너무 잘 안다. 아침이 되면 자신이 냉랭하고 무뚝뚝해지며 혼자 있고 싶어 안달할 게 뻔하다.

그것은 그의 기질이다. 그의 기질은 바뀌지 않을 것이다. 그러기에는 나이가 너무 많다. 그의 기질은 고착되어 있다. 기질과 두개골은 몸에서 가장 딱딱한 두 부분이다.

기질을 따르라. 그것은 철학이 아니다. 그는 그것을 그렇게 고차원적으로 만들 생각은 없다. 그것은 베네딕트회의 법칙처럼, 하나의 법칙이다.

그의 몸은 건강하고 정신은 맑다. 직업상, 그는 학자다. 혹은 그래왔다. 가끔씩 그의 중심부는 학문적인 일에 관련돼 있다. 그는 그의 수입과 기질과 감정의 반경 내에서 살아간다. 그는 행복한가? 대부분의 척도로 보자면 그렇다. 그는 그렇다고 믿는다. 하지만 그가 〈오이디푸스 왕〉의 마지막 후렴구를 잊은 건 아니다. 죽기 전에 누구도 행복하다 말하지 말라.

섹스에 관한 한, 그의 기질은 강렬하긴 하지만 결코 정열적이진 않다. 만약 그가 상징물을 택한다면, 그것은 뱀이 될 것이다. 그는 소라야와 나누는 섹스가 뱀들의 교접과 비슷할 것이라고 상상한다. 길고 열중해 있지만, 가장 뜨거울 때조차 추상적이고 다소 메마른 섹스.

소라야의 상징물도 뱀일까? 틀림없이 그녀는 다른 남자들과 잘 때는 다른 여자가 될 것이다. 유동적인 여자 *(la donna e mobile)*. 하지만 그녀가 기질적으로 그와 비슷하다는 것은 도저히 숨길 수 없다.

그녀는 직업상 헤픈 여자이긴 하지만, 그는 일정한 테두리 안에서 그녀를 믿는다. 그는 그녀와 섹스를 하면서 거리낌없이 애기를 한다. 때로는 속에 있는 것을 털어놓기도 한다. 그녀는 그의 삶에 관한 몇 가지 일을 알고 있다. 두 번에 걸친 결혼생활에 대해서도 알고 있고 기복이 심한 딸에 대해서도 알고 있다. 그녀는 그가 어떤 생각을 하는지 많이 알고 있다.

소라야는 윈저 맨션 밖에서 일어나는 자신의 삶에 대해서 아무 말도 하지 않는다. 그는 소라야가 그녀의 진짜 이름이 아니라고 확신한다. 그녀에게는 아이 혹은 아이들을 낳은 흔적이 있다. 어쩌면 그녀는 이 일을 전문으로 하는 것이 아닌지도 모른다. 그녀는 1주일에 한두 번씩 오후에 일을 하고, 나머지는 라이랜드나 애슬론에서 점잖게 살아가는지도 모른다. 이슬람교도가 그렇게 한다는 것은 이례적인 일이지만 요즘 세상에는 어떤 것이든 가능하다.

그는 그녀를 지루하게 하지 않으려고 자신이 하는 일에 관해서는 일절 언급하지 않는다. 그는 전에는 케이프타운 유니버시티 칼리지였다가 지금은 케이프타운 전문대학으로 이름이 바뀐 학교에서 근무한다. 한때는 현대문학과 교수였지만, 학사개혁 과정에서 고전문학과와 현대문학과가 없어진 후, 커뮤니케이션과의 부교수로 있다. 다른 사람들처럼, 그도 등록한 학생 수에 관계없이 1년에 전공분야를 한 과목을 개설할 수 있다. 학생들의 분위기 조성에 좋다는 이유이다. 올해는 낭만주의 시인들에 관한 강의를 개설하고 있다. 그리고 나머지는 커뮤니케이션 101 과목인 '커뮤니케이션 기술'과 커뮤니케이션 201 과목인 '고급 커뮤니케이션 기술'을 강의한다.

그는 새로 맡은 과목의 강의 준비에 하루에 몇 시간씩 할애하지만, 커뮤니케이션 101 안내서를 보고 그 과목 자체가 말이 안 된다고 생각한다.

"인간 사회는 우리의 생각과 감정, 의도를 서로에게 전달할 수 있도록 언어를 만들어냈다."

그는 겉으로 말은 하지 않지만, 말은 노래에서 시작됐으며, 노래는 지나치게 크면서도 다소 텅빈 인간의 영혼을 소리로 채우기 위해 생겼다고 생각한다.

그는 25년에 걸쳐 강의를 하면서, 세 권의 책을 펴냈는데, 그중 어느 것도 이렇다 할 주목을 받거나 논란거리를 만들지도 못했다. 처음 것은 오페라에 관계된 〈보이토와 파우스트 전설: 메피스토펠레스의 기원〉이었고, 두 번째 것은 에로스로서의 비전에 관한 〈성 빅토르 리처드의 비전〉이었으며, 세 번째 것은 워즈워스와 역사에 관한 〈워즈워스와 과거의 짐〉이었다.

그는 지난 몇 년 동안 바이런에 관한 책을 집필하려고 생각하고 있었다. 처음에는 또 다른 비평서를 쓰려고 생각했다. 그러나 막상 시작하고 보니 자꾸 싫증이 났다. 진실을 말하자면, 그는 비평과 재단만 하는 산문에 질려 있다. 그가 쓰고 싶은 것은 음악이다. 그것은 실내 오페라 형식으로 남녀간의 사랑을 다룬 명상곡 〈이탈리아에서의 바이런〉이 될 터였다.

커뮤니케이션을 수강하는 학생들을 바라보는 동안, 쓰지 못한 오페라의 구절과 가락과 단편적인 노래가 그의 마음 속에 스친다. 그는 정열적인 교수였던 적이 거의 없다. 더욱이 이렇게 체제가 바뀌고, 대학이 거세를 당한 상황에는 설 자리가 더 없다. 하기야 그것은 지금 하는 일에 맞지 않는 옛날식 교육을 받은 동료들도 마찬가지다. 교수란 종교적인 시대가 지난 후에는 사무원에 불과하다.

그는 자신이 강의하는 내용을 존중하지도 않는다. 그래서 학생들에게 아무런 인상도 남기지 않는다. 그들은 그가 무슨 말을 하면 멍한 눈을 하고 그의 이름이 무엇인지조차 잊어버린다. 그들의 무관심을 대하면 몹시 화가 난다. 그러면서도 그들과 그들의 부모와 국가에 대한 의무를 수행한다. 매달, 과제를 내고 걷고 읽고 논평을 하고, 구두점이나 철자나 어법이 어긋난 것을 고치고, 논리가 약한 부분을 지적하고, 간략하고 신중한 평을 적어 그들에게 돌려준다.

그는 계속 가르친다. 그렇게 하면 기운이 나기 때문이다. 또한 그것이 그를 겸손하게 만들어주고, 자신이 어떤 존재인지 실감케 해주기 때문이다. 배우러 온 학생들은 아무 것도 배우지 못하는데, 가르치러 온 교수는 가르치면서 가장 예리한 교훈들을 얻는다. 그가 그 아이러니를 모르는 건 아니다. 그는 이런 것에 대해서는 소라야에게 아무 말도 하지 않는다. 그녀의 상황에 비춰볼 때, 거기엔 아이러니가 있을 것 같지는 않다.

그린포인트에 있는 맨션 부엌에는 주전자와 플라스틱 컵과 인스턴트 커피 병과 설탕 통이 있다. 냉장고에는 생수가 한 병 들어 있다.

욕실에는 비누와 수건이 있고, 벽장에는 깨끗한 침구가 있다. 소라야는 작은 여행용 가방에 화장품을 넣어 가지고 다닌다. 이곳은 기능적이고 깨끗하고 잘 정돈된, 더도 덜도 아닌 만남의 공간이다.

소라야는 그를 처음 맞았을 때, 주홍색 립스틱과 짙은 눈화장을 하고 있었다. 짙은 화장을 좋아하지 않는 그는 그녀에게 화장을 지우라고 했다. 그녀는 그의 말을 따랐고, 다시는 화장을 하지 않았다. 남의 말을 고분고분 따르는 유순한 사람.

그는 그녀에게 선물주는 것을 좋아한다. 새해 선물로 그녀에게 에나멜 팔찌를 주었고, 이슬람 대축제 때는 기념품 가게에서 그의 눈길을 끌었던 공작석 왜가리를 사 주었다. 그는 그녀가 선물을 받고 전혀 꾸밈 없이 좋아하는 걸 보고 흡족해 한다.

그는 아내와 가정과 결혼이 필요하다고 생각하던 자신이 1주일에 90분 동안 여자하고 같이 지냄으로써 충분히 행복해진다는 사실에 놀란다. 그의 생리적 요구는 나비의 그것처럼 아주 가벼워져 결국 날아가버린다. 가장 깊고, 가장 헤아리기 힘든 것 외에는 아무 것도 없다. 도시 사람들을 잠들게 하는 차들의 윙윙거리는 소리 혹은 시골 사람들이 접하는 밤의 침묵 같은 만족감의 저음이라고나 할까.

그는 오후에 무모한 섹스를 한 후, 만족감에 눈이 풀린 채 집으로 돌아오는 엠마 보바리를 생각해 본다. *그래, 이게 행복이야!* 엠마는 거울에 비친 자기 모습을 보고 놀라며 말한다. *그래, 이게 시인들이 말하는 행복이란 거야!* 만약 가엾은 유령 같은 엠마가 케이프타운에 온다면, 그는 목요일 오후 그녀를 데리고 가서 행복이 무엇인지 보여 주리라. 적당한 만족감, 적당해진 만족감.

그런데 어느 토요일 오후, 모든 것이 변한다. 그는 시내에서 볼 일을 본다. 성 조지 스트리트를 걸어간다. 그때, 그의 눈이 앞에서 걸어가는 날씬한 사람에게 머문다. 틀림없는 소라야다. 두 소년이 옆에서 따라간다. 쇼핑을 했는지, 그들은 짐을 들고 있다.

그는 머뭇거리다가 멀리서 뒤를 따른다. 그들은 캡틴 도레고스 생선요리집으로 사라진다. 소년들은 소라야처럼 윤기나는 머리와 검은 눈을 하고 있다. 그녀의 아들들임이 분명하다.

그는 걸어가다가 다시 몸을 돌려 캡틴 도레고스를 두 번째로 지나친다. 세 사람은 창문 옆에 앉아 있다. 순간, 소라야의 눈이 유리창 너머 그의 눈과 마주친다.

그는 언제나, 에로스가 활보하고 눈길이 화살처럼 번득이는 사람들 속에서 편안함을 느끼는 도시인이었다. 그러나 그는 소라야와 눈이 마주친 걸 즉시 후회한다.

그 다음 목요일, 그들은 랑데부를 할 때 서로 그 일에 대해서는 말하지 않는다. 그렇지만, 그 기억은 그들 위에 불안하게 아른거린다. 그는 소라야의 아슬아슬한 이중적 삶을 뒤엎고 싶은 생각은 없다. 그도 이중적, 삼중적 삶을 살긴 마찬가지다. 실제로는 그녀가 그래서 더 사랑스럽다. *당신의 비밀은 안전해.* 그는 이렇게 말하고 싶다.

그러나 그도 그렇고, 그녀도 그렇고, 일어났던 일을 한 편으로 밀쳐버릴 수는 없다. 두 소년은 그들 사이를 비집고 들어온다. 그들은 엄마와 낯선 사내가 몸을 섞는 방 구석에 그림자처럼 조용히 있다. 소라야의 팔에 안긴 그는 그들의 아버지가 된다. 양아버지, 의붓아버지, 그림자아버지. 그는 나중에 침대를 떠나며, 은밀함과 호기심으로 깜빡이는 그들의 눈길을 느낀다.

그러고 싶지는 않지만, 그의 생각이 다른 아버지, 아니 진짜 아버지에게 돌아간다. 그는 자기 아내가 무슨 일을 하고 있는지 눈치채고 있을까? 아니면 모르는 게 약이라고 생각하고 있을까?

그에게는 아들이 없다. 그는 어렸을 때, 여자들에 묻혀 살았다. 어머니와 고모들과 이모들과 누이들은 적당한 시기가 되자 정부들과 아내들과 딸로 대치되었다. 그는 여자들한테 묻혀살다 보니 여자들을 좋아하게 되었고, 어떤 의미에서는 여자들을 갖고 노는 사람이 되었다. 그의 큰 키와 균형잡힌 골격과 올리브색 피부와 부드러운 머리는 자석처럼 여자를 끌었다. 만약 그가 어떤 방식으로, 어떤 의도를 갖고 여자에게 눈길을 주면, 그 여자는 그것을 되돌려 주었다. 그는 그것에 의지할 수 있었다. 그것이 그가 살아온 방식이다. 몇 년 동안, 아니 몇 십년 동안, 그것은 그의 삶의 중추였다.

그런데 어느 날, 모든 게 끝났다. 경고도 없이, 그의 힘이 사라졌다. 한때는 되돌아오던 눈길이 이제는 그저 지나치는 것이 되고 말았다. 그는 하룻밤 사이에 유령이 되어버렸다. 이제는 여자가 필요하면 따라다니는 법을 배워야 했다. 그리고 종종 이런저런 식으로 여자를 사야 했다.

그는 난잡하고 혼란스럽게 살았다. 그는 동료들의 아내들과 정사를 벌였다. 그는 워터프런트나 클럽 이탈리아에 있는 술집에서 만난 여행객들과 잠을 잤다. 그는 창녀들과 잠을 잤다.

그는 창문에 블라인드가 쳐지고 구석에 화분이 있고 공중에는 퀴

퀴한 연기가 떠 다니는 디스크리트 에스코트의 현관사무실에서 조금 떨어진 작고 어둠침침한 거실에서 소라야를 소개받았다. 그들의 장부에는 그녀가 '이국적인 여자'로 분류되어 있었다. 그들은 머리에 붉은 꽃을 꽂고 눈가에 희미한 주름이 있는 여자의 사진을 보여주었다. 그녀는 '오후만 가능'하다고 했다. 셔터가 내려진 방과 서늘한 시트와 은밀한 시간들, 이것이 그가 결정을 내리게 된 요인이다.

그것은 처음부터 만족스러웠다. 바로 그가 원하던 것이었다. 과녁의 중심. 1년이 지나자, 그는 소개소에 다시 갈 필요가 없게 되었다.

그런데 성 조지 스트리트에서 그 일이 생기면서부터 상황이 이상하게 변했다. 소라야는 아직도 약속을 지키긴 하지만, 그는 그녀가 또 다른 여자로 변신을 하고 자신이 또 다른 고객으로 변신할 때, 두 사람 사이에 차가움이 스미는 걸 느낀다.

그는 창녀들이 그들에게 찾아오는 남자들 특히 나이 많은 남자들에 대해서 자기들끼리 어떤 얘기를 하는지 민감하게 의식하고 있다. 그들은 얘기를 하며 웃는다. 하지만 그들은 한밤중에 세면대에 바퀴벌레가 있는 걸 보고 그러듯이 진저리를 치기도 한다. 곧 그도 그들의 대화 속에 씹혀지면서 한 편으로 치워질 것이다. 그것은 피할 수 없는 운명이다.

그 일이 있은 후 네 번째 목요일, 그가 맨션을 나서려는데, 소라야가 드디어 그가 예상하고 있었던 선언을 한다.

"어머니가 아프세요. 제가 쉬면서 돌봐드려야겠어요. 다음 주에는 여기에 못 나올 거예요."

"그 다음 주에는 만날 수 있을까?"

"모르겠어요. 어머니 상태가 어떠냐에 달렸어요. 먼저 전화를 해 보시는 게 좋겠어요."

"나는 전화번호를 모르잖아."

"소개소에 전화하세요. 그들은 알고 있으니까요."

그는 며칠을 기다리다가 소개소에 전화를 건다. 소라야? 소라야는 그만뒀습니다. 남자가 말한다. 안 됩니다. 우리는 당신이 그녀와 접촉하게 해줄 수는 없습니다. 그건 우리 규칙에 어긋납니다. 다른 여자를 소개해 드릴까요? 이국적인 여자는 많습니다. 말레이시아 여자, 태국 여자, 중국 여자, 어느 여자든 말씀만 하세요.

그는 롱 스트리트에서 또 다른 소라야와 함께 저녁을 보낸다. 소라야라는 이름은 인기있는 상호(nom de commerce) 가 된 것 같다. 이 여자는 열여덟을 넘지 않은 것 같다. 서툴고 조야하다.

"무슨 일을 하세요?"

그녀가 옷을 벗으며 말한다.

"무역업."

"정말이에요?"

학과 사무실에는 새 비서가 와 있다. 그는 그녀를 캠퍼스에서 상당히 떨어진 레스토랑으로 데리고 가서 점심을 사주며, 그녀가 새우 샐러드를 먹으며 자기 아들들이 다니는 학교에 대해 불평하는 걸 들어준다. 그녀는 마약장수들이 운동장 주변에 얼씬거리는데도 경찰은 수수방관만 하고 있다고 불평한다. 지난 3년 동안, 그녀와 그녀의 남편은 이민을 가려고 뉴질랜드 영사관에 신청서를 접수해 놓고 기다리는 중이라고 한다.

"당신들은 그것을 더 쉽게 처리했는데. 당신들은 상황이 잘 됐건 잘못 됐건, 적어도 제 자리를 알고 있었죠."

"당신들이라니? 어떤 사람들을 말하는 건가요?"

"당신들의 세대 말이에요. 요즘 사람들은 저희 멋대로 지키고 싶은 법만 지킨다니까요. 무정부 상태가 됐어요. 이런 무정부 상태에서 어떻게 아이들을 키울 수 있겠어요?"

그녀의 이름은 도운이다. 두 번째로 그녀를 데리고 나갈 때, 그는 그의 집에 들러 그녀와 섹스를 한다. 실패작이다. 그녀는 몸을 오르락내리락하고 손톱으로 그를 할퀴며 절정에 이르지만, 그는 그것이 혐오스럽다. 그는 그녀에게 빚을 빌려주고, 그녀를 캠퍼스에 데려다준다.

그후, 그는 과사무실을 피하며 그녀와 마주치지 않으려 한다. 그녀는 그에게 상처받은 듯한 표정을 짓다가 나중에는 그를 무시해버린다.

그는 이 게임을 그만둬야 한다. 오리겐(origen)은 몇 살에 거세를 했더라? 가장 품위있는 해결책은 아니겠지만, 나이가 들어간다는 것도 품위가 없긴 마찬가지다. 마음의 준비를 하고, 늙은이답게 죽음을 대비하는 게 상책이다.

의사한테 가서 해달라고 할까? 틀림없이 간단한 수술일 것이다. 그들은 날마다 동물들에게 그 수술을 한다. 서글픔의 앙금을 무시한다면, 동물들은 그후에도 충분히 잘 살아간다. 자르고, 묶고, 국부마취를 하고, 손을 침착하게 놀리고, 냉정만 유지하면, 자기 스스로도 책을 참조해 가며 그 수술을 할 수 있을지 모른다. 의자에 앉아 자기한테 가위를 대는 남자는 추해 보이겠지만, 어떤 점에서 보면, 그 남자가 여자의 육체에 몸을 부리는 것보다 더 추하지는 않을 것이다.

아직 소라야가 남아 있다. 그는 그 장을 덮어야 한다. 하지만 그는 그렇게 하는 대신, 사설탐정에게 그녀를 추적해달라고 의뢰한다. 며칠이 지나자, 그는 그녀의 진짜이름과 주소와 전화번호를 입수한다. 그는 남편과 아이들이 밖으로 나갔을 만한 아침 아홉 시에 전화를 한다.

"소라야? 데이비드야. 어떻게 지내? 언제 다시 만날 수 있지?"

그녀가 말을 하기 전, 오랜 침묵이 흐른다.

"나는 당신이 누군지 모르겠어요. 당신은 지금 내 집에 있는 나를 괴롭히고 있어요. 다시는 여기로 전화하지 말 것을 요구합니다."

그녀의 *요구한다* 는 말은 *명령한다*는 의미일 것이다. 그녀의 날카로운 말투가 그를 놀라게 한다. 전에는 그런 적이 없다. 하지만 새끼가 자라는 암여우 우리에 육식동물이 들어갔는데, 달리 무엇을 기대하겠는가?

그는 전화기를 내려놓는다. 만난 적이 없는 그녀의 남편에 대한 질투의 그림자가 그 위로 지나간다.

$$2$$

목요일이라는 막간이 없으니, 한 주는 사막처럼 특색이 없다. 무엇을 해야 할지 모르는 날들도 있다.

그는 더 많은 시간을 대학도서관에서 보내며, 바이런이 알고 지낸 사람들에 대해서 더 광범위하게 자료조사를 하고, 이미 작성된 두툼한 두 개의 파일에 그것을 덧붙인다. 그는 늦은 오후에 도서관에 깃들이는 침묵을 즐기고, 나중에 집으로 걸어가면서 맞는 쾌적한 겨울 공기와 축축하고 반짝이는 거리의 경관을 즐긴다.

그는 어느 토요일 저녁, 옛 대학 정원으로 통하는 먼 길을 택해 집으로 돌아오다가, 그의 강의를 받는 학생이 앞에 걸어가는 걸 본다. 그녀는 낭만주의 시를 수강하는 멜라니 아이삭스 양이다. 공부를 아주 잘 하는 학생은 아니지만 아주 못하는 학생도 아니다. 영리하지만 별로 공부에 관심이 없는 타입이랄까.

그녀가 꾸물거린다. 그는 곧 그녀를 따라잡는다.

그가 말한다.

"안녕."

그녀가 머리를 끄덕이며 수줍다기보다는 교활한 미소를 그에게 지어보인다. 그녀는 몸집이 작고 호리호리하며, 머리는 짧다. 광대뼈는 중국인처럼 옆으로 벌어지고 눈은 크고 검다. 그녀의 옷은 늘 인상적이다. 오늘은 겨자색 스웨터와 적갈색 미니스커트에 검정색 스타킹을 신고 있다. 그녀의 벨트에 달린 금방울과 귀고리의 금방울이 잘 어울린다.

그는 그녀에게 부드럽게 마음을 빼앗긴다. 하기야 학생들 중 하나한테 빠지지 않고 학기가 지나가는 때는 거의 없으니까, 그게 대수로운 일은 아니다. 케이프타운, 미녀가 많은 도시.

그녀는 그의 눈길이 자기를 향하고 있다는 걸 알고 있을까? 아마도. 여자들은 눈길에 담긴 욕망의 무게에 민감하다.

비가 내리고 있다. 길 옆 수로에서는 물이 부드럽게 흘러간다.

"내가 제일 좋아하는 계절에다 내가 하루 중 제일 좋아하는 시간이군. 이 근처에 살아?"

"저쪽에 살아요. 아파트를 나눠 쓰고 있어요."

"케이프타운이 고향인가?"

"아뇨, 조지에서 자랐어요."

"난 바로 이 근처에 살아. 들어가서 마실 것 한 잔 줄까?"

신중한 머뭇거림.

"좋아요. 하지만 일곱 시 반까지는 돌아가야 해요."

그들은 그가 처음에는 로잘린과 함께 살다가 그리고 이혼한 후에는 혼자서 지난 12년 동안 살아온 조용한 집으로 들어간다.

그는 문을 따고 그녀를 안내한다. 불을 켜고 그녀의 가방을 받는다. 그녀의 머리에 빗방울이 묻어 있다. 그는 그 모습을 황홀한 듯 응시한다. 그녀는 전과 똑같이, 분명치 않고 요염하기도 한 듯한 미소를 지으며 눈을 아래로 깐다.

그는 부엌에 가서 미어러스트 병을 따고 비스킷과 치즈를 꺼낸다. 그가 돌아오자, 그녀는 책장 앞에 서서 고개를 비스듬하게 하고 제목을 읽고 있다. 그는 음악을 튼다. 모차르트의 클라리넷 5중주.

포도주와 음악. 남녀가 치르는 하나의 의식. 의식이 잘못된 건 아니다. 그것은 어색한 분위기를 완화시키기 위해서 만들어진 것이다. 하지만 그가 집에 데려 온 여자는 30년 연하일 뿐만 아니라, 학생, 그것도 자신이 가르치는 학생이다. 그들 사이에 어떤 일이 있건, 그들은 선생과 학생으로서 다시 만날 것이다. 그는 그것에 대한 준비가 되어 있는 걸까?

"수업은 재미있는가?"

"블레이크는 좋았어요. 원더혼인가도 좋았고요."

"분더혼이라고 발음해야 해."

"전 워즈워스는 별로 좋아하지 않아요."

"나한테 그런 말 하면 안 되지. 워즈워스는 내 스승 중 한 사람이니까."

그것은 사실이다. 워즈워스의 〈서곡〉에 배어 있는 조화로움은 오랫동안 그의 심금을 울리고 있다.

"아마 학기말쯤 되면 그를 더 음미하게 될 수도 있겠지요. 아마 그 사람한테 끌릴지도 몰라요."

"아마 그렇겠지. 하지만 내 경험으로 보면, 시란 처음 읽었을 때 마음이 끌리지 않으면 안 돼. 계시와 반응의 섬광이랄까. 번개처럼, 그리고 사랑에 빠지는 것처럼."

사랑에 빠지는 것처럼. 그런데 젊은 사람들은 아직도 사랑에 빠지는 걸까? 아니면 그런 과정이 지금쯤은 증기기관처럼 불필요하고 이상하고 쓸데없는 것이 돼 있는 걸까? 그는 그런 것으로부터 멀어져 있고 구식이다. 그의 생각으로는, 사랑에 빠진다는 것은 유행에 뒤진 것일 수도 있지만 대여섯 번 다시 돌아오는 것이다.

"시를 쓰는가?"

"학교 다닐 때는 그랬지만 별로 잘 하진 못했어요. 지금은 시간이 없고요."

"열정은? 어떤 문학적 열정이 있는가?"

그녀는 이상한 단어를 듣고 얼굴을 찡그린다.

"2학년 때는 애드리언 리치와 토니 모리슨과 앨리스 워커를 읽었어요. 상당히 몰두했었죠. 하지만 그걸 열정이라고 할 수는 없어요."

그렇다면 열정적인 사람이 아니란 말인가. 그녀는 가장 우회적인 방식으로 그에게 경고를 하는 것일까?

"저녁을 먹으려고 하는데 같이 먹을까? 아주 간단한 거야."

그녀는 결정하기 어려운 모양이다.

"그렇게 하겠다고 하지 그래."

"좋아요. 하지만 먼저 전화를 해야겠어요."

전화는 그가 생각했던 것보다 오래 걸린다. 나직하게 얘기하는 소리가 부엌에서 들려온다. 침묵.

그는 나중에 묻는다.

"장래 계획이 뭐야?"

"연출과 디자인이죠. 지금 연극 학위를 이수하고 있거든요."

"그러면 낭만주의 시를 수강하는 이유가 뭐지?"

그녀는 코를 찡그리며 생각에 잠긴다.

"상황이 그렇게 됐어요. 다시 셰익스피어 과목을 수강하고 싶지 않아서요. 지난 해에 셰익스피어를 들었거든요."

저녁이라고 차린 것은 정말 간단하다. 버섯 소스를 바른 앤초비 파스타. 그는 그녀에게 버섯을 자르게 한다. 그녀는 의자에 앉아 그가 요리하는 것을 지켜본다. 그들은 두 번째 포도주병을 따고 식당에서 식사를 한다. 그녀는 거침없이 먹는다. 그렇게 작은 체구의 사람치고는 왕성한 식욕.

그녀가 묻는다.

"언제나 혼자 요리를 하세요?"

"나는 혼자 살아. 내가 요리를 하지 않으면 누가 하겠어."

"저는 요리하는 게 싫어요. 배워야겠지요."

"왜? 그게 정말로 싫으면, 요리를 잘 하는 남자와 결혼하면 되지."

그들은 같이 그 광경을 상상해 본다. 대담한 옷을 입고 번쩍이는 보석을 걸고 큰 걸음으로 현관문을 들어서는 젊은 아내, 그리고 앞치마를 두르고 김이 나는 부엌에서 냄비 속을 젓고 있는 특징없는 남편. 달리 말하자면, 부르주아 코미디 감이다.

그는 그릇이 비자, 결국 이렇게 말한다.

"이게 전부야. 사과나 요구르트 외에는 디저트도 없어. 미안해. 손님이 올 줄 몰랐거든."

그녀는 잔을 비우고 일어선다.

"맛있었어요. 고맙습니다."

그는 그녀의 손을 잡고 소파로 끈다.

"아직 가지 마. 보여줄 게 있어. 댄스 좋아해? 직접 하는 것말고 바라보는 것 말이야."

그는 카세트를 비디오에 넣는다.

"노먼 맥라렌이라는 사람이 만든 영화야. 아주 오래 된 거지. 도서관에서 찾아냈지. 어떤지 보라구."

그들은 나란히 앉아서 비디오를 본다. 텅 빈 무대 위에서 스텝을 맞춰 춤을 추는 두 명의 댄서. 스트로보 카메라로 녹화된 것이라서, 그들의 이미지와 그들의 동작의 그림자가 날갯짓처럼 그들 뒤로 펼쳐진다. 그것은 그가 25년 전에 처음 보았고 아직도 매혹되어 있는 영화이다. 덧없는 현재의 순간과 그 순간의 과거성이 똑같은 공간에 포착된 영화.

그는 여자도 자기처럼 매혹되길 바란다. 하지만 그는 그렇지 않다는 걸 느낀다.

영화가 끝나자 그녀는 일어서서 방 안을 서성인다. 그녀는 피아노의 뚜껑을 열고, 가운데 도를 치며 말한다.

"피아노 치세요?"

"조금."

"클래식 혹은 재즈?"

“재즈는 아니지.”

“저한테 들려주실래요?”

“지금은 안돼. 친 지가 오래 됐거든. 다음 번에 서로를 더 잘 알게 되면 그럴게.”

그녀는 그의 서재 쪽을 바라본다.

그녀가 말한다.

“봐도 돼요?”

“불을 켜.”

그는 음악을 튼다. 스카라티의 ‘키보드 위의 고양이’ 소나타.

그녀가 서재에서 나오며 말한다.

“바이런에 관한 책이 많네요. 제일 좋아하는 작가인가요?”

“바이런에 관한 작업을 하고 있거든. 그가 이탈리아에서 살던 시절에 관해서지.”

“젊어서 죽지 않았던가요?”

“서른 여섯에 죽었지. 그들은 모두 일찍 죽었지. 그렇지 않은 사람들은 고갈되거나 미쳐서 감금당했고. 하지만 바이런이 죽은 곳은 이탈리아가 아니야. 그는 그리스에서 죽었어. 그는 스캔들을 피하려고 이탈리아로 가서 정착했지. 정착을 했다고. 그리고 마지막으로 연애를 크게 했지. 이탈리아는 그 때, 영국사람들이 자주 찾는 곳이었어. 그들은 이탈리아인들이 아직도 인간의 본성에 가까이 살고 있다고 믿었거든. 전통에 규제받지 않고, 더 정열적으로 말이야.”

그녀는 다시 한번 방 안을 돈다.

“이 분이 부인이세요?”

그녀가 커피 테이블 위에 놓인 액자 앞에서 걸음을 멈추고 묻는다.

“내 어머니의 젊었을 때 모습이야.”

“결혼은 하셨어요?”

“했지. 두 번. 하지만 지금은 아니야.”

지금은 발길에 걸리는 대로 적당히 해결하지. 그는 이렇게 말하지는 않는다. 지금은 창녀들하고 적당히 해결하지. 그는 이렇게 말하지도 않는다.

“리큐어 한 잔 줄까?”

그녀는 리큐어는 원하지 않지만, 커피에 위스키를 한 방울 타는 것은 마다하지 않는다. 그녀가 홀짝거리며 커피를 마실 때, 그는 몸을 옆으로 기대고 그녀의 볼을 만진다.

그가 말한다.

“굉장히 아름다워. 나는 네게 무모한 일을 제의하려고 해.”

그는 다시 그녀를 만진다.

“여기 있어. 오늘밤 나하고 같이 지내.”

그녀는 커피 잔 위로 그를 찬찬히 바라본다.

“왜요?”

“그래야 하기 때문에.”

“왜 제가 그래야 하죠?”

“왜냐고? 여자의 아름다움은 여자에게만 속하는 게 아니기 때문이지. 그것은 여자가 세상에 가지고 오는 박애심의 일부야. 여자는 그것을 나눠가질 의무가 있지.”

그의 손은 아직도 그녀의 볼에 닿아 있다. 그녀는 물러나지 않는다. 하지만 굴복하지도 않는다.

"제가 이미 그걸 나눠가졌다면 어떻게 되죠?"

그녀의 목소리는 헐떡이는 듯하다. 구애를 받는 것은 언제나 짜릿하다. 짜릿하고, 감미롭고.

"그렇다면 더 광범위하게 나눠가져야지."

유혹 그 자체만큼이나 오래 된 부드러운 말들. 하지만 이 순간, 그는 그것들을 믿는다. 그녀는 자기 것이 아니다. 아름다움은 자기 것이 아니다.

"우리는 가장 아름다운 존재의 번식을 원하지. 미의 장미꽃이 죽지 않도록 하기 위해서."

말이 잘 나간 건 아니다. 그녀의 미소에서 장난스럽고 유동적인 특성이 사라진다. 한 때는 사탄의 말을 그렇게도 매끄럽게 만들었던 약강5음보격이 이제는 서로를 떼어놓을 뿐이다. 그는 다시 선생으로 돌아간다. 책과 함께 살며 문화를 수호하는 자.

그녀는 컵을 내려놓는다.

"가야겠어요. 기다리거든요."

구름이 걷혀 있다. 별들이 빛나고 있다.

그는 정원 문을 열며 말한다.

"아름다운 밤이군."

그녀는 위를 쳐다보지 않는다.

"집에 데려다 줄까?"

"아니요."

"좋아. 그럼 안녕."

그는 그녀를 포옹한다. 그는 잠시, 그녀의 작은 가슴이 그의 몸에 닿는 걸 느낀다. 그런 다음 그녀는 몸을 빼내고 떠난다.

3

그는 거기서 그것을 끝내야 한다. 하지만 그는 그러지 않는다. 일요일 오후, 그는 차를 몰고 텅빈 캠퍼스로 가서 학과사무실에 들어간다. 그는 서류함에서 멜라니 아이삭스의 등록카드를 꺼내 집 주소, 케이프타운 주소, 전화번호 등 개인적인 사항을 적는다.

그는 전화번호를 돌린다. 여자 목소리가 대답한다.

"멜라니?"

"불러올게요. 누구시죠?"

"데이비드 루리라고 얘기해 주세요."

멜라니와 멜로디. 저속한 운(韻). 좋은 이름이 아니다. 멜라니의 둘째 음절에 강세를 붙여 불러보니 어둡다.

"여보세요?"

그 한 마디에 어정쩡한 그녀의 마음이 실려 있다. 너무 어리다. 그녀는 그를 어떻게 대할지 모를 것이다. 그는 그녀를 내버려둬야 한다. 하지만 그는 무엇인가의 손아귀에 잡혀 있다. 미의 장미. 그 시구가 화살처럼 곧장 날아온다. 그녀는 자신을 소유하지 않는다. 어쩌면 그도 그 자신을 소유하지 않는지 모른다.

그가 말한다.

"점심 식사를 같이 하면 좋아할 것 같아서 전화했어. 열두 시에 데리러 갈게."

아직도 그녀가 거짓말을 하고 빠져 나갈 시간은 있다. 그러나 그녀가 너무 당황한 나머지, 그 순간이 그냥 지나간다.

그가 도착하자, 그녀는 아파트 건물 밖 인도에서 기다리고 있다. 그녀는 검은 스타킹을 신고 검은 스웨터를 입고 있다. 그녀의 엉덩이는 열두 살 아이처럼 가냘프다.

그는 그녀를 데리고 홋베이 항 쪽으로 간다. 차를 타고 가는 동안, 그는 그녀의 마음을 편하게 하려고 애쓴다. 그는 그녀가 수강하는 다른 과목들에 대해 묻는다. 그녀는 연극을 하고 있다고 말한다. 그것은 학위를 따기 위해 거쳐야 하는 의무과정이다. 연습 시간이 많이 축나고 있다고 한다.

그녀는 별로 먹지도 않고, 우울한 눈으로 바다를 바라본다.

"무슨 일 있어? 나한테 하고 싶은 말 있어?"

그녀는 머리를 젓는다.

"우리 일이 걱정돼?"

"그럴지도 모르죠."

"그럴 필요 없어. 내가 처리할게. 너무 깊어지지 않도록 할게."

너무 깊이. 이런 일에 있어서는, 어떤 게 깊은 거고, 어떤 게 너무 깊은 것일까? 그녀의 너무 깊이는 그의 너무 깊이와 똑같은 것일까?

비가 내리기 시작한다. 텅빈 만(灣)을 가로질러 흔들리는 물의 시트.

"갈까?"

그는 그녀를 데리고 그의 집으로 간다. 그는 거실 바닥에서, 창문에 부딪치는 빗소리에 맞춰, 그녀와 사랑을 한다. 그녀의 몸은 깨끗하고 단순하고, 그 나름의 방식으로 완벽하다. 그녀는 내내 수동적이지만, 그는 그 행위에서 만족감을 느낀다. 그는 너무 만족한 나머지, 절정에 이르자 캄캄한 망각 속으로 굴러떨어진다.

정신이 들자, 비가 그쳐 있다. 여자는 그 옆에 누워 눈을 감고 손을 머리맡에 두고 얼굴을 약간 찡그리고 있다. 그의 손은 까실까실한 스웨터 밑의 젖가슴을 만지고 있다. 그녀의 스타킹과 팬티가 바닥에 엉켜 있다. 그의 바지는 그의 발목 부근에 있다. *폭풍우가 지난 후.* 그는 조지 그로쉬의 말을 생각해 본다.

그녀는 시선을 피하며 옷을 집어들고 방을 나선다. 그녀는 몇 분 후 옷을 입고 돌아온다.

그녀가 속삭인다.

"가야 돼요."

그는 그녀를 붙잡지 않는다.

다음 날 아침, 그는 심오한 행복감을 느끼며 잠에서 깬다. 그 느낌은 없어지지 않는다. 멜라니는 강의실에 나타나지 않는다. 그는 사무실에서 화원에 전화를 한다. 장미? 장미는 안 될지도 모르지. 그는 카네이션을 주문한다.

"붉은 색으로 할까요, 하얀 색으로 할까요?"

여자가 묻는다.

붉은 색으로 할까? 하얀 색으로 할까?

"핑크색으로 열두 송이 보내주세요."

"열 두 송이가 못 되는데, 섞어서 보낼까요?"

"그럼 섞어서 보내세요."

화요일은 하루 종일, 서쪽에서부터 시내로 날아온 짙은 구름 때문에 비가 내린다. 그는 일과가 끝날 무렵, 커뮤니케이션과 건물 로비를 지나치다가, 비가 그치기를 기다리는 학생들 속에서 그녀를 본다. 그는 그녀 뒤로 다가가서 어깨에 손을 얹는다.

"여기서 기다려. 집에 데려다 줄게."

그는 우산을 갖고 돌아온다. 그는 광장을 지나 주차장으로 가며 그녀가 비에 맞지 않도록 바짝 다가서서 걷는다. 갑작스러운 돌풍이 우산을 뒤집어 버린다. 그들은 차가 있는 곳으로 어색하게 뛰어간다.

그녀는 매끄러운 노란색 레인코트를 입고 있다. 그녀는 차 안에서 레인코트의 모자를 벗는다. 얼굴은 홍조를 띠고 있다. 그는 그녀의 가슴이 오르락내리락 하는 것을 본다. 그녀는 윗 입술에 묻은 빗방울 하나를 핥는다. 그는 생각한다. *아이! 아이에 불과한데! 내가 무슨 짓을 하고 있는 걸까?* 그러나 그의 가슴은 욕망으로 흔들린다.

그들은 교통량이 많은 늦은 오후의 거리를 달린다.

"어제는 보고 싶었어. 괜찮은 거야?"

그녀는 와이퍼 블레이드를 응시하며 아무 대답도 하지 않는다.

빨간 신호등에 걸리자, 그는 그녀의 차가운 손을 잡는다.

"멜라니!"

그는 목소리를 낮춰 말한다. 그러나 그는 구애하는 방법을 잊어버렸다. 그의 귀에 들리는 목소리는 연인이 아니라 아이를 구스르는 부모의 목소리다.

그는 그녀의 아파트 건물 앞에 차를 댄다.

"고마워요."

그녀는 차 문을 열며 말한다.

"들어오라고 하지도 않을 거야?"

"같이 사는 친구가 집에 있을 거예요."

"오늘 저녁은 어때?"

"오늘 저녁에는 연극 연습이 있어요."

"그러면 언제 다시 만날 수 있지?"

그녀는 대답하지 않는다.

"고마워요."

그녀는 똑같은 말을 반복하고 빠져나간다.

수요일, 그녀는 늘 앉던 자리에 앉아 있다. 그들은 아직도 워즈워스를 공부하고 있다. 〈서곡〉의 6장, 알프스 산 속의 시인.

그는 큰 소리로 읽는다.

또한 우리는 벌거벗은 능선에서

몽블랑 정상의 베일이 열리는 걸 처음 보았네.

그리고 다시는 있을 수 없는

살아있는 생각을 침해하는 영혼없는 이미지가

눈에 깃드는 걸 서글퍼했네.

　"그래서 장엄한 백색의 몽블랑은 실망스러운 것으로 되어버렸습니다. 왜 그럴까요? 특이한 동사 형태인 *침해하다(usurp upon)* 부터 생각해 봅시다. 누구 사전 찾아본 사람 없나요?"

　침묵.

　"만약 그랬다면, 여러분은 침해하다는 동사는 *끼어들다(intrude)* 혹은 *침입하다(encroach upon)*라는 의미라는 걸 알았을 것입니다. *찬탈하다(usurp)*는 말은 *침해하다(usurp upon)*의 완료형입니다. 찬탈하는 것은 침해하는 행위를 완성하는 것입니다. 워즈워스의 말을 풀어볼 것 같으면, 구름이 걷히고 봉우리가 드러났고, 그것을 보고 슬퍼했다는 의미가 될 것입니다. 알프스로 여행을 간 사람으로서는 이상한 반응입니다. 왜 슬퍼할까요? 영혼없는 이미지, 망막 위의 단순한 이미지가 지금까지 살아 있던 생각을 침해하기 때문이라고 시인은 말합니다. 그러면 살아 있는 생각이란 무엇이었을까요?"

　다시 이어지는 침묵. 분위기가 시트처럼 늘쩍지근하다. 산을 바라보는 남자, 그게 뭣이 그렇게 복잡해야 되나? 그들은 이렇게 불평을 하는 것일까? 그는 그들에게 어떤 해답을 제시할 수 있는가? 첫날 저녁, 멜라니에게 무슨 말을 했었지? 계시의 섬광이 없이는 아무 것도 없다고 그랬었지. 그런데 이 강의실 어디에 계시의 섬광이 있지?

　그는 재빠르게 그녀를 쳐다본다. 그녀는 머리를 숙이고 책에 빠져 있거나 그런 것처럼 보인다.

　"찬탈하다라는 똑같은 단어가 몇 행 건너에서 다시 반복되고 있습

36

니다. 찬탈이라는 주제는 알프스 연작 중 가장 심오한 주제 중 하나입니다. 마음 속의 위대한 원형들과 순수한 생각들이 단순한 감각적 이미지에 찬탈당하는 것입니다. 하지만 우리는 감각적 경험에서 유리된 채 순수한 관념의 영역 속에서 일상적 삶을 살 수는 없습니다. 문제는 우리가 어떻게 하면 리얼리티의 무차별적인 살육으로부터 보호를 받으며, 상상력을 순수하게 유지하느냐, 하는 게 아닙니다. 문제는 우리가 양쪽이 공존할 수 있는 길을 찾을 수 있느냐, 하는 것입니다. 599행을 보세요. 워즈워스는 감각적 지각의 한계에 대해서 묘사하고 있습니다. 그것은 우리가 전에 다뤘던 주제입니다. 감각기관은 한계에 이르면, 빛을 잃게 됩니다. 그러나 소멸하는 순간, 그 빛은 촛불의 불꽃처럼 마지막으로 타오르며 눈으로 볼 수 없는 것을 얼핏 보여줍니다. 그 대목은 어렵습니다. 어쩌면 몽블랑을 보고 느꼈던 감정과 상치되는지도 모릅니다. 그럼에도 불구하고 워즈워스는 균형잡힌 길을 찾아낸 것 같습니다. 그것은 구름에 감싸인 순수한 관념도 아니고, 망막 위에서 불타는, 명명백백한 사실로 우리를 압도하고 실망시키는 시각적 이미지도 아니고, 기억의 토양에 더 깊이 묻혀 있는 관념을 움직이거나 작동시키는 수단으로서의, 어떻게든 달아나려고 애쓰는 시각적 이미지인 것입니다."

그는 말을 멈춘다. 멍한 표정들. 그가 너무 빨리, 너무 멀리 가버렸나 보다. 그들을 어떻게 데려오지? 어떻게 그녀를 데려오지?

"그것은 사랑에 빠지는 것과 같습니다. 여러분이 눈먼 장님이라면, 여러분은 처음 만나서 사랑에 빠질 수는 없을 것입니다. 하지만 여러분은 정말로, 사랑하는 사람을 냉정하고 분명하게 시각적인 견지에서 보고자 할까요? 그 시선 위에 베일을 드리우고, 그녀가 원형적이고 여신 같은 형태 속에서 살아 있도록 하는 게 여러분에게 더 좋을지 모릅니다.”

그런 의미가 워즈워스의 시에 내포되어 있다고 볼 수는 없을지 모르지만, 적어도 그 말이 그들을 깨운다. *원형? 여신? 무슨 말을 하고 있지? 이 늙은이가 사랑에 대해 뭘 알지?* 그들은 서로에게 이런 말을 할지 모른다.

기억이 물밀 듯 밀려온다. 그가 마루 위에서 그녀의 스웨터를 걷어 올리고 아담하고 완벽한, 작은 젖가슴을 드러나게 했던 그 순간. 처음으로 그녀가 눈을 든다. 그녀의 눈이 그의 눈과 마주친다. 그녀는 순간적으로 모든 걸 알아챈다. 그녀는 당황하여 눈을 내리깐다.

“워즈워스는 알프스에 관해 쓰고 있습니다. 이 나라에는 알프스 산은 없지만 드라켄스버그 산이나 그보다 작은 테이블 산이 있습니다. 우리는 시인들을 본떠, 우리가 들었던 워즈워스적인 계시의 순간을 희망하며 산에 오르는 것입니다.”

그는 이제, 어떤 것을 감추려고 그냥 얘기만 하고 있다.

“하지만 그런 순간들은 우리 안에 가지고 다니는 상상력의 거대한 원형들을 향해 눈을 돌리지 않으면 찾아오지 않을 것입니다.”

그만하면 충분해! 그는 자신의 목소리가 지겨워진다. 또한 이렇게 은밀한 말을 듣고 있어야 하는 그녀가 안됐다고 생각한다. 그는 강의를 끝내고, 그녀와 얘기를 할 수 있을까 하며 머뭇거린다. 그러나 그녀는 학생들 속에 섞여 빠져 나간다.

1주 전만 해도 그녀는 강의실에 있던 예쁜 학생들 중 하나였다. 그런데 그녀는 지금, 그의 삶의 실재, 숨을 쉬는 실재가 되어 있다.

학생회관의 강당은 어둡다. 아무도 그를 보지 못한다. 그는 뒷좌석에 자리를 잡는다. 수위 제복을 입은 대머리 남자를 제외하면, 그가 유일한 관객이다.

그들이 연습하는 연극의 이름은 〈글로브 살롱의 석양〉이다. 요하네스버그의 힐브로우에 있는 미장원을 무대로 한 신생 남아프리카의 코미디다. 무대 위에서는 미용사가 아주 즐거운 표정으로 두 사람의 머리를 손질해 주고 있다. 세 사람이 서로 농담하고 모욕하고 재잘거린다. 카타르시스가 기본 원리인 것 같다. 모든 조야한 편견이 밖으로 드러나고 웃음의 강풍에 씻겨내리는 카타르시스.

네번째 인물이 등장한다. 고수머리를 하고 굽 높은 구두를 신은 여자.

미용사가 말한다.

"앉아요. 곧 해줄게요."

그녀가 대답한다.

"일자리 때문에 왔어요. 광고를 내셨죠."

그녀는 눈에 띄게 케이프타운 말씨를 쓴다. 멜라니다.

미용사가 말한다.

"그럼, 빗자루 들고 일 좀 해봐요."

그녀는 빗자루를 들고 세트 주변에서 비틀거리다가 그것을 밀친다. 빗자루가 전기줄에 엉킨다. 그 다음엔 불꽃이 튀고 비명이 들리고 사람들이 우왕좌왕하기로 돼 있다. 하지만 뭔가 서로 맞지 않는다. 감독이 무대 위로 올라온다. 검은 가죽잠바를 입은 남자가 그녀의 뒤에서 콘센트를 만진다.

감독이 말한다.

"더 빨리 해야 돼. 막스 브라더스 분위기를 더 살려서 말이야."

그녀는 멜라니를 향한다.

"오케이?"

멜라니가 고개를 끄덕인다.

그의 앞에 있던 수위가 일어서서 무거운 한숨을 쉬며 강당을 나선다. 그도 가야 한다. 어둠 속에 앉아 여자를 은밀하게 바라보는 꼴사나운 일. (호색이라는 말이 저절로 떠오른다.) 그러나 그들의 대열에 끼게 될 늙은 사람들, 그리고 때묻은 레인코트를 걸치고 금이 간 의치를 하고 귓구멍에 털이 많은 부랑자들과 떠돌이들도 한 때는 수족이 번듯하고 눈이 초롱초롱한 하느님의 아이들이었다. 그들이 달콤한 감각의 향연에 마지막으로 매달리는 걸 비난할 수 있는가?

무대 위에서는 연극이 재연된다. 멜라니는 빗자루를 밀친다. 꽝! 반짝! 놀란 비명소리.

멜라니가 불평한다.

"내 잘못이 아니란 말이에요. 세상에, 왜 모든 것이 늘 내 탓이란 말이죠?"

그는 수위처럼 조용히 일어서서 어두운 밖으로 나간다.

다음 날 오후 네 시, 그는 그녀의 아파트로 간다. 그녀는 구겨진 티셔츠와 자전거를 탈 때 입는 반바지를 입고 문을 연다. 그녀는 우습고 품위없어 보이는, 만화에 나오는 들쥐 모양의 슬리퍼를 신고 있다.

그는 예고도 없이 그녀를 찾아왔다. 그녀는 너무 놀라서 자기 몸을 떠미는 침입자에게 저항할 생각도 하지 못한다. 그가 그녀를 팔에 안자, 그녀의 수족은 꼭두각시처럼 늘어진다. 그녀의 고운 귀에 쿵—하고 울리는 곤봉처럼 무거운 말들.

그녀가 몸부림을 치며 말한다.

"아니, 지금은 안 돼요! 사촌이 돌아올 거예요!"

그러나 아무 것도 그를 멈출 수 없다. 그는 그녀를 침실로 들고 가서, 그녀가 불러일으키는 감정에 놀라며, 우스꽝스러운 슬리퍼를 벗겨내고 그녀의 발에 키스를 한다. 무대 위의 환영과 관련된 어떤 것들—가발, 흔들리는 엉덩이, 음담. 이상한 사랑! 그러나 그것은 거품이 이는 파도의 여신, 아프로디테의 화살통에서 나온 것이다. 그건 의심할 여지가 없다.

그녀는 저항하지 않는다. 입술을 피하고, 눈을 피하는 게 전부다. 그녀는 그가 그녀를 침대 위에 눕히고 옷을 벗기게 내버려 둔다. 그녀는 자신의 팔과 엉덩이를 들며 그를 도와주기까지 한다. 차가운 전율이 그녀의 몸을 살짝 스치고 지나간다. 그녀는 알몸이 되자 굴속에 들어가는 두더지처럼 누비이불 밑으로 들어가 그에게 등을 돌린다.

강간이라고까지는 할 수 없지만, 철저히 원하지 않는 것. 여우의 이빨이 목을 물어뜯으려고 할 때의 토끼와 같이 그것이 진행되는 동안 축 늘어져 죽어 있기로 결심한 것처럼, 그래서 그녀에게 행해지는 모든 것이 멀리서 일어나는 일인 것처럼.

그것이 끝나자 그녀가 말한다.

"폴린이 금방 올 거예요. 제발요. 가셔야 돼요."

그는 복종한다. 그러나 차에 도착하자, 너무 낙담해 둔감해진다. 그래서 운전대를 잡고 움직일 줄 모른다.

실수, 엄청나게 큰 실수. 이 순간, 그녀는, 멜라니는, 그것을, 그를, 씻어내고 있음이 틀림없다. 그녀가 물을 틀고 그 속으로 들어가 몽유병자처럼 눈을 감고 있을 광경이 떠오른다. 그도 물을 틀어놓고 욕실에 들어가고 싶다.

노 난센스 상표의 옷을 입은 다리가 굵은 여자가 아파트 건물로 들어간다. 이 사람이 멜라니가 핀잔을 들을까봐 그렇게도 두려워하는 사촌 폴린일까? 그는 몸을 세우고 차를 몬다.

다음 날, 그녀는 강의실에 나타나지 않는다. 중간고사를 보는 날이기 때문에 좋지 않은 결석이다. 그는 나중에 출석부를 점검하면서, 그녀가 참석했다고 고치고 70점을 준다. 그리고 그 아래에 연필로 '잠정적' 이라고 써놓는다. 70점, 좋지도 않고 나쁘지도 않고, 판단이 잘 안 서는 점수.

그녀는 다음 주 내내 강의에 나오지 않는다. 그는 거듭 전화를 건다. 대답이 없다. 그런데 일요일 밤, 현관 벨이 울린다. 머리에서 발끝까지 검은 옷을 입고, 자그마한 검은 모직 모자를 쓴 멜라니다. 그녀의 얼굴은 긴장되어 있다. 그는 그녀가 화를 내고 한바탕 소동을 벌일 거라고 각오한다.

그러나 그런 일은 일어나지 않는다. 사실, 당황한 쪽은 그녀다.

그녀는 그의 눈을 피하며 속삭인다.

“오늘 밤 여기서 자도 돼요?”

“물론, 물론이지.”

그의 가슴이 안도감으로 가득 찬다. 그는 팔을 뻗어 그녀를, 몸이 굳어 있고 차가운 그녀를, 꼭 끌어안는다.

“들어 와. 차를 끓여줄게.”

“아녜요. 차 필요 없어요. 아무 것도. 전 지금 녹초가 되어 있어요. 그냥 여기에 있기만 하면 돼요.”

그는 그의 딸이 쓰던 방에 잠자리를 만들어 주고, 그녀에게 잘 자라는 키스를 하고 그녀를 혼자 남겨둔다. 반 시간 후 들어가 보니, 그녀는 옷을 다 입은 채로 잠에 푹 빠져 있다. 그는 그녀의 구두를 벗기고 그녀의 몸을 덮어준다.

아침 일곱 시, 새가 지저귀기 시작할 무렵, 그는 그녀의 문을 두드린다. 그녀는 턱까지 시트를 끌어올리고 초췌한 얼굴로 누워 있다.

그가 묻는다.

“기분이 어때?”

그녀는 어깨를 으쓱한다.

“무슨 일 있어? 얘기하고 싶어?”

그녀는 말없이 고개를 젓는다.

그는 침대에 앉아 그녀를 끌어당긴다. 그녀는 그의 팔에 안겨 처량하게 흐느끼기 시작한다. 그런 상황에도 욕망이 출렁거린다.

그는 그녀를 달래려고 애쓰며 속삭인다.

“자, 자. 무슨 일인지 얘기해봐.”

그는 “아빠에게 무슨 일인지 얘기해 봐” 하고 말할 뻔한다.

그녀는 마음을 가라앉히고 얘기를 하려고 한다. 하지만 코가 콱 막혀 있다. 그는 그녀에게 화장지를 건넨다.

그녀가 말한다.

"여기에 당분간 있어도 될까요?"

"여기에 있겠다고?"

그는 그녀의 말을 또박또박 반복한다. 그녀는 울음을 멈춘다. 하지만 몸이 들썩거리는 것은 여전하다.

"그게 좋은 생각일까?"

그녀는 그것이 좋은 생각인지 어떤지, 대답하지 않는다. 대신, 그녀는 그에게 몸을 더 밀착시킨다. 그녀의 따뜻한 얼굴이 그의 배에 닿는다. 시트가 옆으로 미끌어진다. 그녀는 셔츠와 팬티만 입고 있다.

그녀는 이 순간 자신이 무슨 일을 하는지 알고 있는가?

그는 학교 정원에서 그 일을 시작했을 때, 쉽게 시작해서 쉽게 끝나는 간단한 연애로 생각했다. 그런데 지금 그녀는 복잡한 상황을 안고, 그의 집에 와 있다. 그녀는 무슨 게임을 하고 있는 걸까? 그가 조심해야 한다는 것은 의심할 여지가 없다. 하지만 그는 처음부터 조심했어야 한다.

그는 그녀 옆에 눕는다. 멜라니 아이삭스와 같은 집에서 산다는 것은 원치 않는 일이다. 그러나 이 순간, 그는 도취되어 있다. 그녀는 매일 밤 여기에 있을 것이다. 그는 매일 밤, 이렇게 그녀의 침대 속에서 그녀에게 들어갈 수 있다. 언제나 그렇듯, 사람들은 그 일을 알아차릴 것이다. 그리고 수군거릴 것이고 스캔들이 생길 수도 있다. 하지만 그런 게 무슨 의미일까? 꺼지기 전에 마지막으로 감각의 불길

을 사르는 것. 그는 침대보를 옆으로 밀치고 손을 뻗어 그녀의 젖가
슴과 엉덩이를 쓰다듬는다.

그는 속삭인다.

"물론이지. 여기 있어도 돼. 물론이야."

그의 침실에서 자명종이 울리는 소리가 들린다. 그녀는 그에게서
몸을 떼 어깨 위로 침대커버를 덮는다.

그가 말한다.

"나 지금 나갈 거야. 강의가 있어. 좀 더 자려고 해봐. 점심 때 올
테니까 그때 얘기해."

그는 그녀의 머리를 쓰다듬고 그녀의 이마에 키스를 한다. 정부?
딸? 그녀는 마음 속으로 무엇이 되려고 하는 걸까? 그녀는 그에게 무
엇을 주려고 하는 걸까?

그가 점심 때 돌아오자, 그녀는 일어나서 부엌 식탁에 앉아 꿀을
바른 토스트에 차를 마시고 있다. 편안해 보인다.

그가 말한다.

"훨씬 좋아 보이네."

"가신 뒤에 잤어요."

"이제, 무슨 일인지 얘기해줄 거야?"

그녀는 그의 눈을 피한다.

그녀가 말한다.

"지금은 안 돼요. 저 가야 해요. 늦었어요. 다음에 얘기해드릴게
요."

"다음이 언제야?"

“오늘 저녁 연습이 끝나고요. 괜찮으시겠어요?”

“그래.”

그녀는 일어서서 컵과 접시를 들고 싱크대에 갖다 놓는다. (하지만 그것들을 씻지는 않는다.) 그리고 돌아서서 그를 바라보고 말한다.

“정말로 괜찮으시겠어요?”

“그래, 괜찮아.”

“저도 제가 강의를 많이 빼먹었다는 걸 알고 있어요. 하지만 연극 연습하는 데 시간이 다 들어가요.”

“알아. 연극이 우선이라고 나한테 얘기했잖아. 더 일찍 얘기했더라면 좋았을 거야. 내일은 강의에 나올 거야?”

“예. 약속할게요.”

그녀는 약속한다. 하지만 강제로 집행할 수는 없는 약속이다. 그는 짜증이 나고 신경이 거슬린다. 그녀는 너무나 많은 것을 갖고 달아나며, 못되게 행동하고 있다. 그녀는 그를 이용하는 걸 배우고 있다. 그리고 어쩌면 그를 더 이용할 것이다. 하지만 그녀가 많은 것을 갖고 달아난다면, 그는 더 많은 것을 갖고 달아났다. 그녀가 못되게 행동한다면, 그는 더 못되게 행동했다. 그들이 같이 있게 된 상황을 따지자면, 그는 앞에서 끄는 사람이고 그녀는 따라 오는 사람이다. 그걸 잊어선 안 된다.

4

그는 딸의 방에서 다시 한번 그녀와 사랑을 한다. 좋다. 처음처럼 좋다. 그는 그녀의 몸이 움직이는 방식을 이해하기 시작한다. 그녀는 빠르고, 경험을 하고 싶어 안달이다. 만약 그가 그녀에게서 충만한 성욕을 느끼지 않는다면, 그것은 오로지 그녀가 아직 젊기 때문이다. 그녀가 그를 더 가까이 끌어들이기 위해 다리를 그의 엉덩이에 감던 게 기억에 또렷하게 남는다. 그는 그녀의 허벅지 안쪽 힘줄이 그에게 밀착되자 쾌감과 욕망이 솟구치는 걸 느낀다. 어렵겠지만, 그들에게 미래가 있을지 누가 아는가. 그는 이렇게 생각한다.

그녀가 나중에 묻는다.

"이런 걸 자주 해요?"

"뭘?"

"학생들과 자는 거요. 아만다하고도 잤어요?"

그는 대답하지 않는다. 아만다는 그의 수업을 받는, 숱이 적은 블

추락 47

론드 머리의 학생이다. 아만다에겐 흥미가 없다.

그녀가 묻는다.

"왜 이혼하셨어요?"

"두 번 이혼했지. 두 번의 결혼에 두 번의 이혼."

"첫부인하고는 어떻게 됐어요?"

"얘기하자면 길어. 나중에 얘기해 줄게."

"사진 있어요?"

"나는 사진을 모으지 않아. 여자를 모으지도 않고."

"저를 모으는 건 아녜요?"

"아니, 물론 아니지."

그녀는 일어나서 방 안을 걸어다니며 옷을 주워든다. 마치 혼자 있는 것처럼 수줍어 하지도 않는다. 그는 옷을 입고 벗는 것에 자의식을 느끼는 여자들에 더 익숙해 있다. 하지만 그가 익숙해 있는 여자들은 젊지도 않고 완벽한 몸매를 갖고 있지도 않다.

같은 날 오후, 누군가가 그의 사무실 문을 두드린다. 그리고 전에 본 적이 없는 젊은이가 들어온다. 그는 권하지도 않았는데 의자에 앉아서 안을 둘러보더니 책장을 향해 고개를 끄덕인다.

키가 크고 단단하게 생겼으며 가느다란 염소수염을 기르고 한쪽 귀에 귀고리를 하고 있다. 검은 가죽잠바와 검은 가죽바지를 입은 그는 대부분의 학생들보다 더 나이가 들어 보인다. 그는 문제아 같아 보인다.

"그래 당신이 그 교수군. 데이비드 교수. 멜라니가 나한테 당신에 대해 얘기해줬지.”

“그래. 자네한테 무슨 얘기를 해주던가?”

“당신이 씹을 했다고.”

긴 침묵이 흐른다. 그는 생각한다. 그래, 닭들은 보금자리로 되돌아오는 법이다. 나는 그것을 알아챘어야 한다. 그런 여자는 문젯거리를 안고 들어오는 법이다.

“자네는 누군가?”

방문객은 그의 질문을 무시하고 말을 계속한다.

“당신은 자신이 영리하다고 생각하는 모양이지. ‘진짜 여자들’의 남자라고 생각하겠지. 당신이 무슨 일을 하는지 당신 부인이 알아도 여전히 영리해보일 거라고 생각하겠지.”

“그만하면 충분하네. 원하는 게 뭔가?”

이젠 말이 더 빨리 나온다. 악의를 띠고.

“나한테 무엇이 충분한지 말하지 마. 사람들의 삶 속으로 들어왔다가 편할 때 빠져나갈 것이라고 착각하지 말란 말이야.”

빛이 그의 검은 안구에서 춤을 춘다. 그는 몸을 앞으로 숙이더니 손을 양옆으로 젖힌다. 책상 위에 있던 서류들이 날아간다.

그는 일어선다.

“그만하면 충분해! 자네가 나갈 시간이야.”

“자네가 나갈 시간이야!”

그 젊은이가 그의 말을 흉내내며 그를 조롱한다.

“오케이.”

그는 일어서서 문으로 어슬렁어슬렁 걸어간다.

"굿바이, 칩스* 교수! 하지만 두고 보자고!"

그런 다음 그는 사라진다.

그는 생각한다. 깡패. 그녀는 깡패한테 말려들어 있고, 이제 나도 그녀의 깡패한테 말려들어 있다! 속이 울렁거린다.

그는 밤 늦게까지 자지 않고 그녀를 기다리지만, 멜라니는 오지 않는다. 그 대신, 거리에 세워져 있던 그의 차가 손상을 입는다. 타이어는 바람이 빠지고, 열쇠 구멍에는 접착제가 붙어 있고, 앞유리에는 신문이 붙어 있고, 페인트는 긁혀 있다. 열쇠를 바꾸는 데 600랜드가 들어간다.

열쇠장이가 묻는다.

"누가 그랬는지 짚이는 데가 있습니까?"

"모르겠어요."

그는 무뚝뚝하게 대답한다.

이런 *기습(coup de main)*이 있은 후, 멜라니는 그로부터 거리를 유지한다. 그는 놀라지 않는다. 만약 그가 창피를 당했다면 그녀도 창피할 것이다. 하지만 그녀는 월요일에 강의실에 나타난다. 그녀 옆에는 검은 옷을 입은 남자친구가 건방진 자세로 호주머니에 손을 넣고 몸을 뒤로 기대고 앉아 있다.

학생들은 보통 때는 얘기를 하며 떠든다. 그런데 오늘은 조용하다. 그는 무슨 일이 진행되고 있는지 그들이 알고 있다고는 생각하지 않

---

*) Chips : 영국 카툰에 나오는 희화적 인물.

는다. 하지만 그들은 분명히, 그가 그 침입자를 어떻게 처리하는지 보려고 기다리고 있다.

그는 정말 어떻게 할 것인가? 그의 차를 그렇게 한 것으로 충분하지 않다는 것은 분명했다. 분명히 올 것이 더 있다. 그가 무엇을 어떻게 할 수 있을까? 이를 악물고 당하는 것 외에 무엇이 있을까?

그는 메모를 보며 이렇게 말한다.

"오늘도 바이런을 계속 공부하겠습니다. 지난 주에 공부한 것처럼, 악명과 스캔들은 바이런의 삶뿐만 아니라 사람들이 그의 시를 받아들이는 방식에도 영향을 끼쳤습니다. 사람들은 인간 바이런을 그 자신의 시적 창조물인 해롤드, 맨프레드, 심지어 돈 주앙과 혼동하여 받아들였습니다."

스캔들, 그것이 오늘의 주제라니 애석한 일이지만, 그렇다고 임시변통으로 다른 것으로 때울 상황도 아니다.

그는 멜라니를 슬쩍 쳐다본다. 그녀는 보통 때는 부지런히 필기를 한다. 그런데 오늘은 마르고 기진맥진해 보이고, 책 위에 움츠리고만 있다. 머리와는 다르게, 그의 가슴은 그녀에게 간다. 그는 생각한다. 내 가슴에 안겼던 가엾은 작은 새!

그는 그들에게 '라라'를 읽어오라고 했다. 그의 메모는 '라라'와 관련된 것이다. 그 시를 피할 방법이 없다. 그는 큰 소리로 읽는다.

그는 숨 쉬는 이 세계에서 이방인으로 서 있었다,

다른 곳으로부터 내던져진 잘못된 영혼.

우연히 피할 수 있었던 위험들을 스스로 선택한

어두운 상상의 것.

"누가 이 시를 해석해 보겠어요? '잘못된 영혼'이란 누구입니까? 왜 그는 자신을 '것'(a thing)이라고 했을까요? 그는 어떤 세계에서 온 것일까요?"

그는 학생들이 무식한 데 놀라지 않은 지 오래다. 후기기독교적, 후기역사적, 후기문자적인 그들은 어제 알에서 부화했는지도 모른다. 그래서 그는 천국에서 쫓겨난 타락한 천사들에 대해서도, 바이런이 어디에서 그것들을 읽었나 하는 것도, 그들이 알고 있기를 기대하지 않는다. 그가 기대하는 것은 그들이 적당히 추측을 해서 운좋게 그것이 맞아떨어져, 그가 그걸 갖고 요점을 설명할 수 있도록 해주는 것이다. 하지만 그들은 오늘, 침묵으로 일관한다. 그들 가운데 있는 이방인 둘레에 쳐진 집요한 침묵. 그들은 이방인이 거기에 앉아서 듣고 판단하고 조롱하는 한, 말하지도 않을 것이고 그가 하는 대로 따라오지도 않을 것이다.

그가 말한다.

"루시퍼. 하늘에서 내던져진 천사. 우리는 천사들이 어떻게 사는지 모르지만, 그들에겐 산소가 필요없다는 것을 가정할 수는 있습니다. 검은 천사 루시퍼는 집에서는 숨을 쉴 필요가 없습니다. 그런데 그는 난데없이 우리가 사는 이상한 '숨쉬는 세계'로 내던져진 것입니다. '잘못된'이란 말의 뜻은 그 자신의 길을 선택하고, 스스로 자신을 위험에 빠지게 만들며, 위험스럽게 살아가는 존재라는 말입니다. 조금 더 읽어봅시다."

그 젊은이는 단 한 번도 책을 보지 않는다. 대신, 입술에 엷은 미소를 띠고, 재미있다는 듯한 표정이 깃들인 미소를 띠고, 그가 하는 말을 듣는다.

그는 때때로

다른 사람을 위하여 자기 것을 단념할 수 있었다.

하지만 그것은 동정 때문도 아니고, 의무감 때문도 아니고,

자기 외에는 누구도 그 일을 할 수 없다는

은밀한 자부심에서 생긴

이상한 왜곡된 생각 때문이었다.

그런데 이 충동은 유혹의 시간이 되자

그의 영혼을 범죄로 이끌고 말았다.

"그렇다면 이 루시퍼는 어떤 종류의 존재입니까?"

학생들은 그때쯤, 그들 사이에, 즉 그와 그 젊은이 사이에 흐르는 기류를 느꼈음에 틀림없다. 그 질문은 그 젊은이를 향하고 있다. 그 젊은이는 잠에서 깨어난 사람처럼 대답한다.

"그냥 하고 싶은 것을 하는 거죠. 그는 그것이 좋은지 나쁜지 상관하지 않고, 그냥 하는 겁니다."

"맞습니다. 좋든 나쁘든, 그냥 하는 겁니다. 그는 원리가 아니라 충동에 따라서 행동합니다. 그는 그 충동의 근원이 어디에 있는지 모릅니다. 몇 행을 더 읽어봅시다. '그의 광기는 머리가 아니라 가슴에서 나온 것이었다.' 미친 가슴. 어떤 것이 미친 가슴이죠?"

그는 너무 많은 것을 묻고 있다. 그는 그 젊은이가 자신의 직관력을 더 밀고 나가고 싶어한다는 걸 느낀다. 그는 자신이 오토바이나 야한 옷 이상의 것을 알고 있다는 걸 과시하고 싶어한다. 어쩌면 사실이 그럴지도 모른다. 어쩌면 그는 미친 가슴이 어떤 것인지 알고 있을지도 모른다. 하지만 그것은 여기, 이 강의실에 있는 낯선 사람들 앞에서는 말이 되어 나오지 않을 것이다. 그는 머리를 젓는다.

"상관마세요. 이 시는 우리에게 미친 가슴을 가진 이 존재, 체질적으로 무엇인가가 잘못된 이 존재를 비난하라고 하는 게 아닙니다. 반대로, 우리에게 이해하고 동정하라고 권하는 것입니다. 그러나 동정에는 한계가 있습니다. 왜냐하면 그는 우리 가운데 살고는 있지만 우리 중의 하나가 아니기 때문입니다. 그는 정확하게, 스스로가 칭한 대로 *하나의 것*(a thing), 즉 괴물입니다. 마지막으로, 바이런은 그를 사랑하는 것이 가능하지 않다는 걸 암시하고 있습니다. 더 깊고, 더 인간적인 의미에서는 가능하지 않은 것입니다. 결국 그는 고독이라는 유형(流刑)을 받을 수밖에 없을 것입니다."

그들은 머리를 숙이고 그가 한 말을 적는다. 바이런이든 루시퍼든 카인이든 그들에게는 같은 사람이다.

그들은 시공부를 마친다. 그는 〈돈 주앙〉 1편을 읽어오라고 하고 강의를 일찍 끝낸다. 그는 학생들의 머리 너머로 그녀를 부른다.

"멜라니, 얘기 좀 할까?"

그녀는 고통스럽고 지친 얼굴로 그 앞에 선다. 다시 그의 가슴이 그녀를 향해 나아간다. 둘만 있다면 안아주고 기분을 북돋아줄 텐데. 그리고 *나의 작은 비둘기* 하고 부를 텐데.

대신, 그는 말한다.

"내 사무실로 갈까?"

그녀의 남자친구가 뒤를 따른다. 그는 그녀를 데리고 계단을 올라 그의 사무실로 간다.

"여기서 기다리게."

그는 젊은이에게 이렇게 말하고 문을 닫는다.

멜라니는 머리를 숙이고 그 앞에 앉는다.

그가 말한다.

"어려운 줄은 알아. 내가 그걸 더 어렵게 만들고 싶지는 않아. 하지만 나는 선생으로서 얘기하는 거야. 나는 학생들 모두에게 책임이 있어. 자네의 남자친구가 캠퍼스 밖에서 무슨 짓을 하든 그것은 그의 몫이야. 하지만 나는 그가 내 수업을 방해하게 할 수는 없어. 내가 이 말을 하더라고 그에게 전해. 그리고 자넨 공부에 더 많은 시간을 쏟아야겠어. 수업도 더 규칙적으로 참석하고 말이야. 그리고 치르지 않은 시험도 봐야 해."

그녀는 당황하고 충격을 받아 그를 쳐다본다. 당신이 나를 모든 사람으로부터 차단해버렸어요. 당신은 내게 당신의 비밀을 떠맡도록 만들었어요. 나는 더 이상 학생만은 아니에요. 어찌 나한테 이렇게 얘기할 수 있어요? 그녀는 이렇게 말하고 싶어하는 것 같다.

그녀의 목소리는 너무 가라앉아, 거의 들리지도 않는다.

"시험을 볼 수 없어요. 공부를 하지 않았거든요."

그가 말하고자 하는 것은 점잖게 얘기할 수 있는 게 아니다. 그가 할 수 있는 것은 오직, 그녀가 이해하길 바라며 신호를 보내는 것뿐이다.

"멜라니, 다른 사람들처럼 그냥 시험을 보라고. 준비가 돼 있고 않고는 중요하지 않아. 중요한 것은 그것을 끝내는 거야. 날짜를 잡자고. 다음 주 월요일, 점심시간 어때? 그러면 주말에 공부를 할 수 있잖아."

그녀는 턱을 올리고 도전적으로 그의 눈을 쳐다본다. 그녀는 말을 알아듣지 못했거나 그 제의를 거부하고 있다.

그는 반복한다.

"월요일, 여기 내 사무실에서."

그녀는 일어나서 어깨에 가방을 멘다.

"멜라니, 나한테는 책임이 있어. 적어도 내가 말한 대로 하라고. 필요 이상으로 상황을 복잡하게 만들지 마."

책임. 그녀는 대답을 함으로써 그 말에 위엄을 부여해주지 않는다.

그날 저녁 그는 콘서트에 갔다가 돌아오는 길에 신호등에서 멈춘다. 오토바이가 소리를 내며 지나간다. 검은 옷을 입은 두 사람이 탄 은색 듀카티 오토바이. 그들은 헬멧을 쓰고 있다. 하지만 그는 그들을 알아본다. 멜라니는 무릎을 넓게 벌리고 골반을 활모양으로 하고 뒷좌석에 앉아 있다. 갑작스러운 욕정의 전율이 그를 잡아당긴다. 그는 생각한다. *나는 거기에 들어갔었지!* 그런 다음, 오토바이가 앞으로 뛰쳐나가며 그녀를 데리고 사라진다.

5

그녀는 다음 주 월요일, 시험을 보러 나타나지 않는다. 대신, 그의 우편함에 공식적인 수강취소 카드가 들어 있다. M 멜라니(학번 771010ISAM)는 COM 312 과목 수강을 취소했음.

한 시간도 채 지나지 않아 그의 사무실로 전화가 걸려온다.

"루리 교수님이십니까? 잠깐 얘기할 수 있을까요? 제 이름은 아이삭스입니다. 지금 조지에서 전화를 거는 중입니다. 멜라니는 제 딸인데 교수님 과목을 수강하고 있지요."

"그렇습니다."

"교수님, 우리를 도와주실 수 있겠는지요. 멜라니는 지금까지 아주 착실한 아이였습니다. 그런데 지금 와서 학교를 그만두겠다는 겁니다. 우리에게는 너무 큰 충격입니다."

"잘 이해할 수 없군요."

"그 애는 공부를 그만두고 직장을 잡고 싶답니다. 하지만 3년이나 학교에 다니다가 졸업하기 직전에 그만두다니 큰 낭비인 것 같아요. 교수님, 그 애한테 얘기 좀 하셔서 정신을 차리게 해줄 수 있으시겠어요?"

"멜라니한테 직접 얘기해 보셨습니까? 이런 결정을 하게 된 원인이 어디 있는지 아십니까?"

"제 처와 저는 주말 내내 전화를 붙잡고 그 애와 얘기를 했지만, 무슨 일인지 알 수가 없었습니다. 그 애가 연극에 너무 빠져 스트레스를 받았는지도 모르겠습니다. 그 애는 언제나 그런 것들을 심각하게 생각하니까요. 교수님, 그게 그 애의 천성입니다. 뭔가에 심하게 빠진다니까요. 하지만 교수님이 그 애한테 말씀을 해주신다면, 어쩌면 그 애가 마음을 고쳐먹을 수도 있을 겁니다. 그 애는 교수님을 아주 존경하고 있습니다. 우리는 그 애가 그 동안 공부한 것을 쓸데없이 내동댕이치는 걸 원치 않습니다."

오리엔탈 플라자에서 산 싸구려 장난감을 갖고 다니고 워즈워스에 대해 약점이 있는 멜라니 – 멜라니(Melanie-Melâni)가 모든 것을 심각하게 생각한다고? 그가 그걸 어떻게 짐작할 수 있었으랴. 그 외에도 그가 짐작하지 못한 게 무엇이 있을까?

"아이삭스 씨, 제가 멜라니에게 얘기를 할 만한 사람인지 모르겠습니다."

"교수님이 적격자입니다. 말씀드렸던 것처럼, 그 애가 교수님을 아주 존경하고 있거든요."

그는 이렇게 말해야 한다. *존경이라고요? 아이삭스 씨, 당신은 한참 뒤져 있군요. 당신의 딸은 몇 주 전, 그것도 그럴만한 이유로 나에*

대한 존경심을 잃었습니다. 하지만 그는 대신 이렇게 말한다.

"제가 할 수 있는 일을 찾아보겠습니다."

그는 나중에 자신에게 이렇게 말한다. 넌 그렇게 해서 달아날 수 없을 거야. 또한 멀리 조지에 있는 그녀의 아버지 아이삭스도 그가 어물쩍거리며 한 이 거짓말을 잊지 않을 거야. *제가 할 수 있는 일을 찾아보겠습니다.* 왜 솔직하게 얘기하지 않았던가? 그는 이렇게 얘기했어야 한다. 나는 사과 속에 든 벌레 같은 인간입니다. 당신에게 고통을 가한 당사자인 내가 무슨 일을 할 수 있겠습니까?

그는 아파트에 전화를 걸고 그녀의 사촌 폴린과 얘기를 한다. 폴린은 차가운 목소리로, 멜라니가 전화를 받을 수 없다고 말한다.

"전화를 받을 수가 없다니 무슨 말이죠?"

"내 말은 당신과 얘기하기를 원치 않는다는 뜻입니다."

"그럼 수강 취소 때문에 전화했다고 전해 주세요. 그건 너무 경솔한 행동이라고 전해 주세요."

수요일 강의는 엉망이다. 금요일은 더 나쁘다. 출석률이 저조하다. 말 잘 듣고 수동적이고 온순한 학생들만 참석해 있다. 이유는 한 가지밖에 없다. 소문이 퍼져나갔음이 틀림없다.

그는 과사무실에 갔다가 누군가 뒤에서 그를 찾는 소리를 듣는다.

"루리 교수님을 어디서 만날 수 있습니까?"

"접니다."

그는 생각도 없이 말한다.

그 말을 한 사람은 작고, 호리호리하고, 어깨가 굽은 사람이다. 그는 몸집에 비해 너무 큰 감색 양복을 입고 있다. 그에게서는 담배냄새가 난다.

"루리 교수님? 전화로 얘기했었죠. 아이삭스입니다."

"예, 처음 뵙겠습니다. 제 사무실로 갈까요?"

"그럴 필요는 없습니다."

그 남자는 말을 멈추고 심호흡을 하며 자신을 가다듬는다. 그리고 교수라는 말에 강한 악센트를 주며 말을 시작한다.

"교수님, 당신이 아무리 교양이 있는 사람이라고 해도 당신이 한 행위는 옳지 않습니다."

그는 말을 멈추고, 고개를 젓는다.

"옳지 않단 말입니다."

두 명의 비서는 그들의 호기심을 숨기려고도 하지 않는다. 과사무실에는 학생들도 있다. 낯선 사람이 목소리를 높이자, 그들은 조용해진다.

"우리는 당신들을 믿을 수 있다고 생각하기 때문에 우리 아이들을 당신네들 손에 맡깁니다. 만약 우리가 대학을 믿지 못한다면 누구를 믿겠습니까? 우리는 우리 딸을 독사의 소굴로 보낸다고는 결코 생각하지 못했습니다. 루리 교수, 당신은 고매하고 권력있고 온갖 학위를 다 갖고 있을지 모릅니다만, 내가 당신이라면, 하느님 맙소사, 나는 내 자신이 아주 부끄러울 것입니다. 만약 내가 상황을 잘못 짚었다면, 이제 당신이 얘기할 차례입니다. 하지만 당신 얼굴을 보니 그렇지 않은 것 같구려."

실제로, 이제는 그의 차례다. 할 말이 있으면 하라. 하지만 그는 혀가 묶이고, 피가 귀로 몰려 있다. 독사. 그가 어떻게 그 말을 거부할 수 있을까?

그는 작은 소리로 말한다.

"미안합니다. 볼일이 있어서."

나무토막처럼, 그는 돌아서서 떠난다.

아이삭스는 그를 따라오며 사람들로 붐비는 통로에서 소리친다.

"교수! 루리 교수! 당신은 그렇게 달아날 수 없어! 지금 말하는데, 이것으로 끝난 게 아냐!"

그 일은 그렇게 시작된다. 다음 날 아침, 놀랄 만큼 빠르게, 학무 부총장실로부터 통지서가 날라온다. 행동수칙에 관한 학칙 3조 1항에 의거, 그에 대한 고발이 들어왔음을 알리는 통지서다. 그에게 편리한 가장 가까운 시간에 부총장실로 오라는 내용이다.

기밀이라고 찍힌 봉투 속에는 행동수칙이 복사되어 들어 있다. 3조는 종족, 인종집단, 종교, 성, 성적 편향, 혹은 신체장애 때문에 당하는 폭행이나 고통에 관한 것이다. 3조 1항은 학생에 대한 교수의 품행이 명시되어 있다.

둘째 서류에는 학칙과 위원회의 권한이 기술되어 있다. 그는 그것을 읽는다. 그의 가슴이 기분나쁘게 쿵쿵 뛴다. 그는 반쯤 읽다가 집중력을 잃는다. 그는 일어서서 사무실 문을 잠그고 손에 서류를 들고 앉아 무슨 일이 있었는지 상상해보려 한다.

멜라니가 그렇게 했을 리는 없다. 그는 그것에 대해서는 확신한다. 그녀는 그렇게 하기에는 너무 순진하고, 자신이 가진 힘에 대해서 너무 모른다. 몸에 맞지 않는 옷을 입은 그 작은 남자가 그 뒤에 있음에 틀림없다. 그와 그녀의 못생긴 사촌 폴린이 그랬을 것이다. 그들은 그녀를 지치게 만들어 결국 그녀를 대학본부로 데리고 갔을 것이다.

그들은 이렇게 했을 것이 틀림없다.

"우리는 고발을 하고 싶습니다."

"고발을 한다고요? 어떤 종류의 고발이죠?"

"개인적인 것입니다."

멜라니가 당혹해 하는 동안, 사촌 폴린이 끼어들었을 것이다.

"교수한테 당한 성희롱 사건입니다."

"저 쪽 사무실로 가세요."

그 사무실에 가서, 아이삭스는 더 대담해졌을 것이다.

"우리는 당신네 교수들 중의 하나를 고발하고자 합니다."

그들은 절차를 밟으며 응답했을 것이다.

"충분히 생각해 보셨습니까? 이것이 당신이 진정으로 원하는 것입니까?"

"그럼요, 우리는 우리가 원하는 게 뭔지를 알고 있소."

그는 자기 말을 반박할 테면 해보라는 눈초리로 그의 딸을 쳐다보며 그렇게 말했을 것이다.

작성해야 하는 서류가 있다. 서류 양식과 펜이 그들 앞에 놓인다. 그녀의 손이 그 펜을 집어든다. 그가 키스를 했던 손, 그가 자세하게 알고 있는 손. 멜라니 아이삭스, 원고의 이름이 조심스럽게 대문자로 쓰인다. 그 손이 아래칸으로 내려가 채울 곳을 찾으며 흔들린다. 그녀의 아버지가 니코틴에 절은 손가락으로, *저기* 하고 가리킨다. 그 손이 머뭇거리다가 그곳을 찾아 X표를 한다. 당당한 *고발자(J' accuse*)의 십자가. 그리고 피고인의 이름을 쓰는 공간. 그 손이 쓴다. 데이비드 루리, 교수, 마지막으로 페이지 밑에 날짜와 그녀의 서명. 아라비아풍의 M, 활달한 고리가 위쪽으로 달린 l, 아래쪽으로 그어진 I, 마지막을 장식하는 화려한 s.

일이 끝난다. 종이 위에 나란히 적힌 두 사람의 이름. 그와 그녀의 이름. 침대 속의 두 사람. 더 이상 연인이 아닌 적.

그는 부총장실로 전화를 걸어 업무가 끝난 후인 다섯 시로 약속시간을 잡는다.

그는 다섯 시에 복도에서 기다린다. 말쑥하고 혈색좋은 아람 하킴이 나와 그를 데리고 들어간다. 사무실에는 벌써 두 사람이 와 있다. 학과장인 일레인 윈터, 그리고 차별 위원회를 관장하는 사회과학부의 파로디아 라술.

하킴이 말한다.

"데이비드, 시간이 없으니, 바로 본론으로 들어갑시다. 어떻게 하면 이 문제를 가장 잘 다룰 수 있을까요?"

"신고와 관련하여 내 문제를 처리하시오."

"좋습니다. 우리는 멜라니 아이삭스 양이 접수시킨 고발건에 대해 얘기를 나누고 있습니다. 또한 아이삭스 양과 관련된 것으로 보이는 변칙적 행위가 드러났습니다. 일레인?"

그는 일레인 윈터를 쳐다본다.

일레인 윈터는 그의 말을 받는다. 그녀는 그를 좋아한 적이 없다. 그녀는 그를 빨리 없어지면 없어질수록 더 좋은 과거의 유물이라고 생각한다.

"데이비드, 아이삭스 양의 출석에 관해 의문이 있습니다. 제가 전화를 해서 물어본 바에 의하면, 그 학생은 지난 달에 두 번밖에 출석을 하지 않았다고 합니다. 그런데 그것이 사실이라면 이미 보고가 되어 있어야 합니다. 그 학생 말로는 중간고사를 보지도 않았다고 합니다."

그녀는 자기 앞에 놓인 서류를 바라본다.

"그러나 당신의 기록에 의하면, 그녀의 출석률은 완전무결합니다. 그리고 그 학생은 중간고사에서 70점을 받았습니다."

그녀는 그를 놀리듯 말한다.

"두 명의 멜라니 아이삭스가 있지 않다면야…."

그가 말한다.

"한 명밖에 없소. 난 변명할 게 아무 것도 없소."

성격이 부드러운 하킴이 끼어든다.

"여러분, 지금 여기는 구체적인 문제를 다룰 때도 아니고 장소도 아닙니다."

그는 다른 두 사람을 바라본다.

"우리가 할 일은 절차를 분명하게 하는 겁니다. 데이비드, 이 문제를 철저하게 비밀에 부쳐 처리하겠다는 점은 말하지 않아도 알겠지요. 그 점은 내가 보장합니다. 당신 이름도 보호받을 것이고, 아이삭스 양 이름도 보호받을 것입니다. 위원회가 구성될 것입니다. 위원회가 할 일은 어떤 제재를 가할 근거가 있는가, 결정하는 것입니다. 그리고 당신이나 당신 변호사는 그 결정에 이의를 제기할 수 있습니다.

모임은 카메라 앞에서 진행될 것입니다. 위원회는 결정사항을 총장에게 보고할 것이고, 총장은 관례대로 그것에 상응하는 조치를 취할 것입니다. 아이삭스 양은 당신이 가르치는 과목 수강을 공식적으로 취소했습니다. 당신은 그 학생과 접촉하지 말아야 합니다. 파로디아, 일레인, 내가 빼먹은 것이 있나요?"

입을 다문 라술 박사는 고개를 젓는다.

"데이비드, 성희롱 문제는 복잡한 겁니다. 불행한 일일 뿐만 아니라 복잡하기도 합니다. 하지만 우리의 진행절차는 공정하다고 생각합니다. 우리는 차근차근 규칙에 따라서 일을 진행할 것입니다. 진행절차를 이해하시고, 법률적인 조언을 구하는 것도 괜찮을 것 같습니다."

그가 대답을 하려는데, 하킴이 손으로 제지하며 말한다.

"데이비드, 그것에 대해 심사숙고해 보세요."

그는 그만하면 충분하다고 생각한다.

"나한테 뭘 어떻게 하라고는 하지 마시오. 난 어린애가 아니오."

그는 화가 나서 자리를 뜬다. 그러나 건물은 잠겨 있고, 수위는 귀가하고 없다. 뒷문도 잠겨 있다. 하킴이 그를 내보내줘야 한다.

비가 오고 있다.

"내 우산 같이 받지요."

하킴이 말한다. 그리고 그의 차까지 갔을 때 이렇게 말한다.

"데이비드, 나는 개인적으로 당신이 참 안됐다고 생각해요. 정말이오. 이런 일들은 지긋지긋할 수 있으니까."

그는 하킴을 몇 년 동안 알고 지냈다. 그들은 테니스를 같이 치기

도 했다. 하지만 그는 지금 친구 어쩌고 할 기분이 아니다. 그는 짜증
스러운 듯 어깨를 움찔하고 그의 차 속으로 들어간다.

사건은 비밀에 부쳐진다고 했지만 그렇게 되지 않았다. 사람들은
수군거린다. 그렇지 않다면 왜, 그가 교수휴게실에 들어가면 갑자기
하던 얘기가 멈춰지고, 지금까지 아주 절친한 관계를 유지하던 연하
의 동료가 그를 쳐다보지도 않고 찻잔을 들고 나가버리겠는가? 그리
고 왜 보들레르를 처음으로 강의하는 날, 출석한 학생이 두 명밖에
되지 않았겠는가?

그는 생각한다. 밤낮으로 돌아가며 명성을 찢고 부수는 소문의 방
앗간. 구석에서, 전화로, 닫힌 문 뒤에서 회의를 여는 정의의 공동체.
기쁨에 들뜬 속삭임들. *남의 불행을 놓고 희희낙락 하는 것(Scha
denfreude)*. 판결부터 내리고, 재판은 나중에 하고.

그는 머리를 똑바로 들고 커뮤니케이션과 건물 복도를 걸어다니려
고 한다.

그는 그의 이혼을 처리했던 변호사와 얘기를 한다.

변호사가 말한다.

"우선 사실을 분명히 합시다. 그 얘기가 어느 정도 사실입니까?"

"전부 사실입니다. 나는 학생과 연애를 하고 있었습니다."

"심각했습니까?"

"심각하다는 게 문제를 더 나쁘게 만들거나 더 좋게 만듭니까? 일
정한 나이가 지나면, 모든 연애는 심각한 겁니다. 심장마비처럼 말입
니다."

"전략상 여자 변호사를 구하시는 게 좋을 것 같습니다."

그는 두 사람의 이름을 알려준다.

"개인적으로 합의를 하는 게 좋겠어요. 대학당국이 그 학생이나 가족을 설득해서 고발을 취하하도록 하고, 대신 어떤 행동을 보여주는 게 좋겠어요. 한동안 휴직을 하시는 게 좋겠어요. 그게 최대한의 희망사항일 것 같아요. 옐로카드를 받아들이세요. 그리고 피해를 최소화하고 스캔들이 잠잠해지기를 기다리세요."

"어떤 종류의 일을 하란 말이오?"

"심리요법인 감수성 훈련, 공공봉사, 카운슬링 등 협상할 수 있는 어떤 것이든 하세요."

"카운슬링? 나한테 카운슬링이 필요하단 말이오?"

"제 말을 오해하지 마세요. 제가 말하는 것은 카운슬링이 합의사항 중 하나일 수도 있다는 말일 뿐이니까요."

"나를 교정하려고? 나를 치료하려고? 나한테서 적절치 못한 욕망을 치료하려고?"

변호사는 어깨를 으쓱한다.

"무엇이든."

그 주는 캠퍼스에서 강간에 대한 경각심을 강조하는 기간이다. WAR, 즉 '강간에 반대하는 여자들의 연대모임'은 '최근의 피해자들'과 연대하여 24시간 경계를 할 필요성을 강조한다. '여자들 말문을 열다'라는 제목의 팸플릿이 그의 사무실 문 밑으로 들어온다. 종이 밑에는 연필로 이렇게 쓰여 있다. *카사노바, 너는 끝났다.*

그는 전처인 로잘린과 저녁식사를 한다. 그들은 8년 동안 헤어져 지냈다. 그들은 서서히, 그리고 신중하게, 다시 친구가 되어가고 있

다. 같은 부류의 친구, 전쟁의 베테랑들. 그것은 그에게 로잘린이 아
직도 근처에 산다는 걸 확인해준다. 어쩌면 그녀도 그에게 똑같은 감
정을 느낄지 모른다. 욕조에서 떨어지고, 의자에 피가 묻는 등 최악
의 상황이 닥치면 의지할 수 있는 사람.

그들은 동부 케이프의 농장에 살고 있는 루시에 대해 얘기한다. 루
시는 그가 첫 번째 결혼에서 낳은 유일한 자식이다.

그는 말한다.

"곧 그 애를 보게 될 것 같아. 여행을 갈까 해."

"학기중에요?"

"학기는 거의 끝났어. 두 주일만 지나면 끝이야."

"당신이 겪는 문제와 상관있나요? 문제가 있다고 들었는데."

"어디서 들었어?"

"데이비드, 사람들이 쑥덕거리고 있어요. 세세한 것까지 다 알고
얘기하고 있어요. 아무도 입을 다무는 데 관심없어요. 당신말고는 아
무도. 그게 얼마나 어리석어 보이는지 말해볼까요?"

"아니, 하지 마."

"난 해야겠어요. 어리석고 추해요. 나는 당신이 섹스를 어떻게 처
리하는지 몰라요. 알고 싶지도 않고요. 하지만 이것은 그것을 처리하
는 방식이 아니에요. 당신 지금 몇 살이에요? 쉰다섯이던가요? 당신
은 젊은 여자가 그렇게 나이 먹은 남자하고 잠자는 걸 좋아한다고 생
각하세요? 당신 생각엔 그 여자가 당신이 그걸 하는 걸 바라보며 좋
아할 것 같아요? 그런 생각 해본 적 있나요?"

그는 아무 말이 없다.

"데이비드, 나한테서 동정을 기대하지 말아요. 다른 사람한테서도 기대하지 말아요. 동정심도 없고, 자비심도 없어요. 이 날, 이 시대에는 없어요. 모든 사람이 당신에게 손가락질을 할 거예요. 왜 그러면 안 되죠? 정말로 어떻게 *그럴 수가?*"

그녀의 옛날 목소리가 다시 나온다. 그들의 결혼생활 막바지에 그를 격렬하게 비난하면서 쏟아붓던 그 목소리. 로잘린도 그것에 대해서는 알아야 한다. 하지만 어쩌면 그녀가 하는 말에도 일리가 있다. 어쩌면 젊은 사람들은 나이든 사람들의 정열로부터 보호받을 권리가 있는지도 모른다. 결국 그래서 창녀가 필요한 것인지 모른다. 꼴불견의 황홀경을 참아달라고.

로잘린은 말을 계속한다.

"여하간, 루시를 만날 거라서면서요."

"응, 조사가 끝나는 대로 차를 몰고 가서 그 애와 당분간 지낼 생각이야."

"조사요?"

"다음 주에는 위원회가 열리거든."

"그것 참 빠르군요. 루시를 만난 후에는 어떻게 할 거죠?"

"모르겠어. 대학에서 받아줄지도 모르겠고, 또 내가 돌아오고 싶어 할지도 모르겠고."

로잘린은 머리를 젓는다.

"창피한 결말이군요. 그렇게 생각하지 않아요? 당신이 이 여자한테서 얻은 것이 그만한 가치가 있었는지는 묻지 않겠어요. 어떻게 시간을 보낼 거예요? 연금은 어떻게 되는 거죠?"

"그들과 합의를 해야겠지. 그들이 한 푼도 주지 않고 나를 잘라낼 수는 없겠지."

"그럴 수 없다고요? 그렇게 자신하지 말아요. 그 여자, 아니 당신 애인 몇 살이죠?"

"스무살. 자신의 마음을 알 정도로 충분한 나이지."

"그 여자가 수면제를 먹었다는 말이 있던데, 그 말 사실이에요?"

"수면제에 대해서는 몰라. 그건 날조 같군. 누가 당신한테 수면제 얘기를 했지?"

그녀는 질문을 무시한다.

"그녀는 당신과 사랑하고 있었나요? 그러다가 당신이 그녀를 차버렸나요?"

"아냐. 양쪽 다 아냐."

"그렇다면 왜 이런 고발이 들어왔죠?"

"누가 알겠어? 그 애는 나한테 털어놓지 않았어. 내가 알 수는 없지만, 장막 뒤에서 모종의 싸움이 있었을 거야. 남자친구는 질투심에 불타 있었고, 부모는 화가 나 있었을 테니까, 그 애가 막판에 무너졌을 게 틀림없어. 나는 정말 깜짝 놀랐거든."

"데이비드, 당신은 알았어야 해요. 다른 사람의 아이와 관계를 갖기에는 당신 나이가 너무 많다는 걸 말이에요. 최악의 상황을 예상했어야 해요. 여하간, 너무 품위없게 됐어요. 정말로요."

"당신은 내가 그 애를 사랑하는지 묻지 않았어. 그것도 물어봐야 되는 거 아냐?"

"좋아요. 당신은 당신의 이름을 진흙탕 속에 끌고 다니는 이 젊은 여자를 사랑하고 있나요?"

"그 애는 책임이 없으니까 비난하지 마."

"그 애를 비난하지 말라니! 당신은 도대체 누구 편이에요? 물론 나는 그 여자를 비난하죠! 나는 당신도 비난하고 그 여자도 비난해요. 모든 게 처음부터 끝까지 수치스러운 일이에요. 수치스럽고 또 저속하기도 하고. 나는 이런 말해도 당신한테 미안하지 않아요."

옛날 같았으면 그는 이 때쯤 뛰쳐나갔을 것이다. 하지만 오늘밤은 그러지 않는다. 그들은, 그와 로잘린은, 서로에 대해 둔감해졌다.

다음 날, 로잘린이 전화를 건다.

"데이비드, 〈아거스〉지 오늘 것 봤어요?"

"아니."

"마음 다부지게 먹어요. 당신에 관한 기사가 났어요."

"무슨 얘긴데?"

"당신이 읽어봐요."

3면에 기사가 실려 있다. '성희롱 혐의를 받고 있는 교수'라는 제목이 달려 있다. 그는 처음 몇 줄을 대충 읽는다. '…은 성희롱 혐의로 징계위원회에 불려갈 예정이다. 부정한 장학금 수여, 학생기숙사에서 운영되는 섹스 단체 등 일련의 스캔들에 휘말려 있는 CTU 당국은 최근의 사건에 대해서 함구하고 있다. 영국의 자연시인 윌리엄 워즈워스에 관한 저서를 집필한 바 있는 53세의 루리는 면담할 수가 없었다.'

윌리엄 워즈워스(1770~1850), 자연시인. 데이비드 루리(1945~?), 윌리엄 워즈워스에 관한 비평가이자 망신살이 뻗친 사도. 갓난애는 축복받을지어다. 추방당한 자가 아니니. 아이는 축복받았도다.

축복받을지어다. 추방당한 자가 아니니. 아이는 축복받았도다.

6

심문은 하킴의 사무실에서 떨어진 위원회실에서 벌어진다. 그는 안으로 들어가 진상조사위원회의 위원장을 맡고 있는 종교학 교수인 마나스 마타바니 교수 옆에 있는 탁자 앞에 앉는다. 왼편에는 그의 비서인 하킴과 학생 신분인 젊은 여자가 앉아 있다. 오른편에는 마타바니 위원회에 속한 세 사람이 앉아 있다.

조바심은 일지 않는다. 반대로, 그는 자신감을 느낀다. 그의 심장은 고르게 뛰고, 지난 밤에는 잠도 잘 잤다. 허영, 노름꾼의 위험한 허영. 허영과 독선. 그는 이렇게 생각한다. 그는 잘못된 자세로 이것에 임하려고 한다. 그러나 개의치 않는다.

그는 위원회 위원들에게 고개를 끄덕인다. 두 사람을 안다. 파로디아 라술과 기계공학부 학장인 데스몬드 스와츠. 그의 앞에 놓인 서류에 따르면, 세 번째 사람은 상과대학에서 강의를 하는 사람이다.

마타바니가 운을 뗀다.

"루리 교수님, 여기에 모인 사람들에게는 힘이 없습니다. 할 수 있는 게 있다면 권고를 하는 것입니다. 그리고 당신은 이 위원회의 구성에 이의를 제기할 수 있습니다. 그래서 묻겠습니다. 여기에 모인 위원 중 당신에게 편견을 가질 만한 사람이 있습니까?"

그가 대답한다.

"저는 적법성이라는 측면에서는 이의가 없습니다. 철학적인 의미에서는 유보할 게 있지만 그것은 제 영역을 벗어나는 것이겠지요."

이리저리 움직이는 소리.

"적법성 쪽으로 국한시키는 것이 좋겠습니다. 당신은 위원회의 구성에 이의가 없다고 했습니다. 차별반대 연합회에서 파견된 학생이 참관하는 데 이의가 있습니까?"

"나는 위원회가 두렵지 않습니다. 참관인도 두렵지 않습니다."

"좋습니다. 우선 당면한 문제를 처리하지요. 고발인은 드라마를 전공하는 멜라니 아이삭스 양입니다. 여러분은 모두 그녀가 작성한 진술서를 보고 계십니다. 진술서를 요약할 필요가 있겠습니까? 루리 교수님?"

"의장님, 아이삭스 양은 참석하지 않는 겁니까?"

"아이삭스 양은 어제 위원회에 출두했습니다. 다시 말씀드리지만, 이 위원회는 재판이 아니고 조사를 목적으로 합니다. 우리가 따르는 절차는 법정과는 다릅니다. 그것이 당신한테 문제가 됩니까?"

"아닙니다."

마타바니가 계속한다.

"두 번째 혐의는 사무주임이 학부기록사무실을 거쳐 제기한 것입니다. 이것은 아이삭스 양에 관한 기록의 타당성에 관한 것입니다. 아이삭스 양은 강의에 다 참석하지도 않았고 과제를 제출하지도 않았으며 시험을 다 치르지도 않았는데, 학점을 받았습니다.”

“그것이 전부인가요? 그것이 혐의입니까?”

“그렇습니다.”

그는 심호흡을 한다.

“이 위원회 위원들께서는 이의를 제기하지 않을 똑같은 얘기를 되풀이하면서 시간을 낭비하는 것보다는 다른 것에 더 유용하게 시간을 활용할 수 있을 것입니다. 나는 두 가지 혐의에 유죄를 인정합니다. 형을 내리십시오. 그리고 우리 각자의 삶으로 돌아갑시다.”

하킴이 마타바니 쪽으로 몸을 숙인다. 그들 사이에 소곤거리는 소리가 오간다.

하킴이 말한다.

“루리 교수님, 다시 말씀드리지만 이것은 진상조사위원회입니다. 우리가 할 일은 양쪽 얘기를 듣고 권고를 하는 것입니다. 우리에게는 결정을 내릴 권한이 없습니다. 다시 묻겠습니다. 이 절차를 잘 아는 다른 사람이 당신을 대변하는 게 좋지 않겠습니까?”

“나는 대변인이 필요없습니다. 난 내 자신을 완벽하게 대변할 수 있습니다. 제가 유죄를 인정했는데도, 심문을 계속할 필요가 있습니까?”

“우리는 당신에게 상황을 설명할 기회를 주고 싶습니다.”

“나는 설명했습니다. 나는 유죄입니다.”

“무엇에 대해 죄가 있다는 겁니까?”

"나한테 씌어진 모든 혐의에 대해서 말입니다."

"루리 교수님, 당신은 말을 빙빙 돌리시는군요."

"아이삭스 양이 주장하는 모든 것과 허위기록을 작성했다는 것을 인정한다는 말입니다."

파로디아 라술이 끼어든다.

"루리 교수님, 당신은 아이삭스 양의 진술서를 인정한다고 말씀하시는데, 그것을 읽어보셨나요?"

"나는 아이삭스 양의 진술서를 읽고 싶지 않습니다. 그것을 인정합니다. 나는 아이삭스 양이 거짓말을 할 어떤 이유도 알지 못합니다."

"하지만 그것을 인정하기 전에, 실제로 진술서 내용을 읽어보는 게 신중하지 않을까요?"

"아닙니다. 삶에는 신중한 것보다 더 중요한 것이 있습니다."

파로디아 라술은 의자에 등을 기댄다.

"루리 교수님, 이건 아주 해괴망측하군요. 하지만 정말 그러실 수 있겠어요? 당신 자신으로부터 당신을 보호할 의무가 오히려 우리에게 있는 것 같아 보이니 하는 말입니다."

그녀는 쌀쌀한 미소를 지으며 하킴을 바라본다.

"당신은 법률적인 조언을 구하지 않았다고 말했습니다. 목사나 변호사 등 누구와 상의해 보셨나요? 카운슬링을 받을 준비가 되어 있으십니까?"

상과대학에서 온 젊은 여자가 묻는다. 그는 신경이 곤두서는 걸 느낀다.

"아닙니다. 나는 카운슬링을 받지도 않았고 그럴 생각도 없습니다.

나는·성인입니다. 카운슬링을 받을 만큼 유연하지도 않습니다. 나는 카운슬링의 영역을 벗어나 있습니다.”

그는 마타바니를 향해 말한다.

“나는 유죄를 인정했습니다. 이 모임을 계속해야 할 다른 이유가 있습니까?”

마타바니와 하킴 사이에 귓속말이 오간다.

마타바니가 말한다.

“루리 교수의 유죄답변을 논의하기 위해 휴회하자는 제의가 들어왔습니다.”

모두 고개를 끄덕인다.

“루리 교수님, 우리가 심의를 하는 동안 잠깐 자리를 비켜주시겠습니까? 판 빅 양도 그렇게 해주세요.”

그와 학생 참관인은 하킴의 사무실로 물러난다. 그들 사이에 아무 말도 오가지 않는다. 분명히 그 여학생은 어색한 느낌을 받는다. *'카사노바, 너는 끝났다.*’ 카사노바를 마주 대한 지금, 그녀는 카사노바에 대해서 무슨 생각을 할까?

그들은 다시 불려간다. 분위기가 좋지 않다. 불쾌한 분위기다. 그에게는 그렇게 보인다.

마타바니가 말한다.

“다시 시작하겠습니다. 루리 교수님, 당신은 당신한테 씌어진 혐의들을 인정한다고 말씀하시는 거죠?”

“나는 아이삭스 양이 진술한 것은 어떤 것이든 인정합니다.”

“라술 박사님, 하시고 싶은 말씀 있으세요?”

"그렇습니다. 나는 루리 교수의 반응에 이의를 제기하고 싶습니다. 제 생각에는 그의 태도는 근본적으로 분명치 않습니다. 루리 교수는 혐의를 받아들인다고 말하고 있습니다. 하지만 그가 실제로 인정하는 게 무엇인지 알아보려고 하면, 우리한테 돌아오는 것은 미묘한 조롱뿐입니다. 그런 태도는 그가 혐의들을 명목상으로만 인정한다는 걸 암시하는 것 같습니다. 이와 같이 부차적 의미들이 있는 사건에서, 대학의 구성원은—"

그것이 그냥 지나가게 할 수는 없다. 그는 말허리를 자른다.

"이 사건에는 부차적 의미가 없습니다."

그녀는 그의 말을 누르며, 천연덕스럽게 목소리를 높이며 말을 계속한다.

"대학의 구성원은 루리 교수가 인정하는 것이 구체적으로 무엇이며, 따라서 그가 무엇 때문에 제재를 받는지 알 필요가 있습니다."

마타바니가 덧붙인다.

"그가 제재를 받는다면 그렇다는 말이겠죠."

"물론 그가 제재를 받는다면 그렇다는 말입니다. 만약 우리의 마음이 아주 분명하지 않고, 루리 교수가 제재를 받는 이유에 대해서 우리 권고사항에 아주 분명하게 해두지 않으면, 우리는 의무를 다하지 못하는 것입니다."

"라술 박사님, 나는 우리의 마음이 아주 분명하다고 믿습니다. 문제는 루리 교수의 마음이 명료한가 하는 것입니다."

"바로 그것입니다. 제가 지적하고자 하는 것을 정확하게 지적하셨습니다."

입을 다무는 것이 더 현명하겠지만, 그는 그렇게 하지 않는다.

그는 말한다.

"파로디아, 내 마음 속에서 일어나는 일은 내 일이지 당신 일이 아니오. 솔직히 말해, 당신이 나한테서 원하는 것은 내 반응이 아니라 고백이겠지요. 그러나 나는 고백은 하지 않겠소. 나는 내가 갖고 있는 권리로, 유죄를 인정했소. 혐의대로 유죄란 말이오. 그것이 내 답변이오. 그것이 내가 할 수 있는 최대한의 것이오."

"의장님, 이의가 있습니다. 문제가 단순한 기술적인 문제 이상으로 가고 있습니다. 루리 교수는 유죄를 인정하고 있습니다. 하지만 저는 이렇게 자문해 봅니다. 그는 그의 죄를 인정하는 걸까요? 아니면 이 사건이 서류 속에 묻혀 잊혀지리라는 희망에서 마지못해 그런 시늉을 하는 것일까요? 만약 그가 단지 시늉만 하는 것이라면, 우리는 가장 심한 벌을 내려야 한다고 생각합니다."

마타바니가 말한다.

"라술 박사님, 다시 한번 당신에게 말씀드리는데, 벌을 내리는 것은 우리가 아닙니다."

"그렇다면 우리는 가장 심한 벌을 내리도록 권고해야 합니다. 루리 교수를 즉각 해고하고 모든 혜택과 특권을 몰수하라고 말입니다."

"데이비드?"

지금까지 얘기를 하지 않고 있던 데스몬드 스와츠가 말한다.

"데이비드, 당신은 최선의 방식으로 상황을 처리하고 있다고 확신하나요?"

스와츠는 의장을 바라본다.

"의장님, 루리 교수가 회의실 밖으로 나갔을 때 제가 말씀드렸던 것처럼, 우리는 대학공동체의 구성원으로써 동료를 이렇게 냉혹하고 형식적인 방식으로 처리해서는 안 됩니다. 데이비드, 이 모임을 연기시키고 시간을 갖고 생각하고 자문을 구해보는 게 어때요?"

"왜요? 내가 어떤 것에 대해 생각할 필요가 있죠?"

"당신이 처해 있는 상황의 심각성에 대해서 말이오. 나는 당신이 그걸 이해하고 있는지 잘 모르겠어요. 단도직입적으로 얘기해서, 당신은 직장을 잃을 위기에 처해 있어요. 요즈음에는 그게 가벼운 일이 아니오."

"그렇다면 나한테 무슨 충고를 하시겠습니까? 라술 박사가 미묘한 조롱이라고 부르는 것을 내 목소리에서 제거할까요? 참회의 눈물을 흘릴까요? 어떤 것이 나를 구하기에 충분한 것일까요?"

"데이비드, 당신은 믿기 어려울지 모르지만, 여기 있는 우리는 당신의 적이 아니오. 우리 모두는 약해질 때가 있는 법이오. 우리는 인간일 뿐이니까. 당신의 경우는 특별한 게 아니오. 우리는 당신이 일을 계속할 수 있는 길을 찾아주고 싶어요."

하킴이 끼어든다.

"데이비드, 우리는 당신이 악몽에서 벗어나는 길을 찾아주고 싶어요."

그들은 친구들이다. 그들은 약점으로부터 그를 구하고, 악몽으로부터 그를 깨워주고 싶어한다. 그들은 그가 길거리에서 빌어먹는 것을 보고싶어 하지 않는다. 그들은 그가 강의실로 돌아가기를 원한다.

그는 말한다.

"선의의 합창 속에 여자의 목소리는 빠져 있군요."

침묵이 이어진다.

그가 말한다.

"좋아요. 고백하죠. 얘기는 어느 날 저녁 시작됩니다. 날짜는 생각나지 않지만 오래 전 일은 아닙니다. 나는 옛 대학 정원을 걸어가고 있었습니다. 공교롭게도 문제가 된 젊은 여성 아이삭스 양도 그 곳을 걸어가고 있었습니다. 우리의 길이 겹쳤습니다. 우리는 얘기를 했습니다. 그 순간, 시인이 아니기 때문에 묘사할 수는 없지만 어떤 일이 일어났습니다. 에로스가 들어왔다고 말하는 것으로 충분할 것입니다. 그 후로 나는 똑같은 사람이 아니었습니다."

상과대학에서 온 여자가 조심스럽게 묻는다.

"당신이 무엇과 똑같지 않았다고요?"

"나는 내 자신이 아니었습니다. 나는 더 이상, 인생의 막바지에 이른 50대의 이혼남이 아니었습니다. 나는 에로스의 노예가 되었습니다."

"이것이 우리한테 하는 변명입니까? 절제할 수 없는 충동이었다, 그 말입니까?"

"이것은 변명이 아니오. 당신은 고백을 원하고, 나는 고백을 하는 거요. 충동으로 말하자면, 그것은 절제할 수 없는 것과는 멀었소. 말하기가 부끄럽지만, 나는 과거에도 여러 차례 똑같은 충동을 거부했던 적이 있소."

스와츠가 말한다.

"당신은 학자적인 삶에는 그 본질상 어떤 희생이 요구된다고 생각하지 않나요? 전체의 이익을 위해서 어떤 것에 대한 만족을 단념해야 한다고 생각하지 않나요?”

“그 말은 연령 차이가 나는 사람들 사이의 접촉을 염두에 두고 하는 말이겠죠?”

“아니, 반드시 그럴 필요까지는 없어요. 하지만 우리는 선생으로서 힘을 갖고 있습니다. 어쩌면 힘의 관계와 성의 관계가 혼합되는 것에 대한 금지가 되겠죠. 내 생각에는 이 사건은 그런 것 같습니다. 아니면 극단적인 조심성이었거나.”

파로디아 라술이 끼어든다.

“의장님, 우리는 다시 겉만 맴돌고 있습니다. 그렇습니다. 그는 유죄라고 얘기하고 있습니다. 그러나 우리가 구체적인 걸 짚고 들어가려 하면, 젊은 여자에 대한 성희롱이 아니라 저항할 수 없었던 충동 어쩌고 하는 걸 고백이랍시고 하고 있습니다. 그 때문에 생긴 고통이나, 극히 일부분에 불과한 이 사건을 비롯한 오랜 착취의 역사에 대해서는 일언반구도 없이 말입니다. 바로 이게 제가 루리 교수와 계속 얘기를 하는 것이 쓸데없는 일이라고 말하는 이유입니다. 우리는 그의 유죄인정을 액면 그대로 받아들이고 그에 따라서 권고를 해야 합니다.”

‘성희롱’, 그는 그 단어를 기다리고 있었다. 정의감에 떠는 목소리로 말해진 그 단어. 그녀는 그에게서 무엇을 보기에, 그렇게 울분을 터뜨리는 것일까? 작고 연약한 고기떼 속에 있는 상어? 아니면 그녀는 다른 걸 떠올리는 걸까? 기골이 장대한 몸으로 소녀를 덮치고 큼직한 손으로 아우성을 지르는 그녀의 입을 막아 질식시키는 남자?

너무나 터무니 없다! 그때, 그는 그들이 어제 바로 이 방에 모였으며, 그의 어깨에도 채 닿지 않는 멜라니가 그들 앞에 있었다는 사실을 떠올린다. 공평하지 않다. 그가 어떻게 그걸 아니라고 할 수 있을까?

상과대학에서 온 여자가 말한다.

"라술 박사의 의견에 동의합니다. 루리 교수에게 덧붙이고 싶은 말이 없다면, 결론을 내려야 한다고 생각합니다."

스와츠가 말한다.

"의장님, 그러기 전에, 나는 마지막으로 루리 교수에게 간청하고 싶습니다. 어떤 형태든지 진술서를 쓸 용의가 있습니까?"

"왜죠? 내가 진술서를 쓰는 게 어째서 그렇게도 중요한 겁니까?"

"그것이 아주 격해진 상황을 식히는 데 도움이 되기 때문입니다. 이상적으로는, 매스컴에 오르내리지 않고 이 문제가 해결됐다면 좋았을 것입니다. 하지만 그러지 못했어요. 매스컴에 알려지게 되면서, 그것은 우리의 통제력을 벗어나는 부차적 의미를 갖게 되었습니다. 사람들의 눈이 대학에 쏠려, 우리가 이 일을 어떻게 처리하는지 지켜보고 있습니다. 데이비드, 당신의 말을 들으니, 부당한 취급을 받고 있다고 생각하는 것 같군요. 그것은 아주 오해입니다. 이 위원회에 속한 우리는 당신이 직장을 잃지 않도록 모종의 타협점을 찾아내려고 합니다. 그것이 우리가 견책에 의한 해고라는 가장 심한 제재보다는 좀 더 가벼운 것을 권고할 수 있도록, 당신에게 공개적인 진술서를 작성할 용의가 있느냐고 물은 이유입니다."

"당신 말은 내가 머리를 조아리고 용서를 구하라는 말이죠?"

스와츠는 한숨을 쉰다.

“데이비드, 우리가 하는 일에 대해 빈정거리는 건 도움이 되지 않아요. 당신의 상황을 다시 생각해볼 수 있도록 적어도 휴회는 받아들이세요.”

“진술서에 어떤 내용이 들어가기를 바랍니까?”

“당신이 잘못했다고 인정하는 것이오.”

“나는 그걸 인정했소. 기꺼이 말이오. 나는 나한테 씌어진 모든 혐의에 유죄를 인정하고 있소.”

“데이비드, 우리와 게임을 하지 말아요. 혐의에 대해 유죄를 인정하는 것과 당신이 잘못했다고 인정하는 것 사이에는 차이가 있어요. 당신도 그걸 알고 있잖소.”

“내가 잘못했다고 인정하면 당신들은 만족하겠소?”

파로디아 라술이 말한다.

“아닙니다. 그건 처음으로 다시 돌아가는 겁니다. 우선 루리 교수가 진술서를 작성해야 합니다. 그 *다음에야*, 우리가 제재완화책으로 그것을 받아들일 것인지 어쩐지 결정할 수 있습니다. 우리는 그의 진술서에 들어가는 내용에 대해서는 협상할 수 없습니다. 진술서는 루리 교수 자신의 말로, 루리 교수에게서 나와야 합니다. 그런 다음에야, 우리는 그것이 그의 가슴에서 우러나오는 것인지 어떤지 알 수 있습니다.”

“당신은 내가 사용하는 단어들을 보고, 그것이 내 가슴에서 우러나오는 것인지 간파할 수 있다고 자신하시오?”

“우리는 당신이 어떤 태도를 취하는지 볼 것입니다. 우리는 당신이 뉘우치는지 두고 볼 것입니다.”

“좋소. 나는 아이삭스 양과 관계를 맺을 때 내 지위를 이용했소. 그것은 잘못된 것이었고, 나는 그걸 뉘우치오. 당신한테는 그것으로 충분치 않소?”

“루리 교수님, 문제는 그것이 나한테 충분한지 어떤지가 아니라, 그것이 당신에게 충분한가 하는 것입니다. 그것이 당신의 진실한 감정을 반영하는 것입니까?”

그는 고개를 젓는다.

“나는 그 말을 당신에게 했소. 이제 당신은 그 이상을 원하고 있소. 당신은 나한테 그 말의 성실성을 보여달라고 요구하고 있소. 그것은 터무니없는 일이오. 그것은 법의 소관 밖이오. 나는 할 만큼 했소. 처음으로 돌아가서 규칙대로 합시다. 나는 유죄를 인정하오. 그것이 내가 할 수 있는 최대한의 말이오.”

마타바니가 말한다.

“좋습니다. 루리 교수에게 더 이상 질문할 게 없다면 여기서 끝내겠습니다. 참석해 주셔서 고맙습니다. 가셔도 좋습니다.”

그들은 처음에는 그를 알아보지 못한다. 그가 계단을 반쯤 내려갔을 때, *저 사람이야!* 하는 소리가 들리더니 발소리가 몰려온다.

그들은 계단 밑에서 그를 따라잡는다. 한 사람은 천천히 가라고 그의 웃옷을 잡아당기기도 한다.

한 사람이 말한다.

“루리 교수님, 잠깐만 얘기할 수 있습니까?”

그는 그것을 무시하고 사람이 많은 로비로 들어간다. 사람들은 키 큰 남자가 쫓기는 광경을 바라본다.

누군가가 그의 길을 막는다.

그녀가 말한다.

"잠깐만요!"

그는 얼굴을 돌리고 손을 내민다. 플래시가 터진다.

한 여자가 주위를 빙빙 돈다. 땋은 머리를 호박구슬로 묶어 얼굴 양쪽으로 늘어뜨린 여자가 고르게 난 하얀 이를 내보이며 웃는다.

그녀가 말한다.

"우리 멈춰서 얘기 좀 할까요?"

"무엇에 대해서요?"

녹음기가 그를 향해 내밀어진다. 그는 그것을 밀쳐버린다.

여자가 말한다.

"어떻게 됐느냐에 대해서요."

"무엇이 어떻게 돼요?"

카메라가 다시 터진다.

"위원회에 대해 얘기하는 것 알잖아요."

"그것에 대해서는 말할 수 없소."

"좋아요, 그렇다면 어떤 것에 대해서 말할 수 있으시죠?"

"말하고 싶은 게 아무 것도 없소."

어슬렁거리던 사람들이 흥미를 보이며 주위에 모이기 시작한다. 그 자리를 뜨려면, 그들을 밀치고 가야 할 것이다.

여자가 녹음기를 바짝 대며 묻는다.

"당신은 유감으로 생각합니까? 당신이 했던 일을 뉘우칩니까?"

그가 말한다.

"아니오, 나는 이번 경험으로 풍부해졌소."

여자의 얼굴에 미소가 감돈다.

"그래서 그걸 다시 하겠어요?"

"나한테 기회가 또 있을 것 같지는 않소."

"하지만 또 다른 기회가 생기면?"

"그것은 진짜 질문이 아니오."

그녀는 작은 녹음기의 배를 더 많은 말로 채우고 싶지만, 어떻게 하면 그로부터 그 이상의 무분별한 말을 끌어낼 수 있을까, 잠시 쩔 쩔맨다.

누군가가 낮은 목소리로 말하는 게 들린다.

"그 경험으로 어떻게 됐다고요?"

"풍부해졌대요."

킥킥거리는 소리가 들린다.

누군가가 그 여자에게 소리친다.

"사과했느냐고 물어봐요."

"이미 물어봤어요."

고백, 사과. 왜 이렇게 굴욕감을 주려고 난리인 걸까? 조용해진다. 그들은 이상한 짐승을 구석에 몰아놓고 어떻게 끝낼지 모르는 사냥 꾼들처럼, 그의 주위를 빙글빙글 돈다.

다음 날 학생신문에 '이제 누가 바보인가?' 라는 제목을 단 사진이 실린다. 그것은 눈을 하늘로 향한 채 카메라를 잡으려고 손을 뻗치고 있는 그의 모습이다. 그 자세만으로도 우스꽝스럽기 짝이 없다. 하지만 더욱 가관인 것은 한 젊은 남자가 입이 찢어지게 웃으며, 뒤집힌 쓰레기통을 그 위에 들고 있는 장면이다. 시각의 장난인지, 쓰레기통이 그의 머리 위에 바보의 모자처럼 놓여 있다. 그런 이미지에 대항하여, 그에게 어떤 승산이 있을까?

그 기사에는 '판결에 대해서 입을 다문 위원회'라는 제목이 달려 있다.

'커뮤니케이션과 데이비드 루리 교수의 성희롱과 비행을 조사하고 있는 위원회는 어제 내려진 판결에 대해서 입을 다물었다. 마나스 마타바니 의장은 조사결과를 총장에게 송부했다고만 밝혔다. 심리가 끝난 후 WAR(강간에 반대하는 여자들의 연대모임)의 회원들과 설전을 벌이며, 루리 교수(53)는 여자 학생들과의 경험이 자신을 '풍부하게' 만들었다고 말했다. 낭만주의시 전문가인 루리 교수의 강의를 듣는 학생들이 그를 고발하면서, 문제가 처음으로 불거졌다.'

그는 집에서 마타바니의 전화를 받는다.

"데이비드, 위원회는 권고사항을 위로 송부했어. 그런데 총장이 나한테 마지막으로 자네와 얘기를 해달라고 했어. 자네가 자네뿐만 아니라 우리 쪽 입장을 만족시킬 만한 성명을 발표한다면, 극단적인 조처는 취하지 않을 생각이야."

"마나스, 그건 이미 다 얘기했잖아. 나는—"

"잠깐만. 내 말 마저 들어. 내 앞에 우리들의 요구사항에 맞을 만한 진술서 초안이 있어. 아주 짧아. 읽어볼까?"

"읽어 보게."

마타바니가 읽는다.

"나는 대학이 나한테 위임한 권위를 남용했을 뿐만 아니라, 고발인의 인권을 심각하게 침해했음을 무조건 인정한다. 나는 양쪽 모두에게 충심으로 사과하고 어떤 벌이든지 달게 받겠다."

"어떤 벌이든지? 그게 무슨 말이야?"

"내가 이해하기론, 자네를 해고하지는 않을 거라는 거야. 아마 자네한테 휴직을 권고하게 될 거야. 결국 자네가 강의에 복귀하는 것은 자네나 학장이나 학과장한테 달려 있겠지."

"그거야? 그럴 계획이란 말이지?"

"내가 이해하기론 그래. 만약 자네가 이 성명서에 동의를 하면, 그것으로 제재완화를 탄원하는 게 되고, 총장은 그런 뜻으로 그것을 받아들일 용의가 있어."

"무슨 뜻으로?"

"사과의 뜻."

"마나스, 우리는 어제 참회에 대해서 얘기했어. 나는 내가 생각하는 바를 얘기했어. 나는 그렇게 하지 않을 거야. 나는 학칙에 따라 공식적으로 구성된 위원회에 출두했어. 나는 세속적인 위원회 앞에서 세속적인 유죄를 인정했어. 유죄 인정만으로 충분해야 해. 참회는 여기서도 아니고 저기서도 아니야. 참회는 다른 세계, 담론의 다른 세상에 속하는 거야."

"데이비드, 자네는 문제를 혼동하고 있어. 자네더러 참회를 하라고 하는 게 아냐. 우리는 자네 동료로서, 그게 아니라면 자네 말대로 세

속적인 위원회 위원들로서, 자네의 영혼 속에서 무슨 일이 일어나는
지는 전혀 몰라. 다만 성명서를 발표하라고 주문하는 것뿐일세.”

“나의 진심이 아닐지도 모르는 사과문을 발표하라고?”

“판단의 척도는 자네가 성실하고 안 하고가 아냐. 그것은 자네 양
심의 문제야. 문제는 자네가 공적으로, 자신의 잘못을 인정하고 그것
을 개선할 조치를 취할 준비가 되어 있느냐 하는 것이야.”

“이제 우리는 정말로 머리를 쥐어뜯고 있군. 당신들은 나한테 혐의
를 제기했고, 나는 그 혐의가 유죄라고 인정했어. 당신들이 나한테서
필요로 하는 것은 그게 전부야.”

“아냐. 우리는 그 이상을 원해. 엄청나게 많지는 않지만, 더 많이.
자네가 그렇게 해주면 문제는 해결되는 거야.”

“미안하지만 난 그럴 수 없어.”

“데이비드, 난 자네를 자네로부터 계속 보호할 수는 없네. 나는 지
쳤네. 다른 위원들도 그래. 더 생각할 시간이 필요한가?”

“아니.”

“좋아. 그러면 자네는 총장으로부터 통보를 받게 될 것이네. 이제
그 말 외에는 더 할 말이 없네.”

일단 떠나기로 결심하자, 그를 붙들 수 있는 것은 아무 것도 없다. 그는 냉장고를 비우고 문을 잠그고 점심 때쯤 고속도로로 나섰다. 웃슈어른에서 하룻밤을 묵고, 동이 트자마자 출발한다. 반나절이 지나자 목적지인 동부 케이프의 그래함스타운과 켄튼 사이에 있는 샐럼 시 근처에 있다.

딸의 농장은 그 도시에서 몇 마일 떨어진, 구불구불한 비포장 도로의 끝에 자리잡고 있다. 대부분 개간이 가능한 5헥타르의 땅, 풍차펌프, 마굿간, 헛간, 노란색 페인트가 칠해진 나지막한 농가, 지붕이 있는 툇마루식 베란다. 정면에는 철조망이 쳐져 있으며 한련과 제라늄 숲이 있고, 나머지는 모래와 자갈들로 돼 있다.

차도에는 낡은 VW(폴크스바겐) 밴이 세워져 있다. 그는 그 뒤에 차를 댄다. 베란다 그늘에서 루시가 나온다. 한 순간, 그는 그녀를 알아보지 못한다. 1년 만이다. 그녀는 몸이 불어 있다. 그녀의 엉덩이와 가슴은 이제 … (그는 거기에 가장 맞는 말을 찾아본다) 넉넉하다. 그녀는 맨발로 사뿐사뿐 걸어, 양 팔을 벌려 그를 안고 볼에 입을 맞춘다.

그는 그녀를 안으며 이렇게 생각한다. 착한 딸, 긴 여행 끝의 상큼한 환영!

한낮에도 쌀쌀하고 어두컴컴한 그 큰 집은 수레에 가득 탄 손님들을 맞던 대가족 시대에 지어진 것이다. 6년 전, 루시는 코뮌, 즉 가죽제품과 햇볕에 말린 도기를 그래함스타운에 내다팔고, 옥수수밭 이랑에 대마를 심는 공동체의 일원으로 이곳에 이주했다. 코뮌이 와해되고 그 사람들이 뉴베데스다로 옮겨간 후에도, 루시는 그녀의 친구 헬렌과 함께 자작농지에 남았다. 그녀는 이곳과 사랑에 빠졌노라고 말했다. 제대로 농사를 짓고 싶다고도 했다. 그는 그녀가 농지를 구입하는 걸 도와주었다. 이제 그녀는 여기서 꽃무늬 드레스를 입고 맨발로 걸어다닌다. 집안에서는 빵 굽는 냄새가 진동한다. 그녀는 더 이상 농장에서 놀이를 하는 어린애가 아니라 완전한 시골여자다. 농부의 아내(*boervrou*).

그녀가 말한다.

"헬렌 방에서 주무시게 해드릴게요. 아침에 햇볕이 들거든요. 올겨울은 아침이 얼마나 추운지 상상도 못하실 거예요."

그가 묻는다.

"헬렌은 어떠니?"

헬렌은 목소리가 굵고, 살결이 거칠고, 루시보다 나이가 많고, 몸집이 크고 슬퍼보이는 여자다. 그는 루시가 그녀의 어떤 점을 좋아하는지 이해할 수가 없었다. 그는 속으로, 루시가 더 좋은 사람을 찾거나, 더 좋은 사람이 그녀를 찾았으면 하고 바란다.

"헬렌은 4월부터 요하네스버그에 가 있어요. 일꾼을 제외하면, 저는 그동안 혼자 살았어요."

"나한테는 그 얘기 하지 않았잖니. 혼자 살면 불안하지 않니?"

루시가 어깨를 으쓱한다.

"개들이 있어요. 개들은 아직 쓸모가 있어요. 개가 많을수록, 더 도움이 되죠. 여하튼 도둑이 들면 두 사람이 한 사람보다 더 나을 것도 없어요."

"그 말은 아주 철학적인데."

"예. 모든 것이 실패로 돌아갈 경우, 철학적이 될 수밖에 없죠."

"하지만 너한테는 무기가 있잖니."

"권총이 있어요. 보여드릴게요. 이웃한테 샀어요. 사용해본 적은 없지만, 갖고는 있어요."

"좋아. 무장한 철학자라. 마음에 든다."

개들과 총, 오븐 속의 빵과 흙 속의 농작물. 도시 지식층인 그와 그녀의 어머니가 시대에 역행하는 억세고 젊은 개척자를 낳다니 신기하다. 하지만 그녀를 낳은 것은 어쩌면 그들이 아닐지 모른다. 어쩌면 역사가 더 큰 몫을 했을지도 모른다.

그녀는 그에게 차를 준다. 배가 고프다. 그는 집에서 만든 가시배 잼을 바른 빵을 두 덩이나 허겁지겁 먹는다. 그는 자기를 바라보는 그녀의 눈을 의식한다. 조심해야겠다. 아이한테는 부모가 그렇게 허겁지겁 먹는 것을 바라보는 게 상당히 흉할테니.

그녀의 손톱도 그리 깨끗하지는 못하다. 시골의 때. 고귀하겠지. 그는 이렇게 생각한다.

그는 헬렌의 방에 짐을 푼다. 서랍장은 비어 있다. 커다란 낡은 옷장에는 푸른색 바지걸이만 있다. 만약 헬렌이 떨어져 있다면, 그것은 당분간일 것이다.

루시는 그를 데리고 집안을 둘러본다. 그녀는 물을 낭비하지 말고 정화조를 오염시키지 말라고 그에게 주의를 준다. 이미 알고 있는 일이지만 그는 잠자코 듣는다. 그런 다음 그녀는 개집을 보여준다. 지난 번에 왔을 때는 우리가 하나밖에 없었다. 지금은 콘크리트 바닥에 아연도금을 한 기둥과 지주와 굵은 철망으로 단단하게 지어진 다섯 채의 우리가 자그마한 유칼리나무 그늘 속에 서 있다. 개들이 그녀를 보고 좋아서 난리다. 도베르만, 독일 셰파트, 리지백, 불테리어, 로트베일러.

"모두 경비견들이에요. 일하는 개들이죠. 단기간 계약으로 들어와요. 2주도 되고 1주도 되고 때로는 주말만 그러기도 해요. 여름 휴가 때는 애완용 개도 들어와요."

"고양이는? 너 고양이도 좋아하잖아?"

"웃지 마세요. 고양이 쪽으로 확장하는 것도 생각하고 있거든요. 아직 준비가 덜 됐어요."

"아직도 시장에 네 노점이 있니?"

"네, 토요일 아침에 모시고 갈게요."

이것이 그녀가 삶을 꾸려가는 방식이다. 개를 돌보고 꽃과 채소를 팔아서. 이보다 더 단순한 삶은 없을 것이다.

"개들이 싫증을 내지 않니?"

그는 머리를 발에 대고 일어날 생각도 하지 않으며 음산한 눈으로 그들을 바라보고 있는 황갈색 불독 암캐를 가리킨다.

"케이티 말이군요? 버려진 개예요. 주인들이 도망갔어요. 몇 달치 돈을 떼먹고요. 저 개를 어떻게 해야 할지 모르겠어요. 새 주인을 찾아줘야죠. 시무룩한 게 탈이지만 다른 건 괜찮아요. 날마다 운동을 시켜줘요. 저나 페트루스가요. 그게 프로그램의 일부거든요."

"페트루스라고?"

"만나게 될 거예요. 페트루스는 제 조수죠. 사실 3월부터는 공동주인이 돼요. 대단한 사람이에요."

그는 그녀와 함께, 오리 가족이 평화롭게 물 위를 오가는 댐과 꿀벌통이 있는 곳을 지나 콜리플라워, 감자, 비트 뿌리, 근대, 양파 등 겨울채소와 꽃밭이 있는 정원을 통과해 산책을 한다. 그들은 농장 가장자리에 있는 펌프와 저수지를 찾아간다. 지난 2년 동안 비가 많이 와서, 수위가 올라와 있다.

그녀는 이런 문제들에 대해서 거침없이 얘기한다. 새로운 유형의 개척자 농부. 옛날에는 가축과 옥수수. 지금은 개와 수선화. 사물들은 변화하면 변화할수록, 더욱 더 동일한 상태로 남는다. 더 수수한 형태이긴 하지만, 반복되는 역사. 어쩌면 역사는 교훈을 얻었는지도 모른다.

그들은 물 고랑을 따라서 돌아온다. 루시의 발가락이 붉은 땅에 닿으며 선명한 자국을 남긴다. 새로운 삶에 파묻힌 단단한 여자. 좋다! 만약 이것이, 이 딸이, 이 여인이 그가 뒤에 남기는 것이라면, 그는 부끄러워 할 필요가 없다.

그는 집에 돌아와서 말한다.

"나를 대접할 필요는 없다. 책을 가져왔으니 책상과 의자만 있으면 된다."

"무슨 특별한 걸 연구하세요?"

그녀가 조심스럽게 묻는다. 그의 일에 관해서 그들은 자주 얘기하지 않는다.

"계획이 있거든. 바이런의 마지막 몇 년에 관한 것이야. 책은 아니야! 내가 과거에 썼던 종류의 책은 아니지. 무대에 올릴 거라고나 할까. 말과 음악이 들어가고, 인물들이 이야기하고 노래하고."

"아직도 그 쪽에 뜻이 있으신 줄 몰랐어요."

"열심히 해야겠다고 생각했다. 하지만 다른 이유도 있다. 사람은 뒤에 뭔가를 남겨두고 싶어한다. 아니면 적어도 남자는 뒤에 뭔가를 남겨두고 싶어한다고 말해야 맞을까. 여자한테는 그게 더 쉽잖아."

"왜 그게 여자한테는 더 쉬워요?"

"그 자체의 생명을 갖고 있는 어떤 것을 생산할 수 있으니까 더 쉽지."

"아버지는 거기에 해당되지 않나요?"

"아버지라는 것… 어머니와 비교해서, 아버지라는 것은 내게는 다소 추상적인 걸로 느껴진다. 하지만 나중에 어떻게 되나 보자. 무엇인가가 나오면, 네가 맨처음 듣게 될 테니까. 처음이자 어쩌면 마지막이 될지도 모르지."

"직접 음악도 만드시려고요?"

"음악은 대부분 빌릴 거야. 나는 빌려쓰는 것에 대해 불안해하지는 않거든. 처음에는 화려한 오케스트라가 필요한 주제가 될 것이라고 생각했었다. 예를 들어 슈트라우스의 음악처럼 말이야. 그건 내 능력을 벗어나는 것이었겠지. 그런데 지금은 내 마음이 다른 방향으로 기울고 있어. 바이올린, 첼로, 오보에 혹은 바순 등 간단하게 몇 가지 악기만 동원하는 쪽으로 말이야. 하지만 모든 게 아직 머리 속에만 있어. 한 줄도 쓰지 못한 상태다. 그간 마음이 산란했었다. 너도 아마 내 문제에 대해 들었을 거다."

"로즈가 전화로 얘기해주셨어요."

"그래, 지금은 그 얘기 하지 말자. 다른 때 하자."

"대학은 영원히 떠나셨어요?"

"사직했지. 사직하라는 압력을 받았지."

"그게 그리우시겠어요?"

"그게 그립겠냐고? 모르겠다. 나는 선생으로서는 대단한 사람이 아니었어. 학생들과 점점 맞지가 않더구나. 그들은 내가 얘기하는 것을 들으려고도 하지 않았다. 그래서 어쩌면 그게 그립지는 않을 것 같다. 어쩌면 난 거기서 풀려난 걸 즐길 것 같다."

한 남자가 출입문에 서 있다. 푸른색 작업복 바지를 입고 고무장화를 신고 양털모자를 쓴, 키가 큰 남자.

"페트루스, 들어와요. 우리 아버지예요."

페트루스는 장화를 닦는다. 그들은 악수를 한다. 주름지고 풍상을 겪은 얼굴. 마흔? 마흔 다섯?

페트루스는 루시에게 돌아서서 말한다.

“소독약, 소독약 때문에 왔어요.”

“차에 있어요. 내가 가지고 올 테니까 여기서 기다리세요.”

그는 페트루스와 함께 남는다.

그는 침묵을 깨려고 말한다.

“당신이 개들을 돌본다면서요.”

페트루스가 크게 웃는다.

“나는 개를 돌보기도 하고 정원에서도 일하기도 합니다. 예, 정원 사이자 개 보는 사람이지요.”

그는 잠시 생각한다.

“개 보는 사람.”

그는 그 말을 음미하며 반복한다.

“나는 방금 케이프타운에서 왔습니다. 내 딸이 여기에 혼자 있다는 게 걱정될 때가 있습니다. 외진 곳이라서.”

페트루스가 말한다.

“그래요, 위험하지요.”

그는 잠시 말을 멈춘다.

“오늘날에는 모든 것이 위험하지요. 하지만 내 생각엔 이곳은 괜찮아요.”

그는 다시 웃는다.

루시는 작은 병을 들고 돌아온다.

“찻숟가락 하나에 물을 10리터 섞는다는 건 알고 있겠죠.”

“예, 알아요.”

페트루스는 몸을 굽히고 낮은 출입문을 나선다.

그가 한 마디 한다.

"페트루스는 좋은 사람인 것 같다."

"빈틈이 없는 사람이죠."

"그 사람 이 농장에서 사니?"

"그 집 식구는 마굿간으로 쓰던 곳에서 살아요. 제가 전기를 넣어줬어요. 편안한 곳이에요. 그는 아델라이데에 또 다른 부인과 아이들이 있대요. 어떤 애는 다 컸대요. 그는 가끔 그 쪽으로 가서 지내다 와요."

그는 루시가 자기 일을 하도록 멀리 켄튼 도로까지 산책을 나간다. 차가운 겨울 날, 희끄무레한 잔디가 드문드문 나 있는 붉은 언덕 위로 벌써 기우는 태양. 그는 생각한다. 척박한 땅, 척박한 토양, 피폐한 곳. 양을 기르는 것에나 맞을 곳. 루시는 정말로 여기서 그녀의 삶을 살고자 하는 걸까? 그는 그것이 단지 하나의 과정이기를 희망해본다.

몇 아이가 학교에서 돌아오며 그를 지나친다. 그는 그들에게 인사를 건넨다. 그들도 인사를 한다. 시골 방식. 벌써 케이프타운은 과거 속으로 물러나고 있다.

불현듯, 그 여자에 대한 기억이 되돌아온다. 젖꼭지가 오똑 선 단아하고 작은 젖가슴, 그녀의 부드럽고 납작한 배. 욕망의 물결이 그의 몸을 훑고 지나간다. 분명히, 그것이 무엇이었든, 아직 끝난 것은 아니다.

그는 집으로 돌아와 짐 푸는 일을 마친다. 여자와 같이 살았던 건 오래 전 일이다. 그는 매너에 조심해야 할 것이고, 단정해야 할 것이다.

넉넉하다(*ample*)는 말은 루시에게는 과분하다. 그녀의 몸은 틀림없이 곧 불어날 것이다. 사람들이 사랑의 들판에서 물러날 때 그러는 것처럼, 될대로 되라고 내버려두며. *빛나던 이마, 블론드 머리, 아치형 눈썹은 어찌 됐는가?(Qu'est devenu ce front poli, ces cheveux blonds, sourcils voûtés?)*

저녁은 간단하다. 수프, 빵, 그리고 고구마. 그는 고구마를 좋아하지 않는다. 하지만 루시는 레몬 껍질과 버터와 올스파이스 향료를 넣어 맛있게, 아니 그 이상으로 만든다.

"얼마나 머무실 건가요?"

"1주일? 1주일이라고 해둘까? 그렇게 오래 날 참아줄 수 있겠니?"

"머물고 싶은 대로 계세요. 심심해 하실까봐 걱정이군요."

"나는 심심하지 않을 거야."

"1주일 후에는 어디로 가실 거죠?"

"아직 모르겠다. 어쩌면 계속 돌아다닐 거야. 멀리."

"여기 계셔도 괜찮아요."

"얘야, 그렇게 말해줘서 고맙지만, 나는 네 우정을 간직하고 싶다. 방문이 너무 길어지면 우정에 금이 가잖아."

"그것을 방문이라고 하지 않으면 안될까요? 차라리 피난이라고 하는 게 어때요? 무기한의 피난이라면 받아들이시겠어요?"

"도피처라는 의미니? 루시, 상황이 그렇게 나쁜 건 아니다. 나는 도망다니는 사람이 아니야."

"로즈는 상황이 골치아프게 됐다고 하던데."

"내가 자초한 일이었다. 타협을 하자는 제의가 들어왔는데, 내가 그걸 거부했거든."

"어떤 종류의 타협이었죠?"

"재교육. 성격 개조. 완곡한 말로 *카운슬링*이라고 하더라."

"너무 완벽하셔서 어떤 카운슬링도 받을 수 없다는 말씀이신가요?"

"그것은 나한테는 모택동 시절의 중국에서 있었던 것과 비슷한 것 같더라. 자기주장의 철회, 자아비판, 공개적인 사과. 나는 구세대라서, 차라리 벽에 세워져 총살을 당하는 게 낫다. 그렇게 끝났다."

"총살을 당해요? 학생과 연애를 했다고요? 아버지, 조금 지나치다고 생각하지 않으세요? 늘 그런 거잖아요. 제가 학생이었을 때도 그랬어요. 그들이 일어난 사건들을 모두 고발하면, 그 직업은 존속하지도 못하겠네요."

그는 어깨를 으쓱한다.

"지금은 청교도적인 시대야. 사생활은 공적인 것이 되지. 사람들은 성적인 만족을 위해 다른 사람들의 사생활을 엿보는 거야. 그들은 가슴을 쥐어뜯고, 뉘우치고, 가능하면 눈물까지 흘리는 것을 구경하기 원했지. 사실상 TV 쇼를 원한 거지. 나는 그들의 뜻에 따르지 않으려 했고."

그는 이렇게 덧붙이려 했다. '실제로 말하면, 그들은 나를 거세시키고 싶어했다.' 하지만 그런 말을 딸에게 할 수는 없다. 사실, 그걸 다른 사람의 귀를 통해서 들으니, 장황함이 지나치고 감상적으로까지 들린다.

"그래서 자기 주장을 굽히지 않으셨고, 그들도 그랬다는 거로군요. 그렇게 된 건가요?"

"대충."

"아버지, 그렇게 고집을 부리시면 어떡해요. 고집부리는 게 영웅적인 것은 아니잖아요. 아직도 생각해 볼 시간은 있나요?"

"아니, 결정은 최종적인 것이다."

"항소도 하지 않아요?"

"항소는 하지 않으려고 한다. 나는 불평하지 않아. 비도덕적인 혐의에 대한 유죄를 인정하고, 다른 사람들로부터 동정심이 쏟아져 들어오기를 바랄 수는 없거든. 어느 정도 나이가 들면 그런 법이야. 어느 정도 나이가 지나면 더 이상 이의를 제기하지 않는 법이다. 그저 멜빵을 풀어놓고, 나머지 인생을 살아가는 거야. 자기 시간을 채우는 거지."

"그것 참 안 됐군요. 여기 계시고 싶은 만큼 계세요. 이유가 뭣이든지요."

그는 일찍 잠자리에 든다. 한밤중, 개들이 짖는 소리에 잠에서 깬다. 특히 한 마리가 쉬지 않고 기계적으로 짖는다. 다른 개들도 따라서 짖다가 잠잠해진다. 그러다가 패배를 인정하기 싫은 듯 다시 짖는다.

그는 아침에 루시에게 말한다.

"매일 밤 그러니?"

"그것에 익숙해 있어요. 죄송해요."

그는 머리를 젓는다.

8

그는 동부 케이프 고지대의 겨울 아침이 얼마나 추운지 잊고 있었다. 그는 거기에 맞는 옷을 가져오지 않았다. 그는 루시의 스웨터를 빌려 입어야 한다.

그는 손을 호주머니에 넣고, 화단 사이를 걸어다닌다. 보이지는 않지만 차가 적막한 대기에 소리를 남기며 켄튼 도로를 지나간다. 기러기들이 진형을 이루며 머리 위로 지나간다. 시간을 어떻게 보내지?

루시가 뒤에서 말한다.

"산보하고 싶으세요?"

그들은 개를 세 마리 데리고 간다. 가죽끈으로 맨 도베르만 강아지 두 마리를 루시가 끌고가고, 버림받은 불독 암캐가 그 뒤를 따른다.

암캐가 귀를 뒤쪽으로 붙이며 똥을 싸려고 한다. 아무 것도 나오지 않는다.

루시가 말한다.

“저 개는 문제가 있어요. 약을 먹여야겠어요.”

암캐는 혓바닥을 내밀고, 그런 광경을 보이는 게 창피한지 주위를 둘러보며, 계속 힘을 쓴다.

그들은 길을 벗어나 관목지를 통과하고, 다시 드문드문한 소나무 숲으로 접어든다.

루시가 말한다.

“그 여자와는 심각했어요?”

“로잘린이 그 얘기는 해주지 않았니?”

“자세히 해주진 않았어요.”

“그 애는 이 부근에 있는 조지 출신이야. 내 강의를 들었지. 학생으로서는 중간밖에 못 가는 아이였지만, 아주 매력적이었어. 그게 심각했느냐고? 모르겠다. 심각한 결과를 초래한 것만은 틀림없다.”

“하지만 이제 끝났죠? 아직도 그 여자를 원하는 건 아니죠?”

그게 끝났는가? 그는 아직도 원하는가?

“연락이 끊겼지.”

“그 여자는 왜 그렇게 아버지를 매도했어요?”

“그 애가 나한테 얘기해 주지는 않았다. 물어볼 기회도 없었지만 말이다. 그 애는 곤란한 처지에 있었다. 애인인지 전 애인인지 모르는 젊은 남자가 그 애를 윽박지르고 있었고, 강의실에서도 부담스러웠을 거다. 게다가 그 애 부모도 그 일을 듣고 케이프타운으로 왔으니, 압력이 심했을 거야.”

“그리고 상대방도 있었고요.”

“그래, 나도 있었지. 내가 쉬운 상대는 아니었을 거야.”

그들은 'SAPPI 산업— 무단 침입자는 기소될 것임' 이라는 표지가 붙은 문에 도착한다. 그들은 돌아선다.

루시가 말한다.

"값을 톡톡히 치르셨군요. 어쩌면 그녀는 나중에 뒤돌아보면서 아버지를 너무 나쁘게 생각하지는 않을 거예요. 여자들은 놀랍게도 용서를 잘 하거든요."

침묵이 이어진다. 자식인 루시가 그에게 여자들에 대해서 얘기해주려고 하는 걸까?

루시가 묻는다.

"재혼에 대해 생각해 보셨어요?"

"나와 같은 세대의 사람과 말이지? 루시, 나는 결혼에 맞는 사람이 아니었다. 너도 그걸 봤잖아."

"그래요, 하지만—"

"하지만 뭐? 하지만 계속 아이들을 잡아먹는 것은 어울리지 않는다는 말이니?"

"그런 말이 아니었어요. 시간이 갈수록, 그게 더 쉬워지지 않고, 더 어려워질 거라는 말이죠."

그와 루시는 그의 사생활에 대해서 얘기해본 적이 없다. 그것이 쉬운 게 아님이 드러난다. 하지만 그녀가 아니라면, 누구에게 얘기할 수 있을까?

"'행동으로 옮겨지지 않는 욕망을 키우는 것보다는 요람 속의 어린애를 죽이는 게 더 빠르다' 는 블레이크의 말 기억나니?"

"왜 그걸 제게 말씀하시는 거죠?"

"행동으로 옮겨지지 않은 욕망은 젊은 사람들에게도 그렇지만 나이든 사람들에게도 추한 게 될 수 있지."

"그래서요?"

"나와 가까웠던 모든 여자는 내게 내 자신에 대해서 가르쳐줬다. 그런 점에서, 그들은 나를 더 좋은 사람으로 만들어줬다."

"그 반대쪽을 주장하지 않으시길 바라요. 알고 있던 여자들을 더 좋은 사람들로 만들어줬다고."

그는 그녀를 날카롭게 바라본다. 그녀가 웃는다.

"그냥 농담으로 한 말이에요."

그들은 도로를 따라 되돌아온다. 농지로 들어가는 분기점에, 전에 보지 못한, '꽃, 소철류'라고 쓴 페인트 표지판이 있고 화살표로 1KM라고 표시되어 있다.

그가 말한다.

"소철? 난 소철류는 불법이라고 생각했는데."

"숲에서 캐내는 것은 불법이지요. 저는 씨로 길러요. 보여드릴게요."

그들은 계속 걸어간다. 강아지들은 줄에서 벗어나려고 안간힘을 쓴다. 암캐는 숨을 헐떡거리며 뒤를 따라온다.

"넌 어떠냐? 이것이 네가 인생에서 원하는 거니?"

그는 정원과 지붕이 햇빛에 반짝이는 집을 향해 손을 저으며 말한다.

"저거면 돼요."

루시가 조용히 대답한다.

토요일, 장날이다. 루시는 약속한 대로, 다섯 시에 그를 깨워 커피를 갖다준다. 그들은 옷을 껴입고 정원으로 간다. 페트루스는 벌써 할로겐 램프를 비추며 꽃을 자르고 있다.

그는 페트루스가 하는 일을 하겠다고 자청한다. 하지만 금세 손이 너무 시려 다발을 묶을 수 없다. 그는 실을 페트루스에게 다시 넘겨주고 대신, 포장하는 일을 한다.

언덕에 동이 트고 개가 일어나는 일곱 시쯤, 일이 끝난다. 밴은 꽃 상자, 감자 상자, 양파, 배추로 가득 찬다. 루시가 운전하고, 페트루스는 뒤에 남는다. 히터는 작동하지 않는다. 그녀는 침침한 앞유리를 통해 앞을 바라보며 그래함스타운 도로를 달린다. 그는 그녀 곁에 앉아, 그녀가 만든 샌드위치를 먹는다. 코에서 콧물이 떨어진다. 그녀가 그걸 보지 못했으면 싶다.

그렇게 시작된 새로운 모험. 그가 옛날에 학교와 발레 수업과 서커스와 스케이트장에 태워다 주던 그의 딸이 이제는 그를 데리고 나가서, 그에게 삶을 보여주고, 그에게 이 생소하고 다른 삶을 보여주고 있다.

동킨 스퀘어에서는 노점상들이 벌써 가대 탁자를 세우고 물건을 내놓고 있다. 고기 타는 냄새가 난다. 차가운 안개가 도시 위에 떠 있다. 사람들은 손을 문지르고 발을 구르며 욕지거리를 한다. 루시는 왁자지껄한 분위기에 가세하지 않는다. 그는 안심이 된다.

그들은 농산물 구역 같이 보이는 곳에 있다. 그들 왼쪽에는 세 명의 흑인 여자가 우유와 *신 우유(masa)*와 버터를 팔려고 전을 벌였다. 젖은 보자기로 덮은 통에는 수프용 뼈도 있다. 오른쪽에는 루시가 미엠스 아줌마, 쿠어스 아저씨라고 부르며 인사를 하는 나이든 아프리카너 부부와 눈만 내놓은 모자를 쓴, 열 살도 안돼 보이는 어린 애가 있다. 그들도 루시처럼 감자와 양파를 팔려고 한다. 그러나 그들에게는 병에 든 잼과 설탕조림, 말린 과일, 부후 차 봉지, 꿀나무 차, 약초도 있다.

루시는 접는 의자를 두 개 갖고 왔다. 그들은 첫손님을 기다리며 보온병에서 커피를 따라 마신다.

2주 전, 그는 교실에서 이 나라의 싫증난 젊은이들에게 *drink*와 *drink up, burned*와 *burnt*의 차이를 설명하고 있었다. 결론까지 다 다른 행동을 의미하는 완료형. 나는 산다(I live), 나는 살아왔다(I have lived), 나는 살았다(I lived). 이런 것들 모두가 어찌나 멀게 느껴지는지!

큰 바구니에 쏟아놓은 루시의 감자는 깨끗하게 씻겨 있다. 쿠어스와 미엠스의 감자에는 아직도 흙이 군데군데 묻어 있다. 루시는 아침 나절에, 거의 500랜드를 번다. 그녀의 꽃은 꾸준히 팔린다. 열한 시가 되자 그녀는 값을 낮추고 물건을 다 처분한다. 고기와 우유를 파는 곳에서도 거래가 활발하다. 하지만 옆에서 웃음기 없이 나란히 앉아 있는 부부의 판매실적은 별로 신통치 않다.

루시를 찾아오는 손님들은 그녀의 이름을 안다. 그들은 대부분 중년여자들인데, 그녀를 대하는 태도에는, 마치 그녀의 성공이 그들의 성공이라도 되는 것처럼, 감싸는 기색이 엿보인다. 매번 그녀는 그를 소개한다.

"케이프타운에서 오신 저의 아버지 데이비드 루리 씨입니다."

그들은 대답한다.

"루리 씨, 딸이 자랑스럽겠어요."

그가 대답한다.

"예, 대단히 자랑스럽습니다."

루시가 어떤 사람을 소개한 후 말한다.

"베브는 동물 보호소를 운영하고 있어요. 때때로 제가 도와주기도 해요. 괜찮으시다면, 돌아가는 길에 한 번 들렀다 갈까 해요."

그는 베브 쇼가 마음에 들지 않는다. 그녀는 검은 반점이 있고, 빳빳한 머리를 짧게 깎고, 목이 없는 것처럼 땅딸막하고, 시끄러운 여자다. 그는 몸을 가꾸지 않는 여자들을 좋아하지 않는다. 그것이 그가 전에 루시의 친구들을 못마땅해한 이유다. 자랑스러워할 건 없다. 그의 마음에 자리잡은 편견이니까. 그의 마음은 나태하고 빈곤하며 정처없는 낡은 생각들의 도피처가 되어 있다. 그는 그것들을 몰아내고 그곳을 깨끗하게 쓸어내야 한다. 하지만 그는 그렇게 하고 싶지 않거나, 그럴 만한 관심이 없다.

한때는 적극적인 자선단체였던 동물복지연합은 문을 닫아야 했다. 하지만 베브 쇼가 이끄는 몇 명의 자원봉사자들은 아직도 옛 건물에서 동물병원을 운영한다.

그가 생각하기론, 그는 루시와 관련된 동물애호가들한테 감정이 없다. 그런 사람들마저 없다면 이 세상은 틀림없이 더 나쁜 곳이 될 것이다. 그래서 베브 쇼가 현관문을 열자, 그는 얼굴 표정을 밝게 한다. 그러나 실제로는 그들을 반기는 고양이 오줌과 개의 옴과 자이드

살균제 냄새가 역겹다.

그 집은 그가 상상했던 것과 똑같다. 쓰레기 같은 가구, 어지러운 장식품들(포슬린 여자 모자, 소방울, 타조 깃털로 만든 파리채), 잡음이 나는 라디오, 새장에서 지저귀는 새들, 아무 곳에서나 밟히는 고양이들. 베브 쇼처럼 땅딸막한 빌 쇼도 거기에 있다. 사탕무 같이 붉은 얼굴에 머리가 하얗다. 그는 목이 헐렁한 스웨터를 입고, 부엌 식탁에서 차를 마시고 있다.

빌이 말한다.

"데이브, 앉으세요. 컵으로 아무 거나 편안하게 드세요."

긴 아침나절을 보낸 그는 피곤하다. 이런 사람들과 잡담을 할 기분이 아니다. 그는 루시에게 눈길을 보낸다.

그녀가 말한다.

"가야 돼요. 약을 가지러 왔거든요."

그는 창문을 통해서 쇼의 뒤뜰을 바라본다. 벌레먹은 사과가 떨어지는 사과나무, 우거진 잡초, 아연철판으로 담이 쳐진 공간, 나무 깔판, 닭들이 긁어놓은 낡은 타이어, 그리고 잠든 영양처럼 보이는 구석에 있는 이상한 것.

루시는 나중에 차에서 말한다.

"어떻게 생각하세요?"

"무례하게 말하고 싶지는 않다만 거긴 다른 문화권이더구나. 그들에게는 아이가 없니?"

"없어요. 아이는 없어요. 베브를 과소평가하지 마세요. 그녀는 바보가 아니에요. 착한 일을 굉장히 많이 해요. 그녀는 몇 년 동안 D마을에 가고 있어요. 처음에는 동물 복지 때문에 갔고, 지금은 독자적으로 가죠."

"승산이 없는 싸움이겠구나."

"예, 맞아요. 더 이상 기금이 없어요. 동물은 이 나라의 우선사항에 들어있지 않거든요."

"그녀가 낙담해 있겠구나. 너도 그렇고."

"그렇기도 하고 안 그렇기도 하죠. 그게 중요한가요? 그녀가 도와주는 동물들은 낙담하지 않아요. 그들은 오히려 안도감을 느끼죠."

"그렇다면 썩 좋은 일이다. 애야, 미안하지만 나는 그런 일에 신경을 쓰는 게 피곤하다. 너나 베브가 하는 일은 칭찬할 만하다. 하지만 나에게는 동물복지에 관계된 사람들이 특이한 종류의 기독교인들 같아 보인다. 모든 사람이 너무 즐겁고 선의가 지나쳐, 얼마 후에는 몸이 근질거려 밖으로 나가 강간을 하고 약탈을 하고 싶겠어. 아니면 고양이를 발로 차버리든가."

그는 자신의 감정폭발에 깜짝 놀란다. 그는 기분이 나쁜 상태가 아니다. 조금도 그렇지 않다.

"제가 더 중요한 일을 해야 한다고 생각하시는 거죠."

루시가 말한다. 그들은 넓은 도로 위에 있다. 그녀는 그를 쳐다보지 않고 운전한다.

"제가 아버지의 딸이기 때문에 더 좋은 일을 하며 살아야 한다고 생각하시는 거죠."

그는 이미 머리를 젓고 있다.

그는 중얼거린다.

“아니… 아니… 아니야.”

“제가 정물을 그리거나 러시아어를 배워야 한다고 생각하시는 거겠죠. 그 사람들이 저를 더 높은 차원의 삶으로 이끌지 않을 것이기 때문에, 베브와 빌 쇼와 같은 친구들을 좋지 않게 생각하시는 거죠.”

“루시, 그건 사실이 아니다.”

“하지만 그건 사실이에요. 그들은 나를 더 높은 차원의 삶으로 이끌지 않아요. 그 이유는 더 높은 차원의 삶이 없기 때문이에요. 이것이 유일한 삶이에요. 우리는 그것을 동물들과 공유하는 거예요. 베브 같은 사람들이 모범을 보이는 겁니다. 저는 그 모범을 따르려고 해요. 우리 인간이 갖고 있는 특권 일부를 동물들과 공유하려는 거예요. 저는 개나 돼지와 같은 다른 존재로 다시 태어나면 우리 밑에서 사는 개나 돼지처럼 살고 싶지 않아요.”

“애야, 화내지 말아라. 그래, 나는 이것이 유일한 삶이라는 것에는 동의한다. 동물에 관해서 얘기하자면, 모든 수단을 동원해서 동물들에게 친절하게 대하자. 하지만 균형을 잃지는 말자. 우리는 동물과는 다른 차원의 피조물이다. 반드시 더 높다는 것은 아니고, 그저 다르다는 말이다. 따라서 동물들에게 친절하게 대하려면, 죄의식을 느끼거나 보복이 두려워서가 아니라, 단순한 아량에서 그렇게 하자.”

루시는 숨을 들이쉰다. 그녀는 그의 훈계에 반응할 것처럼 보이다가 그만둔다. 그들은 말없이 집에 도착한다.

9

그는 텔레비전에서 중계하는 축구 경기를 보며, 거실에 앉아 있다. 점수는 0대 0이다. 서로 이기는 데 관심이 없는 것 같다.

그는 소토어와 코사어를 번갈아가며 하는 중계방송을 한 마디도 알아듣지 못한다. 그는 음량을 아주 작게 조절한다. 남아프리카의 토요일 오후, 남자들과 그들의 오락에 바쳐지는 시간. 그는 고개를 꾸벅이며 존다.

깨어나니, 페트루스가 맥주병을 들고 그의 곁에 앉아 있다. 그는 소리를 더 크게 틀어놓고 있다.

페트루스가 말한다.

"우리 팀 부쉬벅스. 부쉬벅스 대 선다운스."

선다운스가 코너킥을 한다. 골문 앞에서 격전이 벌어진다. 페트루스는 신음소리를 내며 머리를 움켜쥔다. 먼지가 가라앉자, 부쉬벅스의 골키퍼는 가슴에 볼을 안고 땅에 나동그라져 있다.

페트루스가 말한다.

"저 골피커가 아주 잘 한다니까요! 잘 해요! 흘륭한 골키퍼죠. 그들은 그를 붙잡아 둬야 해요."

경기는 득점 없이 끝난다. 페트루스는 채널을 돌린다. 작은 체구의 복서들이 나오는 복싱 경기다. 그들은 너무 작아서 키가 심판의 가슴에도 못 미칠 정도다. 그들은 돌고, 뛰고, 서로를 때린다.

그는 일어서서 집안을 돌아다닌다. 루시는 침대에 누워 책을 읽고 있다.

"뭘 읽고 있니?"

그녀는 이상한 표정으로 그를 바라보더니, 귀에서 귀마개를 뺀다.

"뭘 읽고 있니?"

그는 했던 말을 반복한 다음, 다른 말을 꺼낸다.

"우리, 잘 안돼 가는 거냐? 내가 떠날까?"

그녀는 미소를 지으며 책을 옆에 놓는다. 그의 기대와 다르게 〈에드윈 드루드의 모험〉이다.

"앉으세요."

그는 침대 위에 앉아서, 그녀의 맨발을 한가롭게 만진다. 균형이 잡힌 잘생긴 발. 자기 엄마를 닮은 좋은 골격. 살이 찌고 볼품없는 옷을 입고 있지만, 매력적인 한창 때의 여자.

"아버지, 제 입장에서 보면 완벽하게 잘 되어가고 있어요. 저는 아버지가 여기 계셔서 좋아요. 시골생활에 익숙해지시려면 상당한 시간이 걸릴 거예요. 그것뿐이에요. 할 일을 찾으시면 그렇게 지루하지 않으실 거예요."

그는 무심코 고개를 끄덕인다. 그녀는 매력적이지만, 그것이 남자들에게는 닿지 않는 것이다. 그는 자신을 탓할 필요가 있을까? 아니면 어차피 그렇게 됐을까? 그의 딸이 태어난 날부터, 그는 가슴에서 우러나는 무조건적인 사랑을 느꼈다. 그 사랑이 너무 지나쳤던 걸까? 그녀는 그것을 짐이라고 생각했을까? 그것이 그녀를 억압했을까? 그녀는 그것을 더 어두운 쪽으로 생각했을까?

그는 루시가 그녀의 연인들과는 어떤지, 그녀의 연인들은 그녀와 어떤지 궁금하다. 그는 생각이 흘러가는 대로 따라가는 것을 두려워한 적이 없다. 그건 지금도 마찬가지다. 그의 딸은 정열적인 여성이었을까? 그녀는 감각적인 측면에서는 어떤 것에 의존하는 걸까? 그와 그녀는 그런 것에 대해서도 얘기를 나눌 수 있을까? 루시는 꽉 막힌 삶을 살지 않았다. 아무도 그러지 않는 시대에, 왜 그들이 터놓고 얘기해서는 안 되고, 왜 그들이 선을 그어야 하는 걸까?

그는 혼란스러운 생각으로부터 되돌아오며 말한다.

"내가 할 일을 찾게 되면 그렇다는 말이지. 생각나는 거라도 있니?"

"개를 돌보는 일을 도와주시면 될 것 같아요. 사료용 고기를 잘라주세요. 저는 그 일이 어렵거든요. 그리고 페트루스도 있어요. 페트루스는 자기 땅에 자리를 잡느라 바쁘거든요. 그를 도와주셔도 괜찮고요."

"페트루스를 도와준다는 생각, 괜찮다. 거기에 든 얼얼한 역사적 의미가 좋다. 네 생각에는 내가 일을 해주면 그 사람이 나한테 품삯을 줄 것 같니?"

"그에게 물어보세요. 틀림없이 줄 거예요. 그는 1헥타르의 땅과 얼마간의 자기 땅을 사기에 충분한 농지자금을 받았거든요. 제가 말씀드리지 않았던가요? 댐이 경계선이에요. 우리는 댐을 나눠갖고, 거기서부터 울타리까지는 모든 게 그의 소유지요. 그에게는 봄에 새끼를 낳을 암소가 한 마리 있어요. 부인도 둘이나 있고요. 부인 한 명과 여자친구 한 명이라고 해야 할지 모르죠. 만약 그가 일을 잘 처리하면 집을 지을 기금도 받을 수 있어요. 그러면 마굿간에서 나올 수 있을 거예요. 동부 케이프의 기준에서 보면, 그는 부자예요. 품삯을 달라고 하세요. 그에게는 그럴 돈이 있어요. 저는 더 이상, 그에게 품삯을 주며 일을 시킬 여력이 없는 것 같아요."

"좋다, 내가 개밥을 자르고, 페트루스에게 일을 해주겠다고 제의하지. 또 다른 일이 있니?"

"병원 일을 거들어 주실 수 있지요. 그들은 자원봉사자가 필요해 난리거든요."

"베브 쇼를 도와주라는 말이구나."

"예."

"그녀와 내가 마음이 맞을 것 같지는 않구나."

"서로 마음이 맞을 필요는 없어요. 그냥 도와주시면 돼요. 하지만 돈을 받을 생각은 하지 마세요. 그 일은 선의로 하셔야 해요."

"루시, 좀 미심쩍구나. 그게 사회봉사가 아닌가 하는 의심이 든다. 과거의 잘못된 행위를 보상하려고 하는 사람처럼 말이다."

"아버지, 병원에 있는 동물들은 아버지가 왜 그 일을 하는지 물어보지 않을 테니까 걱정마세요. 그들은 묻지도 않을 것이고, 관심도 없을 거예요."

"좋다, 그 일을 하마. 하지만 내가 더 좋은 사람이 될 필요가 없다
는 조건에서 하겠다. 나는 개조가 될 준비가 되어 있지 않다. 나는 내
자신이고 싶다. 그런 입장에서 그 일을 하마."

그의 손이 아직도 그녀의 발에 머물러 있다. 이제 그는 그녀의 발
목을 꽉 잡는다.

"알아들었니?"

그녀는 그에게 달콤한 미소를 짓는다.

"계속 삐딱하기로 작정하고 계시군요. 미치고, 삐딱하고, 위험하
고. 아무도 아버지한테 바뀌라고 하지 않을 테니 걱정마세요."

그녀는 자기 어머니가 그랬던 것처럼 그를 놀린다. 다른 게 있다
면, 그녀의 말은 더 날카롭다. 그는 언제나 재치있는 여자들에게 끌
렸다. 재치와 아름다움. 그는 온 세상의 최고 의지를 다 동원했지만,
멜라니에게서는 재치를 찾을 수는 없었다. 하지만 아름다움은 많았
다.

다시 그것이 그의 몸을 훑고 지나간다. 관능의 가벼운 전율. 그는
루시가 그를 쳐다보는 것을 알고 있다. 그는 그것을 숨길 수 없을 것
같다. 흥미롭다.

일어서서 뜰로 나간다. 강아지들은 그를 보자 좋아라 한다. 그들은
낑낑대며 앞뒤로 왔다갔다 한다. 하지만 늙은 불독 암캐는 거의 움직
이지 않는다.

그는 암캐 우리에 들어가서 문을 닫는다. 그 개는 머리를 올려 그
를 쳐다보고는 다시 고개를 늘어뜨린다. 늙은 젖꼭지가 축 늘어져 있

다.

그는 쭈그리고 앉아 개의 귀 뒷덜미를 간질인다.

그가 속삭인다.

"우리는 버림받은 걸까?"

그는 콘크리트 바닥 위에 있는 개 옆에 몸을 뻗고 눕는다. 위에는 창백한 푸른 하늘이 있다. 그의 수족이 늘어진다.

루시는 그의 이런 모습을 본다. 그는 잠이 들었음이 틀림없다. 그의 눈에 처음 들어온 것은 그녀가 물통을 들고 우리 안에 들어와 있고, 암캐가 일어나서 그녀의 발 냄새를 맡고 있는 모습이다.

루시가 말한다.

"친구를 사귀는 건가요?"

"친구하기가 쉽지 않은데."

"가엾은 케이티는 슬퍼하고 있어요. 아무도 자기를 원하지 않는다는 사실을 알고 있어요. 그런데 아이러니컬한 것은 기꺼이 그 어미와 같이 살 새끼들이 이곳저곳에 많다는 사실이에요. 하지만 그들에게는 어미를 초대할 권한이 없어요. 그들은 가구의 일부이며, 경보시스템의 일부에 불과하니까요. 그들은 우리를 신처럼 대하는데, 우리는 그들을 물건으로 취급하죠."

그들은 우리를 떠난다. 암캐가 털썩 주저앉아 눈을 감는다.

"교회 목사들은 그들에 관해서 오랫동안 토론을 하다가, 결국 그들에게는 바른 영혼이 없다는 쪽으로 결론을 내렸단다. 그들의 영혼은 몸에 밀착되어 있기 때문에, 몸이 죽으면 같이 죽는다는 거지."

루시가 어깨를 으쓱한다.

"저한테도 영혼이 있는지 모르겠어요. 설령 그것을 본다 해도 알아 보지 못할 거예요."

"그건 사실이 아니다. 네가 영혼이야. 우리는 모두 영혼이야. 우리 는 태어나기 전에 영혼이었어."

그녀는 그를 이상하게 생각한다.

"저 개를 어떻게 할 셈이니?"

"케이티요? 다른 수가 없다면 제가 키워야죠."

"넌 동물들을 죽이지는 않니?"

"저는 그렇게 하지 않아요. 베브는 그렇게 하죠. 아무도 그런 일을 하고 싶어 하지는 않아요. 그래서 그녀가 그걸 떠맡았어요. 그녀는 마음이 몹시 아픈가 봐요. 아버지는 그분을 과소평가하고 계세요. 그 녀는 아버지가 생각하는 것보다 더 흥미있는 사람이에요. 아버지의 기준으로 평가해도 그래요."

그의 기준? 그게 뭘까? 추한 목소리를 가진 땅딸막한 여자들은 무 시당할 만하다는 것? 슬픔의 그림자가 그에게 내려온다. 우리 안에 혼자 있는 케이티를 위해, 그 자신을 위해, 모든 사람을 위해. 그는 억누르지 않고 한숨을 쉰다.

"루시, 날 용서해다오."

"용서해요? 뭣 때문에요?"

그녀는 가볍게, 조롱하듯 웃는다.

"세상에 너를 나오게 하는 일을 떠맡은 두 사람 중의 하나이고, 너 한테 더 좋은 안내자가 못 되니 말이다. 하지만 베브 쇼를 돕긴 하겠 다. 그녀를 베브라고 부를 필요가 없다면 말이다. 그건 우스꽝스러운 이름이다. 그걸 들으면 소떼가 생각난다. 언제부터 시작할까?”

“제가 전화해 볼게요.”

10

병원 밖에는 '동물복지연합, W.O. 1529' 라는 안내판이 있다. 그 아래에는 업무시간이 적혀 있는데, 그것은 테이프로 붙여져 있다. 문에는 사람들이 줄을 서서 기다리고 있고, 어떤 사람들은 동물을 데리고 있다. 그가 차에서 나오자마자, 아이들이 그를 둘러싸고 돈을 달라고 조르거나 멍하니 쳐다본다. 그는 붐비는 사람들을 헤치고 들어간다. 주인들한테 제지당한 개 두 마리가 으르렁거리며 서로 물어뜯으려고 하는 바람에 갑작스러운 소동이 인다.

아무 것도 놓여 있지 않은 작은 대기실은 만원이다. 들어가려면 누군가의 발을 밟아야 할 정도다.

"쇼 부인은 어디 있죠?"

한 늙은 여자가 플라스틱 커튼으로 닫힌 출입문 쪽을 고개로 가리킨다. 그 여자는 염소를 짧은 로프로 매어 잡고 있다. 염소는 긴장한 눈으로 개들을 쳐다보다가 딱딱한 마룻바닥 위에서 달가닥거리는 자기 발을 쳐다본다.

베브 쇼는 지린내가 얼얼하게 나는 안쪽 사무실에 있다. 그녀는 낮은 철제탁자 위에서 일을 하고 있다. 그녀는 리지백과 자칼의 교배종인 것처럼 보이는 어린 개의 목을 들여다보고 있다. 주인임이 분명한 맨발의 아이가 탁자 위에 무릎을 꿇고 개의 머리를 팔에 끼고 턱이 벌어지도록 잡고 있다. 낮게 으르렁거리는 소리가 목구멍에서 나오고, 뒷다리가 긴장한다. 그는 어정쩡한 자세로 그 실랑이에 끼어들어, 개가 웅크리고 앉도록 뒷다리를 함께 누른다.

베브 쇼가 말한다.

"고마워요."

그녀의 얼굴이 홍조를 띤다.

"속에 든 이빨에 종기가 생겼어요. 우리한테는 항생제가 없어요. (얘야 (boytjie), 움직이지 않게 잡아!) 그래서 랜싯으로 절개하고 좋아지기만을 바래야죠."

그녀는 개의 입 속에 랜싯을 넣는다. 개가 아주 크게 몸부림치면서 그에게서 빠져나가더니 아이한테서도 거의 몸을 뺄 뻔한다. 그는 개가 탁자에서 내려오려고 발을 버둥거릴 때, 개를 움켜잡는다. 순간, 분노와 두려움으로 가득한 개의 눈이 그를 노려본다.

베브 쇼가 말한다.

"이 쪽으로."

그녀는 낮은 소리를 내며 전문가답게 개를 미끄러뜨리고 한쪽으로 돌려세운다.

그녀가 말한다.

“벨트.”

그가 개의 몸에 벨트를 두르자, 그녀는 그것을 채운다.

베브 쇼가 말한다.

“편안한 생각을 하세요. 개는 냄새로 그걸 알 수 있으니까요.”

그는 몸무게 전체를 개한테 기댄다. 낡은 천으로 한 손을 싼 아이는 조심스럽게, 턱을 다시 벌리려고 한다. 개의 눈에 두려움이 가득하다. 개들이 사람의 생각을 냄새로 안다니, 무슨 가당찮은 소리!

“그래, 그래!”

그가 중얼거린다. 베브 쇼는 다시 랜싯을 댄다. 개는 캑캑거리고 몸이 굳어지다가 긴장을 푼다.

그녀가 말한다.

“이제 자연스럽게 치유되길 기다려야지요.”

그녀는 벨트를 풀고, 코사어처럼 들리는 말로 아이에게 떠듬떠듬 뭐라고 말한다. 개는 탁자 밑에 웅크리고 서 있다. 탁자 표면에는 피와 침이 묻어 있다. 베브는 그걸 닦는다. 아이는 개를 달래서 데리고 나간다.

“루리 씨, 고마워요. 당신이 계셔서 좋았어요. 당신이 동물들을 좋아하는 걸 느낄 수 있어요.”

“내가 동물들을 좋아한다고요? 나는 그들을 먹으니, 그들을 부분적으로 좋아하는 셈이 되겠군요.”

그녀의 머리는 작게 곱슬이 져 있다. 그녀는 직접 인두로 머리를 말까? 그럴 것 같지는 않다. 그렇게 하려면 매일 몇 시간이 필요할 것이다. 그렇다면 그런 식으로 머리가 생긴 게 틀림없다. 그는 그처럼 머리가 펼쳐진 모습을 가까이서 본 적이 없다. 그녀의 귀에 있는 실핏줄은 붉은색과 자주색 실처럼 뚜렷하다. 코에 있는 실핏줄도 마찬가지다. 그녀의 턱은 모이주머니를 부풀리며 우는 비둘기의 그것처럼, 가슴에 바로 닿아 있다. 너무나 매력없는 앙상블.

그녀는 그의 말을 생각해본다. 그가 어떤 어조로 그 말을 했는지는 생각하지 못하는 것 같다.

"그래요, 이 나라에서는 동물을 많이 잡아먹지요. 그것이 우리한테 별로 좋은 것 같지는 않아요. 우리가 그것을 동물들에게 어떻게 정당화할 수 있을지 모르겠어요. 다음 차례로 넘어갈까요?"

정당화해? 언제? 심판의 날에? 그는 더 듣고 싶다. 하지만 지금은 때가 아니다.

다 자란 염소 수컷이다. 거의 걷지를 못한다. 누렇고 자주색인 불알 한 쪽이 풍선처럼 부풀어 있다. 다른 쪽에는 피와 흙이 잔뜩 엉겨 있다. 개들한테 물어뜯겨서 그렇게 됐다고 나이든 여자가 말한다. 하지만 염소는 여전히 밝고 쾌활하고 호전적인 것 같다. 베브 쇼가 진찰하는 동안, 염소가 찔끔 똥을 갈기니 바닥으로 떨어진다. 여자는 염소의 머리맡에 서서 뿔을 잡고 혼내는 시늉을 한다.

베브 쇼는 면봉으로 불알을 만진다. 염소가 발길질을 한다.

"다리를 묶으실 수 있겠어요?"

그녀는 이렇게 묻고는 어떻게 해야 하는지 알려준다. 그는 오른쪽 뒷다리를 오른쪽 앞다리에 묶는다. 염소는 다시 발길질을 하고 앞으로 나가려 한다. 그녀는 면봉으로 상처를 부드럽게 만진다. 염소가 몸을 떨며 음매— 하고 운다. 낮고 거칠고 추한 소리.

흙이 떨어지자, 허공에 머리를 흔들어대는 하얀 유충들이 상처에 붙어 있는 게 보인다. 그는 진저리를 친다.

베브 쇼가 말한다.

"금파리예요. 적어도 1주일은 됐군요."

그녀는 입을 오므린다.

그녀는 여자에게 말한다.

"오래 전에 데리고 왔어야 했어요."

여자가 말한다.

"그래요, 매일 밤 개들이 몰려 와요. 너무너무 안 좋아요. 그런 식으로 일하는 남자한테 500랜드나 지불한다니까요."

베브 쇼는 허리를 편다.

"어떻게 해야 할지 모르겠군요. 나는 저걸 떼내 본 적이 없어요. 목요일날 우스타이젠 박사가 올 때까지, 기다릴 수도 있겠죠. 여하튼 저 염소는 새끼를 낳지 못할 거예요. 저 여자가 그걸 원할까요? 그리고 항생제 문제도 있어요. 저 여자가 항생제에 돈을 쓰려고 할까요?"

그녀는 다시 염소 옆에 무릎을 꿇는다. 그녀는 머리를 대고 염소의 목을 문지른다. 염소는 몸을 떨지만 가만히 있다. 그녀는 여자에게 뿔을 놔주라고 말한다. 여자가 그 말에 따른다. 염소는 움직이지 않는다.

그녀는 속삭인다.

"친구, 네 생각은 어때?"

그는 그녀가 말하는 소리를 듣는다.

"네 생각은 어때? 그것으로 충분해?"

염소는 최면을 당한 것처럼 꼼짝 않고 서 있다. 베브 쇼는 머리로 염소를 계속 문지른다. 그녀는 자신만의 황홀경에 들어선 것처럼 보인다.

그녀는 정신을 가다듬고 일어선다.

그녀는 여자에게 말한다.

"애석하지만 너무 늦었어요. 저는 상태를 호전시킬 수 없어요. 목요일에 의사가 오기를 기다리거나, 아니면 저한테 맡기세요. 제가 조용히 끝내줄 수는 있어요. 염소는 내가 그렇게 하도록 가만히 있을 거예요. 그렇게 할까요? 제가 여기에 맡고 있을까요?"

여자가 동요한다. 그녀는 고개를 젓더니 문쪽으로 염소를 잡아당기기 시작한다.

베브 쇼가 말한다.

"나중에 다시 데려갈 수도 있어요. 끝나도록 도와주자는 것뿐이에요."

그녀는 목소리를 억제하려고 한다. 그러나 그는 거기서 패배자의 목소리를 듣는다. 염소도 그걸 듣는다. 염소는 묶은 띠를 젖히고, 무지무지하게 부푼 불알을 흔들며, 발로 차고 앞으로 내달린다. 여자는 끈을 풀어 옆으로 던진다. 그리고 그들은 가버린다.

그가 묻는다.

"그런 게 모두 뭐였죠?"

베브 쇼는 얼굴을 가리고 코를 푼다.

"아무 것도 아니에요. 상황이 나쁜 경우를 대비해 리설을 충분히 갖고 있거든요. 하지만 주인에게 강제로 그렇게 하라고 할 수는 없어요. 그들이 소유한 동물이니까, 그들은 제 나름의 방식으로 죽이고 싶어 하지요. 참 안됐어요! 그렇게 용감하고, 번듯하고, 자신감 있는 착한 동물인데!"

리설(*Lethal*)이란 약 이름일까? 제약회사가 그런 이름을 붙였을 법도 하다. 갑작스러운 어둠. 레테(Lethe)의 강물에서 흘러내려온 어둠.

그가 말한다.

"어쩌면 염소는 당신이 추측하는 것 이상으로 알고 있을지 몰라요."

그는 놀랍게도 그녀를 위로하려고 한다.

"어쩌면 그것을 이미 통과했는지도 모르죠. 말하자면 선험적 지식을 갖고 태어났을지 모른다는 말이죠. 결국 여기는 아프리카잖아요. 여기에는 태초부터 염소들이 있었어요. 철은 어디에 쓰고, 불은 어디에 쓴다고 그들에게 설명해 줄 필요는 없어요. 그들은 염소한테 죽음이 어떻게 닥치는지 알고 있어요. 그들은 그렇게 준비가 된 상태에서 태어나는 거지요."

"그렇게 생각하세요? 저는 모르겠어요. 우리 중 그 누구도 아무런 보호도 받지 않는 상태에서, 죽어갈 준비가 돼 있다고는 생각하지 않아요."

일들이 자리를 잡아가고 있다. 그는 작고 못생긴 이 여자가 하는 일을 어렴풋이 이해한다. 이 황량한 건물은 치료하는 곳—그녀는 진료를 하기에는 너무 아마추어다—이 아니라 마지막으로 들르는 곳이다. 그는 어떤 이야기를 떠올린다. 누구 얘기였더라? 사냥꾼의 개들을 피해, 숨을 헐떡이며 정신없이 성당 안으로 달가닥달가닥 뛰어들어간 사슴에게 피난처를 마련해줬던 성 후버트? 터무니없게도, 괴로워하는 아프리카 동물들의 짐을 완화해준답시고 새로운 시대의 주술로 무장한, 수의사가 아닌 여사제로서의 베브 쇼. 루시는 그가 그녀에게 흥미를 느낄 것이라고 했다. 하지만 루시의 말은 틀렸다. 흥미 있다는 말은 거기에 맞는 말이 아니다.

그는 최선을 다해 일을 도우며, 진찰실에서 오후를 보낸다. 마지막 일이 끝나자, 베브 쇼는 그에게 뒤뜰을 보여준다. 새장에는 날개에 부목을 댄 어린 물수리가 한 마리 있다. 나머지는 개들이다. 루시의 집에 있는 것처럼 손질이 잘 된 순종들이 아니라 비쩍 마른 잡종들이 두 개의 우리에 터져버릴 정도로 가득 차, 요란하게 짖어대고 낑낑거리고 흥분하고 날뛴다.

그는 그녀가 사료를 주고 물통을 채우는 일을 돕는다. 그들은 두 자루의 10킬로그램짜리 사료를 비운다.

그가 묻는다.

"이런 걸 어떻게 삽니까?"

"도매로 구입해요. 우리는 기금을 모으고 기부금을 받아요. 거세를 공짜로 해주고 보조금을 받아요."

"거세는 누가 해요?"

"수의사인 우스타이젠 박사가 해요. 그는 동물들이 저항을 하지 않는 걸 놀랍게 생각한답니다. 작고 약한 동물들은 자기 운명을 받아들이며 차례를 기다립니다. 문제는 숫자가 너무 많다는 겁니다. 물론 그들은 그것을 이해하지 못합니다. 그들에게는 얘기할 수단이 없거든요. 너무 많다는 것은 그들 기준이 아니라 우리 기준으로 봐서 그렇다는 겁니다. 그들은 가만 놔두면, 지구에 가득 찰 때까지 번식을 계속할 겁니다. 그들은 새끼를 많이 낳는 게 나쁘다고 생각하지 않습니다. 많을수록 더 좋은 거죠. 고양이도 마찬가지죠.”

“쥐도.”

“쥐도 그렇죠. 참, 집에 가시면 벼룩에 물렸는지 잘 살펴보세요.”

먹을 것을 실컷 먹고 눈이 반들반들한 개 한 마리가 철망을 통해 그의 손가락 냄새를 맡고 핥는다.

그가 말한다.

“동물들은 아주 평등하죠. 계급도 없고요. 너무 고고하지도 않고, 힘도 세지 않아지요. 서로의 궁둥이에 코를 대고 킁킁거리고.”

그는 웅크리고 앉아서, 그 개로 하여금 그의 얼굴과 숨결의 냄새를 맡도록 한다. 살마 그러지는 않겠지만, 그 개한테는 지적인 데가 있다.

“여기 있는 개들은 모두 죽게 되나요?”

“아무도 원하지 않는 것들이에요. 우리가 그들을 죽여줄 거예요.”

“그리고 당신은 그 일을 하는 사람이고.”

“예.”

“언짢지 않나요?”

“많이 언짢죠. 그렇지만 저는 무심한 사람이 절 위해 그 일을 해주는 건 원치 않아요. 당신이라면 어떠시겠어요?”

그는 아무 말이 없다가, 다시 말한다.

“내 딸이 왜 나를 여기에 보냈는지 알고 있나요?”

"당신이 곤경에 처해 있다고 말하더군요."

"단순한 곤경이 아니라 치욕이라고 해야 되겠죠."

그는 그녀를 자세히 바라본다. 그녀는 불안해 보인다. 하지만 그것은 그의 생각일지 모른다.

그가 말한다.

"당신은 그걸 알면서도 아직도 내가 쓸모가 있다고 생각합니까?"

"만약 당신이 준비돼 있다면…."

그녀는 손을 폈다가 오므렸다가 다시 편다. 그녀는 무슨 말을 해야 할지 모른다. 그는 그런 그녀를 도와주지 않는다.

전에는 잠시동안만 딸 집에 머무르곤 했다. 이제 그는 그녀의 집과 그녀의 삶을 공유하고 있다. 그는 옛날 습관, 즉 부모 노릇을 하던 습관이 슬그머니 기어나오지 않도록 조심해야 한다. 화장지를 릴에 감고 써라, 전깃불을 꺼라, 소파에서 고양이를 내보내라 등등. 그는 스스로를 타이른다. 노년을 위한 연습. 적응을 위한 연습. 양노원을 대비한 연습.

그는 피곤한 척한다. 그리고 저녁을 먹은 후, 방으로 물러난다. 루시가 움직이는 소리가 희미하게 들려온다. 서랍 여닫는 소리, 라디오 소리, 전화로 얘기하는 소리 등등. 그녀는 요하네스버그에 전화를 걸어 헬렌과 얘기를 하는 걸까? 그가 여기 있다는 게 그들을 갈라놓은 걸까? 그들은 그가 여기에 있는 동안에도 감히 같은 침대를 쓰려고 할까? 그들은 밤중에 침대가 삐걱거리면 당황할까? 그 동작을 멈출 정도로 당황할까? 하지만 여자들이 함께 무엇을 하는지 뭘 아는가?

어쩌면 여자들은 침대를 삐걱거리게 하지 않을지 모른다. 그가 루시와 헬렌 두 사람에 대해서 아는 건 뭘까? 어쩌면 그들은 아이들이 그러는 것처럼, 연인이라기보다는 자매처럼 껴안고 만지고 깔깔거리며 소녀 시절로 돌아가 같이 잠을 자는 것일지도 모른다. 침대를 같이 쓰고, 욕조를 같이 쓰고, 생강 쿠키를 같이 굽고, 서로의 옷을 입어 보고. 동성애. 몸무게가 늘어나는 것에 대한 핑계.

사실을 말하자면, 그는 그의 딸이 다른 여자와 정열에 휩싸여 있는 걸 생각하고 싶지 않다. 그건 분명하다. 하지만 딸의 연인이 남자라면 기분이 더 좋을까? 정말로 그가 루시를 위해 원하는 건 뭘까? 그녀가 영원히 아이로 남고, 영원히 순진하고, 영원히 그의 것이 되라는 건 아니다. 분명히 그건 아니다. 하지만 그는 아버지다. 그것은 운명이다. 아버지는 나이를 먹을수록, 마음이 점점 더 딸한테 간다. 그건 어쩔 수 없다. 그녀는 그의 두 번째 구원이 된다. 다시 태어난 그의 청춘의 신부. 동화에서 보면, 여왕들은 죽을 때까지 딸들을 괴롭히던데, 그건 놀랄 일이 아니다!

그는 한숨을 쉰다. 가엾은 루시! 가엾은 딸들! 이게 무슨 운명이고 짐이란 말인가! 아들들에게도 틀림없이 시련은 있을 것이다. 하지만 그는 그것에 대해서는 잘 모른다.

잠을 잘 수 있었으면 싶다. 하지만 춥고, 전혀 졸립지 않다.

그는 일어나서 어깨에 재킷을 걸치고 침대로 다시 들어간다. 바이런이 1820년에 쓴 편지를 읽는다. 살이 찐 서른두 살의 중년남자 바이런은 라베나에서 구이치올리와 살고 있다. 자기만족에 빠진, 다리가 짤막한 정부, 그리고 그녀의 세련되고 악의적인 남편. 여름 더위,

늦은 오후의 차, 시골의 험담, 입을 가리지도 않고 하는 하품.

'여자들은 빙 둘러 앉아 있고, 남자들은 따분한 카드놀이를 한다.'

바이런은 이렇게 쓰고 있다. 간통으로 드러나는 결혼생활의 따분함.

'나는 언제나 진짜 혹은 격렬한 기쁨을 연애에서 찾는 데 서른 살이 고비라고 생각했다.'

그는 다시 한숨을 쉰다. 여름은 얼마나 짧은가! 가을이 오고 다시 겨울이 오고! 그는 자정을 지나서까지 계속 읽는다. 하지만 그래도 잠을 잘 수가 없다.

11

수요일이다. 일찍 일어난다. 하지만 루시가 그보다 먼저 일어나 있다. 그녀는 댐 위에 떠 있는 기러기들을 바라보고 있다.

그녀가 말한다.

"아름답지 않으세요? 해마다 찾아와요. 세 마리가 똑같이. 저렇게 찾아주니, 저는 운이 좋아요. 선택받은 것 같아서요."

셋. 그것이 일종의 해결책이 될 수도 있을까. 그와 루시와 멜라니. 혹은 그와 멜라니와 소라야.

그들은 함께 아침식사를 하고, 두 마리의 도베르만을 데리고 산보를 나간다.

루시가 느닷없이 묻는다.

"이곳에 사실 수 있을 것 같아요?"

"왜? 개 지키는 사람이 새로 필요하니?"

"아뇨, 그런 건 아니에요. 하지만 아버지는 틀림없이 로즈 대학에

직장을 잡으실 수 있을 거잖아요. 거기에 아는 분도 있을 것이고, 그게 아니라면 포트 엘리자베스에서라도.”

“얘야, 나는 그렇게 생각하지 않는다. 나는 더 이상 상품가치가 없어. 스캔들이 나를 따라다닐 거다. 내가 직장을 잡는다면 그것은 눈에 띄지 않는 직장이 돼야 할 거다. 아직도 그런 게 있는지 모르지만 장부정리나 개집 지키는 일 같은 거 말이다.”

“하지만 스캔들이 퍼지는 걸 막으려면, 당당히 맞서야 되잖아요? 달아나기만 하면, 뒷말만 많아질 뿐이잖아요?”

루시는 어려서는 조용하고 나서지 않고 그를 주시하기만 하는 어린애였다. 그가 알기론, 그녀는 그에 대한 판단을 내리지 않았다. 이제 이십대 중반이 된 그녀는 달라지기 시작한다. 개들, 정원 일, 점성술 책자, 성별을 가리기 힘든 옷들. 그는 그것들 하나 하나에서 의도적인 독립선언을 본다. 그리고 남자로부터의 등돌림. 그녀 자신의 삶을 살아가고, 그의 그늘에서 벗어나는 것. 좋다! 찬성이다!

“네 생각에는 내가 그렇게 하는 것 같니? 범죄현장에서 달아나는 것 같아?”

“물러나오셨잖아요. 질적으로 무슨 차이가 있죠?”

“얘야, 넌 요점을 놓치고 있어. 네가 나에게 일어서서 맞서라고 하는 것은 더 이상 그럴 수가 없는 것이야. *그게 전부야 (basta)*. 우리가 사는 시대에서는 안 되지. 내가 그렇게 한다고 해도, 내 말을 들어주지도 않을 거고.”

“그건 사실이 아니에요. 아버지가 자신을 일컫는 것처럼 아버지가 도덕적인 공룡이라고 할지라도, 공룡이 무슨 얘기를 하는지, 듣고 싶은 호기심은 있는 법이에요. 저는 알고 싶어요. 문제가 무엇이었는지 말씀해 보세요."

그는 망설인다. 그녀는 정말로 그가 은밀한 부분을 보여주길 원하는 것일까?

그가 말한다.

"내 사건은 욕망의 권리에 관한 것이다. 작은 새들조차 몸을 떨게 만드는 신에 대한 것이다."

그는 그 여자의 아파트, 그녀의 침실에 있는 자기 모습을 떠올린다. 밖에는 비가 퍼붓고 있다. 구석에 있는 히터에서는 석유 냄새가 난다. 그는 그녀 위에 무릎을 꿇고, 그녀의 옷을 벗긴다. 그동안 그녀의 팔은 죽은 사람처럼 늘어져 있다. *나는 에로스의 노예였다.* 이것이 그가 말하고 싶은 것이다. 하지만 그에게 그런 뻔뻔스러움이 있는가? *나를 통해 행동한 것은 신이었다.* 이 무슨 허영이란 말인가! 하지만 전적으로 거짓말은 아니다. 이 비참한 사건에는, 꽃을 피우기 위해 최선을 다하는 관대한 어떤 것이 있었다. 다만 그 시간이 그렇게 짧으리라는 걸 알았더라면!

그는 다시 시도해 본다. 더 천천히.

"네가 어릴 적에 우리가 케닐워스에 살고 있을 때, 우리 옆집 사람들이 금색 리트리버를 키우고 있었지. 기억하는지 모르겠구나."

"희미하게요."

"수캐였다. 그 개는 암캐 옆에만 가면 미쳐 날뛰었다. 그럴 때마다 주인들은 반사적으로 그 개를 두들겨팼다. 그 일은 그 불쌍한 개가 도대체 어떻게 해야 할지 모를 때까지 계속됐다. 그 개는 암캐 냄새를 맡으면 귀를 납작하게 하고 꼬리를 다리 사이에 끼우고 정원 주위를 내달리곤 했다. 낑낑거리며 숨으려고 하면서 말이다.”

그는 말을 멈춘다.

루시가 말한다.

“요점이 뭔지 모르겠어요.”

그래, 요점은 뭘까?

“그 광경에는 너무나 천박한 어떤 게 있었다. 나는 그것이 절망스러웠다. 개가 슬리퍼를 깨물면 벌을 줘도 좋아. 하지만 욕망은 다른 얘기지. 어떤 동물도 본능을 따랐다는 것 때문에 벌받는 걸 이해하지 못할 것이다.”

“그렇다면 수컷은 제지받지 않고 본능을 따라야 하나요? 그게 도덕인가요?”

“아니, 그것은 도덕이 아니지. 케닐워스에서 본 그 광경이 천박했던 것은 그 불쌍한 개가 자기 본질을 증오하기 시작했기 때문이었다. 그 개는 더 이상 때릴 필요가 없었어. 스스로를 벌할 준비가 돼 있었던 거지. 총으로 쏴 죽이는 것이 더 나았을 거야.”

“혹은 그것을 고쳐놓든가요.”

“어쩌면 그럴지도 모른다. 하지만 그 개는 마음 속 깊이, 총에 맞아 죽는 걸 선호했을지 모른다. 본능을 거부당하는 쪽과 거실 주위를 어슬렁어슬렁 걸어다니다가 한숨을 쉬고 고양이 냄새나 맡으며 살이 피둥피둥 쪄가는 쪽 중에서 선택을 해야 하는 상황이라면, 그 개는 총에 맞아죽는 걸 택했을 거라는 말이다.”

“아버지는 언제나 그런 식으로 생각하셨어요?”

"아니, 언제나 그런 건 아니지. 때때로 나는 그 반대쪽으로 생각했다. 욕망이라는 것은 그것 없이도 잘 살아갈 수 있는 짐이라고 말이야."

"제 생각은 그 쪽으로 기운다는 걸 말씀드리고 싶어요."

그는 그녀가 말을 계속하기를 기다린다.

"여하튼 전에 하던 얘기로 돌아가죠. 학교 쪽에서는 아버지를 안전하게 쫓아내신 거로군요. 속죄양이 황야에서 방황하는 동안, 아버지의 동료들은 다시 편안한 숨을 쉴 수 있겠군요."

진술서? 질문? 그녀는 그가 단순한 속죄양이라고 믿는 걸까?

그는 신중하게 말한다.

"이 경우에는 속죄양이라는 말이 적합한 것 같지는 않다. 속죄양이 된다는 개념은 아직 그 뒤에 종교적인 힘이 작용하고 있을 때나 가능하지. 그때는 도시의 죄들을 양의 등에 매달고 몰아내면, 도시는 정화되었지. 그것이 가능했던 것은 신을 포함한 모든 사람이 그 의식을 해석할 줄 알았기 때문이야. 그런데 이제 신은 죽었고, 갑자기 신의 도움 없이 도시를 정화해야 하는 거야. 상징 대신에 실제 행위가 필요하게 됐어. 로마적인 의미에서 검열관이 등장했지. 감시가 슬로건이 된 거야. 모든 걸 다 감시하는 것이지. 정화의 자리를 숙청이 차지했어."

그는 자기 말에 빠져 강의를 하고 있다.

그는 결론을 짓는다.

"여하간 도시에 작별을 고하고, 내가 황야에서 찾은 일은 뭐지? 개를 돌보는 일, 거세와 안락사를 전문으로 하는 여자의 오른팔 노릇."

루시가 웃는다.

“베브 말인가요? 베브가 억압적인 장치의 일부라고 생각하세요? 두려워하는 것은 베브 쪽이에요! 아버지는 교수잖아요. 베브는 아버지 같은 구식 교수님을 만난 적이 없대요. 그녀는 교수님 앞이라 문법이 틀리지나 않을까 조바심을 친대요.”

세 남자가 그들 쪽으로 걸어오고 있다. 세 남자가 아니라, 두 남자와 한 소년이다. 그들은 시골사람들처럼 보폭을 크게 해 빨리 걷는다. 루시 옆에 있던 개가 걸음을 늦추며 털을 곤두세운다.

그가 중얼거린다.

“우리가 긴장해야 하나?”

“모르겠어요.”

그녀는 도베르만의 가죽끈을 바짝 잡아당긴다.　남자들이 다가온다. 머리의 끄덕임. 인사. 그들이 지나친다.

“저 사람들 누구니?”

“처음 보는 사람들이에요.”

그들은 농장에 도착하자 뒤돌아선다. 낯선 사람들은 보이지 않는다.

집 가까이 가자, 우리에 있는 개들이 법석을 떠는 소리가 들린다. 루시는 걸음을 빨리 한다.

세 명이 그들을 기다리며 거기에 있다. 소년이 우리 옆에서 씩씩거리며 개에게 위협적인 몸짓을 하는 동안, 두 남자는 떨어져 서 있다. 루시 옆에 있던 개가 줄에서 벗어나려고 한다. 늙은 불독 암캐마저 힘없는 소리로 으르렁거리고 있다. 그가 자기 것으로 받아들였던 것 같은 불독마저도.

루시가 소리친다.

"페트루스!"

하지만 페트루스는 흔적도 없다.

그녀가 고함을 친다.

"물러가요. *저리 가요 (Hamba)!*"

소년이 어슬렁거리며 그의 동료들에게 간다. 납작하고 표정없는 얼굴에 돼지 눈을 한 그는 꽃무늬 셔츠와 헐렁한 바지를 입고 조그만 노란색 모자를 쓰고 있다. 그의 동료들은 둘 다 작업복을 입고 있다. 그들 중 키가 큰 사람은 이마가 훤하고, 광대뼈에 각이 지고, 콧구멍이 크게 벌어지고, 얼굴이 무척 잘생긴 사람이다.

루시가 접근하자, 개들이 진정한다. 그녀는 세 번째 우리를 열고 도베르만 두 마리를 그 속으로 들어가게 한다. 용감한 몸짓이다. 하지만 그게 현명한 짓일까? 그는 속으로 이렇게 생각한다.

그녀가 남자들에게 말한다.

"원하는 게 뭐죠?"

나이가 어린 사람이 말한다.

"전화를 해야 해요."

그는 자기 뒤를 슬쩍 가리키면서 말한다.

"저 사람의 누이가 사고를 당했거든요."

"사고요?"

"예, 상태가 아주 나빠요."

"무슨 사고죠?"

"갓난애."

“누이가 아이를 낳는다고요?”

“예.”

“어디서 왔죠?”

“에라스머스크랄에서요.”

그와 루시는 눈길을 교환한다. 산림관리지구 안에 있는 에라스머스크랄은 전기도 없고 전화도 없는 마을이다.

“왜 산림기지 전화를 쓰지 않았죠?”

“아무도 없어요.”

루시가 그에게 나직이 말한다.

“여기 밖에 계세요.”

그런 다음 그녀는 소년에게 말한다.

“누가 전화할 거예요?”

그는 크고 잘 생긴 남자를 가리킨다.

그녀가 말한다.

“들어오세요.”

그녀는 뒷문을 따고 들어간다. 키 큰 남자가 따라간다. 이내 두 번째 남자도 그를 밀치고 집으로 들어간다.

그는 무언가 잘못됐다는 걸 안다.

“루시, 이리 나와!”

그는 한 순간, 안으로 들어가야 할지, 아니면 밖에서 소년을 지켜야 할지 갈피를 못잡고, 소리친다.

집에서는 아무 소리도 나지 않는다.

“루시!”

그가 다시 소리치고, 안으로 들어가려 한다. 그 때 문이 잠긴다.

"페트루스!"

그는 최대한도로 큰 소리를 친다.

소년은 몸을 돌려 현관 문 쪽으로 달아난다. 그는 불독을 놓아준다.

그가 소리친다.

"가서 물어라!"

개는 둔하게 소년의 뒤를 쫓아간다.

그는 집 앞에서 그들을 따라잡는다. 소년은 콩을 두들기는 막대기를 집어들고 개가 접근하지 못하게 하고 있다.

"슈… 슈… 슈!"

그는 막대기로 허공을 찌르며 헐떡인다. 개는 힘없이 으르렁거리며 좌우로 돈다.

그는 그들을 놓아두고 부엌문으로 달려간다. 아래 문짝은 잠기지 않았다. 발길질을 몇 번 세게 하자 문짝이 열린다. 그는 부엌으로 기어 들어간다.

정수리에 일격이 가해진다. *아직 의식이 있으니 나는 괜찮다.* 그는 이렇게 생각한다. 그는 수족이 늘어지며 무너진다.

그는 몸이 부엌 바닥에서 끌려가는 걸 의식한다. 그리고 의식을 잃는다.

그는 차가운 타일에 얼굴을 댄 채 누워 있다. 일어서려고 하지만 어찌된 일인지 다리가 움직이지 않는다. 그는 다시 눈을 감는다.

그는 루시의 집 화장실에 있다. 현기증을 느끼며 일어선다. 문이 잠겨 있고, 열쇠는 없다.

변기에 앉아서 정신을 차리려고 한다. 집 안은 조용하다. 개들은 짖고 있지만 성이 나서라기보다는 의무감에서 그러는 것 같다.

"루시!"

그가 부른다. 그리고 더 큰 소리로 부른다.

"루시!"

그는 문에 발길질을 하려 한다. 하지만 그는 정상이 아니다. 공간이 좁은데다, 오래 된 문은 너무 단단하다.

그렇게 시험의 날이 다가왔다. 그것은 경고도 없이, 나팔소리도 없이, 여기에 와 있다. 그는 그것의 한가운데에 있다. 심장이 너무 심하게 뛰는 걸 보면, 말이 없긴 하지만 심장도 그걸 알고 있음에 틀림없다. 그와 그의 심장은 이 시험을 어떻게 견뎌낼 것인가?

그의 아이가 낯선 사람들 손에 있다. 1분 후면, 한 시간 후면, 너무 늦을 것이다. 그 아이에게 일어나는 모든 일이 돌에 새겨지고, 지나간 일이 돼버릴 것이다. 하지만 *지금*은 늦지 않았다. *지금* 뭔가를 해야 한다.

그는 무슨 소리를 들으려고 신경을 곤두세우지만, 집안에서는 아무 소리도 들리지 않는다. 하지만 그의 아이가 소리를 치고 있었다면, 아무리 작은 소리였더라도, 틀림없이 그 소리를 들었을 것이다!

문을 두드린다.

소리친다.

"루시! 루시! 말 좀 해봐!"

문이 열린다. 그의 몸이 균형을 잃는다. 그 앞에는 첫 번째보다 키가 작은 두 번째 남자가 1리터짜리 빈병의 목을 잡고 있다.

그 남자가 말한다.

"열쇠 내놔."

"안돼."

그 남자가 그를 떠민다. 그는 뒤로 비틀거리며 털썩 주저앉는다. 그 남자가 병을 들어올린다. 그의 얼굴은 화난 기색도 없이 평온하다. 단지 그는 일, 누군가로부터 물건을 건네받는 일을 하고 있을 뿐이다. 그 일이 병으로 상대방을 내리치는 일이라면, 필요하다면 몇 번이라도, 필요하다면 병이 깨질 때까지 내리칠 것이다.

"가져 가. 다 가져 가라고. 내 딸만 가만 둬라."

그 남자는 아무 말 없이 열쇠를 받고 다시 그를 가둔다.

그는 몸을 떤다. 위험한 삼인조. 왜 그는 제때 그것을 알아보지 못했던가? 하지만 그들은 아직 그를 해치지 않았다. 집안에 있는 물건으로 충분할 것인가? 그들이 루시를 해치지 않고 놔둘까?

집 뒤에서 목소리가 들린다. 개들이 짖는 소리가 다시 커지고 더 열기를 띤다. 그는 변기 위에 올라가서 창살을 통해 밖을 바라본다.

루시의 권총과 불룩한 쓰레기 봉지를 들고, 두 번째 남자가 집 모퉁이를 돌아 막 사라지고 있다. 자동차 문이 쾅 닫힌다. 그는 자기 차 소리를 알아듣는다. 그 남자가 빈 손으로 다시 나타난다. 잠시 그들 둘은 서로의 눈을 똑바로 쳐다본다.

"하이!"

그 남자가 이렇게 말하고 험상궂게 웃는다. 그리고 무슨 말인가 한다. 웃음이 터진다. 금세 그 소년이 합세한다. 그들은 창문 밑에 서서 그들의 죄수를 점검하며 어떻게 처치할 것인지 의논한다.

그는 이탈리어를 할 줄 안다. 프랑스어도 할 줄 안다. 하지만 이탈리어와 프랑스어가 가장 어두운 아프리카의 오지에 있는 그를 구해 주지는 못할 것이다. 그는 무기력하다. 만화에 나오는 샐리 아줌마다. 야만인들이 그를 끓는 가마 속에 넣을 준비를 하며 그들의 말로 지껄이는 동안, 손이 묶이고 눈을 위로 치켜뜬 채 기다리고 있는, 성복을 입고 모자를 쓴 선교사다. 선교사업. 그 거창한 사업 뒤에 남겨진 것은 무엇인가? 그는 아무 것도 볼 수 없다.

이제 키 큰 남자가 권총을 들고 나타난다. 그는 익숙한 동작으로 탄창을 넣고 총구를 개 우리에 들이민다. 무섭게 짖던 독일 세파트 중 가장 큰 놈이 그걸 물어뜯는다. 무거운 총성이 울린다. 피와 골이 우리에 튄다. 개 짖는 소리가 잠시 머춘다. 그 남자는 두 방을 더 쏜다. 가슴을 맞은 한 마리는 즉사한다. 목에 총을 맞은 다른 한 마리는 털썩 주저 앉아 귀를 납작 붙이고 *마지막 일격(Coup de grâce)*을 가해 죽여줄 생각도 하지 않는 이 사람의 움직임을 눈으로 쫓는다.

침묵이 내린다. 숨을 곳도 없는 나머지 세 마리는 우리 뒤로 물러가서 서로 엉킨 채 낮은 소리로 낑낑댄다. 그 남자는 격발 사이 사이에 시간을 주고, 그들을 겨누며 쏜다.

복도를 따라오는 발소리. 화장실 문이 다시 활짝 열린다. 두 번째 남자가 그 앞에 서 있다. 뒤에는 꽃무늬 셔츠를 입은 소년이 아이스크림 통을 들고 아이스크림을 먹고 있는 모습이 얼핏 보인다. 그는 어깨를 밀치고 그 남자를 지나치려 하다가 쿵―넘어진다. 넘어뜨리는 기술, 그들은 축구를 하면서 그것을 익혔음에 틀림없다.

그가 넘어져 있을 때, 머리에서 발까지 무슨 액체가 끼얹어진다. 눈이 타는 듯하다. 그는 그것을 닦으려고 한다. 그는 그것이 메틸 알코올 냄새라는 걸 알아차린다. 일어나려고 버둥거리던 그는 화장실로 밀쳐진다. 성냥을 긋는 소리. 즉시 그는 서늘한 푸른색 화염에 휩싸인다.

그는 잘못 생각했다! 그들은 결국 그와 그의 딸을 가만 놔두지 않을 것이다! 그는 불에 타 죽을 수 있다. 그가 죽을 수 있다면, 루시도 죽을 수 있다. 누구보다도 루시가!

그는 미친 사람처럼 그의 얼굴을 친다. 그의 머리에 불이 붙으며 딱딱 소리가 난다. 그는 마구 고함을 지르며 이리저리 날뛴다. 두려움 외에는 아무 것도 없는 고함이다. 그는 일어서려고 하지만 다시 주저 앉는다. 잠시, 눈이 밝아진다. 그는 그의 얼굴에서 몇 인치 떨어진 곳에 있는 곤색 작업복과 구두를 본다. 구두의 발가락 부분이 위로 말려 있다. 구두 바닥에는 잔디가 붙어 있다.

화염이 그의 손등에서 소리없이 춤을 춘다. 그는 무릎을 꿇고 손을 변기통에 넣는다. 그 뒤로 문이 닫히고 열쇠가 채워진다.

그는 변기통에 몸을 굽히고 물을 얼굴에 뿌리고 머리에 끼얹는다. 그을린 머리에서 지독한 냄새가 난다. 그는 일어서서 옷에 남은 마지막 불길을 끈다.

그는 젖은 종이를 뭉쳐 얼굴을 닦는다. 눈이 쑤신다. 한쪽 눈꺼풀은 이미 닫히고 있다. 그는 머리에 손을 댄다. 손 끝이 재 때문에 까맣다. 한 쪽 귀 윗부분을 제외하면, 머리가 없어진 것 같다. 두피 전체가 아프다. 모든 곳이 아프다. 모든 곳이 태워졌다. 태워지고

(burned), 타버리고(burnt).

그가 소리친다.

“루시! 거기 있니?”

몸부림을 치며 곤색 작업복을 입은 두 사람에게 저항하는 루시의 모습이 보인다. 그는 그 모습을 지우려고 몸부림을 친다.

그는 차의 시동이 걸리는 소리와 타이어가 자갈 위를 굴러가는 소리를 듣는다. 끝났는가! 그들은 정말로 가는가?

“루시!”

그는 미쳐버릴 지경이 돼서 거듭 소리를 친다.

마침내, 다행스럽게도, 열쇠가 돌아간다. 그가 문을 열 때쯤, 루시는 그에게서 등을 돌리고 있다. 그녀는 목욕가운을 입고 있고, 맨발에 머리가 젖은 상태다.

그는 그녀를 따라서 부엌 쪽으로 간다. 냉장고는 열려 있고, 음식은 모두 바닥에 흩어져 있다. 그녀는 뒷문에 서서 개 우리의 살육현장을 뚫어지게 바라보고 있다.

“얘들아! 얘들아!”

그는 그녀가 중얼거리는 소리를 듣는다.

그녀는 첫째 우리를 열고 들어간다. 목에 총을 맞은 개는 아직도 숨이 붙어 있다. 그녀는 몸을 굽히고 개한테 얘기를 한다. 개가 희미하게 꼬리를 친다.

“루시!”

그가 다시 부른다. 그녀는 처음으로 고개를 돌려 그를 바라본다. 그녀는 얼굴을 찡그리며 말한다.

"그들이 도대체 아버지한테 무슨 짓을 한 거죠?"

그가 말한다.

"아가야 !"

그는 그녀를 따라 우리로 들어가 그녀를 안으려고 한다. 부드럽지만 단호하게, 그녀는 몸을 빼낸다.

거실은 뒤죽박죽이 되어 있다. 방도 그렇다. 그의 재킷, 좋은 구두 등은 사라지고 없다. 그것은 단지 시작일 뿐이다.

그는 거울 속의 자기 모습을 바라본다. 재로 변한 머리가 두피와 이마를 덮고 있다. 그 밑의 피부는 불그죽죽하다. 그는 피부를 만진다. 고통스럽다. 분비물이 나오기 시작한다. 한쪽 눈꺼풀은 부어서 닫혔고, 눈썹은 사라지고 없고, 속눈썹도 사라지고 없다.

그는 욕실로 들어가려 한다. 하지만 문이 잠겨 있다.

루시의 목소리가 들린다.

"들어오지 마세요."

"너 괜찮니? 너 다쳤니?"

어리석은 질문들. 그녀는 대답하지 않는다.

그는 부엌의 수도꼭지 밑에서 머리 위에 물을 몇 컵씩 부으며 재를 씻어내려고 한다. 물이 그의 등을 타고 흘러내린다. 차가움에 소름이 돋는다.

그는 스스로에게 이른다. 이것은 매일, 매 시간, 매 분, 이 나라의 모든 지역에서 일어나는 일이다. 살아 있다는 걸 다행으로 생각해라. 이 순간, 속력을 내며 달리는 차 안에 포로로 잡혀 있거나 머리에 총 알이 박혀 협곡 밑에 처박히지 않은 걸 다행으로 생각해라. 루시도 다행이라고 생각해라. 특히 루시가.

어떤 것을 소유하는 것에 따르는 위험. 차 한 대, 구두 한 켤레, 담배 한 보루. 너무 많은 사람들에 너무 적은 물건들. 모든 사람이 하루 동안 행복할 수 있도록, 모든 게 순환되어야 한다. 그것이 이론이다. 이론을 따르고, 이론이 주는 위안을 따르고. 인간의 사악함이 아니라 거대한 순환 시스템일 뿐이다. 동정이나 두려움은 그 시스템이 작동하는 것과 아무 관련도 없다. 그런 식으로 이 나라의 삶을 바라봐야 한다. 그런 도식적인 방식으로 그걸 바라봐야 한다. 그렇지 않으면 미쳐버릴 것이다. 차들, 구두들, 그리고 여자들. 그 시스템 안에는 여자들과 그들에게 일어나는 일들을 위한 자리가 있어야 한다.

루시가 뒤에 와 있다. 그녀는 헐거운 바지와 레인코트를 입고 있다. 머리는 뒤로 빗겨져 있고, 얼굴은 깨끗하지만 아주 멍한 표정이다. 그는 그녀의 얼굴을 들여다본다.

그가 말한다.

"애야, 애야…."

갑작스럽게 눈물이 솟구치며 목이 멘다.

그녀는 그를 달래려고 손가락 하나 까딱하지 않는다.

"머리가 끔찍하군요. 욕조 캐비닛에 베이비 오일이 있으니 좀 바르세요. 차가 없어졌나요?"

"응, 그자들은 포트 엘리자베스 쪽으로 간 것 같다. 경찰에 전화를 해야겠다."

"못해요. 전화기가 깨졌어요."

그녀는 그를 떠난다. 그는 침대 위에 앉아서 기다린다. 담요로 몸을 싸고 있지만, 아직도 계속 몸이 떨린다. 한 쪽 팔목이 부어 쑤신다. 그는 어떻게 다쳤는지 기억할 수가 없다. 벌써 어두워지고 있다. 오후가 순식간에 지나가버린 것 같다.

루시가 돌아온다.

"그자들이 밴 타이어의 바람을 빼놓았어요. 에팅거 씨 댁에 걸어가려고 해요. 오래 걸리지 않을 거예요."

그녀는 말을 멈춘다.

"아버지, 사람들이 물으면, 아버지한테 무슨 일이 있었는지만 말씀해주시겠어요?"

그는 무슨 말인지 이해하지 못한다.

그녀는 반복한다.

"아버지한테 무슨 일이 있었는지만 말씀하세요. 저는 저한테 무슨 일이 일어났는지만 얘기할 테니까요."

그는 점점 더 목이 쉬어가는 목소리로 말한다.

"넌 잘못 생각하고 있는 거야."

그녀가 말한다.

"아뇨, 그렇지 않아요."

그가 그녀에게 팔을 내밀며 말한다.

"얘야, 얘야!"

그녀가 다가오지 않아서, 그는 담요를 치우고 일어서서 그녀를 안는다. 그녀는 그에게 안겨, 아무 것에도 굴복하지 않으며, 장대처럼 서 있다.

12

에팅거는 강한 독일식 억양으로 영어를 발음하는 무뚝뚝한 노인이다. 그의 부인은 죽고 자식들은 독일로 돌아가고 없다. 그는 혼자 아프리카에 남아 있다. 그는 3000cc 픽업트럭에 루시를 태우고 도착한다. 그는 엔진을 살려놓고 기다린다.

"예, 나는 베레타 없이는 아무 데도 가지 않아요."

차가 그래함스타운 도로에 들어서자 그가 말한다. 그는 엉덩이에 찬 권총집을 두드리며 말한다.

"최상의 방책은 자구책을 마련하는 겁니다. 경찰은 더 이상 사람을 지켜주지 못하니까요. 그건 확실해요."

에팅거가 맞을까? 만약 그가 총을 갖고 있었다면, 루시를 구할 수 있었을까? 만약 그가 총을 갖고 있었다면, 어쩌면 그는 지금쯤 죽어 있을 것이다. 그와 루시 둘 다.

그는 자기 손이 아주 미세하게 떨리는 걸 본다. 루시는 가슴 위로 팔짱을 끼고 있다. 그녀 역시 떨리기 때문일까?

그는 에팅거가 그들을 경찰서로 데리고 갈 것이라고 생각했다. 하지만 나중에 보니, 루시는 병원으로 데려다 달라고 했다.

그는 그녀에게 묻는다.

"나를 위해서냐, 아니면 너를 위해서냐?"

"아버지를 위해서죠."

"경찰이 나도 보자고 하지 않을까?"

"제가 얘기할 수 없는 것을 말씀하실 건 아무 것도 없어요. 아니, 있나요?"

그녀는 병원에 도착하자, '사고' 라고 쓰인 문을 열고 들어가, 서류를 작성하고, 그를 대기실에 앉힌다. 그는 떨리는 게 몸 전체로 퍼져나간 반면, 그녀는 아주 다부지고 단호하게 행동한다.

"진료가 끝나면 여기서 기다리세요. 모시러 올 테니까요."

"너는 어떻게 할래?"

그녀는 어깨를 으쓱한다. 그녀는 설령 몸을 떨고 있다 해도, 그런 내색을 하지 않는다.

한쪽 옆에는 자매인 듯한 몸집 큰 두 여자가 앉아 있는데, 그중 한 여자는 신음하는 아이를 안고 있다. 다른 쪽 옆에는 피묻은 솜으로 손을 감싸쥔 남자가 앉아 있다. 그는 열두 번째다. 벽에 있는 시계가 5시45분을 가리키고 있다. 자매가 계속 귓속말(*chuchotantes*)을 하는 사이, 그는 성한 눈을 감고 잠에 빠진다. 그가 눈을 뜨자, 시계는 아직도 5시 45분을 가리키고 있다. 고장인가? 아니다. 분침이 움직이면서 5시 46분을 가리킨다.

두 시간이 지나서야 간호사가 그를 부른다. 유일한 당직의사인 젊은 인도인 여의사를 만나려면 아직도 한참을 더 기다려야 한다.

당직의사는 두피 화상은 심각하지 않지만 염증이 있을지 모르니 조심해야 한다고 말한다. 그녀는 그의 눈에 더 많은 시간을 할애한다. 위 아래 눈꺼풀이 붙어 있어서, 떼려니 굉장히 아프다.

"당신은 운이 좋군요. 눈은 상하지 않았어요. 석유를 끼얹었다면 상황은 달라졌을 겁니다."

그는 머리를 꿰매고 붕대를 대고 눈을 가리고 팔목에는 얼음주머니를 단 채 나온다. 놀랍게도 대기실에는 빌 쇼가 와 있다. 그보다 머리 하나가 작은 빌이 그의 어깨를 잡는다.

"충격적이군요. 너무 충격적이군요. 루시는 우리 집에 와 있어요. 당신을 데리러 오겠다고 우기는 것을 베브가 말렸어요. 몸은 어떠세요?"

"난 괜찮아요. 화상을 약간 입었을 뿐, 심각한 건 아닙니다. 우리가 당신들의 저녁 시간을 망쳐서 미안하게 됐습니다."

빌 쇼가 말한다.

"말도 안 되는 소리 마세요! 이런 때 서로 돕지 않으면 친구가 무슨 소용입니까? 당신도 똑같이 했을 겁니다."

상대방은 반어적 의미 없이 말을 한 건데, 그 말들이 그에게 머물며 사라지지 않으려 한다. 빌 쇼는 만약 그가, 빌 쇼가, 머리를 맞고, 불에 머리가 탔다면, 그가, 데이비드 루리가, 병원으로 차를 몰고 가서, 읽을 만한 신문도 없이 기다리고 앉아 있다가 집으로 데려갈 것이라고 믿고 있다. 빌 쇼는 그와 데이비드 루리가 한때 차 한잔을 같이 마셨다고 해서 데이비드 루리가 그의 친구이고 둘은 서로에게 의무감이 있다고 믿는다. 빌 쇼가 맞나, 아니면 틀렸나? 200킬로미터도 떨어지지 않은 곳에서 태어나 철물점 일을 하는 빌 쇼는 세상을 그렇게도 모르는 걸까? 쉽게 친구가 되려 하지도 않고, 우정을 회의적인 눈으로 바라보는 사람이 있다는 걸 그는 모르는 것일까? 고대영어 *freond*에서 나온 현대영어 *friend, freon*에서 love까지. 빌 쇼의 눈에는 차를 같이 마시는 것이 사랑의 유대감을 봉인하는 걸로 비칠까? 그러나 빌과 베브 쇼가 없었다면, 에팅거 노인이 없었다면, 일종의 유대감이 없었다면, 그는 지금 어디에 있을 것인가? 부서진 전화기와 죽은 개들과 함께 폐허가 된 농장에.

빌 쇼가 다시 차 안에서 말한다.

"충격적인 일입니다. 잔혹한 일입니다. 그런 일은 신문에서 읽는 것만으로도 충분히 기분 나쁜 일입니다. 그런데 아는 사람에게 그런 일이 일어나면 정말로 실감이 나는 거죠."

그는 머리를 흔든다.

"다시 한번 전쟁을 하는 것 같습니다."

그는 대꾸할 생각도 하지 않는다. 하루는 아직 죽지 않고 살아 있다. *전쟁, 잔혹성.* 이 날을 그것으로 결말지으려 하는 말들. 검은 목구멍 아래로 삼켜버린다.

베브 쇼는 그들을 문에서 맞는다. 그녀는 루시가 진정제를 먹고 누워 있으니 방해하지 않는 게 좋겠다고 말한다.

"경찰서에 갔었답니까?"

"예, 당신 차를 찾는 공고를 냈어요."

"의사한테도 갔었답니까?"

"모든 일을 다 처리했답니다. 당신은 어때요? 루시 얘기로는 심한 화상을 입었다던데."

"화상은 입었지만, 겉에서 보는 것처럼 심하지는 않아요."

"그렇다면 뭣 좀 드시고 쉬세요."

"배는 고프지 않습니다."

그녀는 커다란 구식 주철 욕조에 물을 받아준다. 그는 흐르는 물속에서 창백한 몸을 뻗고 긴장을 풀려고 한다. 하지만 그는 거기에서 나올 때, 거의 미끄러질 뻔한다. 갓난애처럼 힘이 없고, 현기증이 난다. 그는 빌 쇼를 부른다. 그는 욕조에서 나와 몸을 닦고 빌린 파자마를 입는 동안, 그의 도움을 받는다. 그는 그런 굴욕을 참아야 한다. 나중에 그는 빌과 베브가 낮은 목소리로 얘기하는 소리를 듣고, 그들이 자신에 관해서 얘기하고 있음을 안다.

그는 병원에서 진통제 한 통과 화상용 붕대 한 개와 머리를 받치는 작은 알루미늄 기구를 갖고 왔다. 베브 쇼는 고양이 냄새가 나는 소파에 그를 눕힌다. 그는 놀랄 만큼 편한 잠에 빠진다. 그는 한밤중 너무나 생생한 꿈을 꾸다 잠에서 깬다. 루시는 꿈 속에서 이렇게 말했다. "여기 와서 절 구해 주세요!" 루시의 말이 아직도 그의 귀에 울린다. 환영 속의 그녀는 하얀 빛이 비치는 가운데, 젖은 머리를 뒤로 젖히고 손을 앞으로 내밀고 있다.

그는 일어나다가 의자에 몸이 걸린다. 그는 의자를 밀쳐버린다. 불이 켜진다. 잠옷을 입은 베브가 앞에 서 있다.

"루시와 얘기를 해야겠어요."

그는 중얼거린다. 입이 마르고 혀가 돌아가지 않는다.

루시가 머무는 방의 문이 열린다. 루시는 환영 속의 모습과 전혀 다르다. 그녀의 얼굴은 잠으로 가득하다. 그녀는 자기 것이 아닌 실내복 벨트를 조이고 있다.

그는 말한다.

"미안하다. 꿈을 꿨거든."

갑자기, '환영'이라는 말이 너무 구태의연하고 이상한 것 같아 그는 '꿈'이라는 말로 그 말을 대신한다.

"나는 네가 나를 부르는 줄 알았다."

루시가 고개를 젓는다.

"안 그랬어요. 가서 주무세요."

물론 그 말이 맞다. 새벽 세 시다. 하지만 그는 그녀가 두 번째로, 아이에게 하는 말투로, 아니 아이나 노인에게 하는 말투로, 자기한테 말을 했다는 사실을 알아차리지 않을 수가 없다.

그는 다시 잠을 자려고 하지만 그럴 수가 없다. 그는 약을 먹어서 그럴 거라고 생각한다. 환영도 아니고 꿈도 아닌 단순한 화학적 환각 상태. 그런데도 빛 속에 있던 여자의 모습은 아직도 그 앞에 있다. "절 구해 주세요!" 그의 딸이 울부짖는다. 그녀의 말이 너무나 또렷하고 선명하게 귀에 울린다. 루시의 영혼이 그녀의 몸을 떠나 그에게로 온 것일까? 영혼의 존재를 믿지 않는 사람들에게도 영혼이 있고, 그 영혼은 독립적으로 존재하는 걸까?

동이 트기 몇 시간 전. 팔목이 아프고, 눈이 타는 것 같고, 두피가 쓰리고, 신경이 쓰인다. 그는 조심스럽게 램프를 켜고 일어난다. 그

156

는 담요로 몸을 감싼 채, 루시 방으로 들어간다. 침대 곁에 의자가 있다. 그는 거기에 앉는다. 그는 그녀가 깨어 있다는 것을 직감으로 안다.

그는 무슨 일을 하고 있는 걸까? 그는 그의 어린 딸에게 해가 닥치지 않고, 나쁜 귀신이 다가오지 못하도록 지키고 있다. 한참 후, 그는 그녀의 긴장이 풀리기 시작하는 걸 느낀다. 그녀의 입이 벌어질 때 나는 부드러운 소리, 부드럽게 코를 고는 소리.

베브 쇼는 그에게 아침 식사로 콘플레이크와 차를 주고, 루시의 방으로 사라진다.

그는 그녀가 돌아오자 묻는다.

"그 애는 어때요?"

베브 쇼는 쌀쌀맞게 고개를 흔들 뿐이다. 당신이 상관할 일이 아닙니다. 그녀는 이렇게 말하는 것 같다. 생리, 출산, 폭력과 그에 따른 후유증. 피의 문제, 여자의 짐, 여자들의 영역.

여자들은 여자들끼리 살면서, 그들이 원할 때만 남자들의 방문을 허락하면 더 행복하지 않을까. 그가 이런 생각을 하는 것은 처음이 아니다. 어쩌면 그가 루시를 동성애자라고 생각하는 것은 잘못인지 모른다. 어쩌면 그녀는 단지 여자 친구를 좋아하는 것일지 모른다. 혹은 레즈비언이란 게 그런 걸지 모른다. 남자들을 필요로 하지 않는 여자들.

그들이, 그녀와 헬렌이, 강간에 대해서 그렇게 격렬하게 반응하는 것도 놀랄 일이 아니다. 강간, 혼돈과 혼합의 신, 은둔상태를 침입해

들어온 자. 처녀를 강간하는 것보다 더 나쁘고 더 충격적인 레즈비언의 강간. 그들은, 그 남자들은, 그들이 무슨 짓을 하고 있는지 알았을까? 그런 말이 떠돌았었나?

아홉 시, 빌 쇼가 일터에 나간 후, 그는 루시의 방문을 두드린다. 그녀는 얼굴을 벽으로 향하고 누워 있다. 그는 그녀 곁에 앉아서 볼에 손을 댄다. 볼이 눈물로 젖어 있다.

그가 말한다.

"이건 쉽게 얘기할 문제는 아니다만 의사한테 갔었니?"

그녀는 일어나 앉으며 코를 푼다.

"지난 밤에 의사가 진찰을 했어요."

"그가 일어날 수 있는 모든 상황을 처리하고 있니?"

그녀가 말한다.

"남자 의사가 아니라 여자 의사예요. 그렇지 않아요."

그녀의 목소리에 돌연한 분노가 서린다.

"의사가 어떻게 그럴 수 있죠? 어떻게 의사가 일어날 수 있는 모든 상황을 처리할 수 있죠? 정신 좀 차리세요!"

그는 일어선다. 만약 그녀가 그렇게 민감하기로 치면, 그도 민감해질 수 있다.

"그런 걸 물어봐서 미안하다. 오늘은 계획이 뭐니?"

"계획이라고요? 농장으로 돌아가서 치우는 거죠."

"그런 다음엔?"

"그런 다음엔 전처럼 사는 것이고요."

"농장에서?"

158

“물론이죠. 농장에서.”

“루시, 정신 차려라. 상황이 바뀌었다. 그렇게 된 곳에서 그대로 살 수는 없다.”

“왜 안 되죠?”

“그건 좋은 생각이 아니기 때문이다. 안전하지가 않으니까.”

“안전한 적은 없었어요. 좋든 나쁘든 그것은 생각이 아니에요. 전 생각 때문에 돌아가는 게 아니에요. 저는 단지 돌아가는 것일 뿐이에요.”

그녀는 빌린 가운을 입고 앉아, 목을 긴장시키고 눈을 반짝이며, 그와 맞선다. 아버지의 어린 딸이 아니다. 더 이상은 아니다.

13

출발하기 전, 그는 붕대를 바꿔 감아야 한다. 베브 쇼는 비좁고 작은 욕실에서 그는 붕대를 푼다. 그의 눈꺼풀은 아직 닫혀 있고, 두피에는 물집이 잡혀 있다. 하지만 다친 곳이 그렇게 나쁜 상태는 아니다. 가장 고통스러운 부분은 그의 오른쪽 귀 주위다. 젊은 의사가 말했던 것처럼, 그곳은 그의 몸에서 실제로 불이 붙었던 유일한 곳이다.

베브는 속살이 드러난 두피 부위를 소독약으로 씻은 다음, 핀셋으로 그 위에 미끌미끌한 노란 붕대를 댄다. 그녀는 조심스럽게, 그의 눈꺼풀과 귀의 주름에 약을 바른다. 그녀는 일하는 동안 말을 하지 않는다. 그는 진료실의 염소를 떠올리며, 그녀의 손에 몸을 맡기고, 염소도 자기처럼 평화로운 기분이었을까 궁금해한다.

"됐어요."

마침내 그녀가 일어서며 말한다.

그는 챙이 없는 하얀 모자를 단정하게 쓰고, 흐릿한 눈을 한 거울 속의 자기를 바라본다.

"말끔하군요."

그는 이렇게 말하지만, 자신이 미이라 같다고 생각한다.

그는 강간 문제를 다시 들고 나오려고 한다.

"루시는 지난 밤에 일반의한테 진찰을 받았다던데."

"예."

그는 더 비집고 들어간다.

"임신할 위험도 있고, 성병에 걸릴 위험도 있고, 에이즈에 걸릴 위험도 있소. 산부인과 의사한테 가야 하는 거 아닐까요?"

불편해진 베브 쇼는 얘기 방향을 바꾼다.

"루시한테 직접 물어보세요."

"물어봤어요. 난 그 애가 하는 말을 알아듣지 못하겠소."

"다시 물어보세요."

열한 시가 넘었다. 하지만 루시는 나타날 기미가 없다. 그는 무작정 정원 주위를 거닌다. 기분이 우울해진다. 단지 자신을 어떻게 해야 할지 몰라서가 아니다. 어제 있었던 일은 그에게 깊은 충격을 줬다. 몸이 떨리고 약해지는 것은 그러한 충격에 대한 피상적인 반응일 뿐이다. 그는 그의 몸 안에 있는 중요한 조직을 능욕당했다는 느낌을 받는다. 어쩌면 그의 가슴도 그랬을 것이다. 처음으로 그는 뼛속까지 피곤해지고, 희망이 없고, 욕망도 없고, 미래에 무관심한 노인이 된다는 게 어떤 것인지 맛본다. 악취나는 닭털과 썩은 사과 무더기 가운데 놓인 플라스틱 의자에 쭈그리고 앉은 그는 세상에 대한 관심이 한 방울, 한 방울 그로부터 고갈되는 걸 느낀다. 그에게서 완전히 피가 마를 때까지는 몇 주, 아니 몇 달이 걸릴지 모른다. 하지는 그는 피를 흘리고 있다. 그는 그것이 끝날 때쯤이면, 거미줄에 걸려 있는 파리 껍질처럼, 닿기만 해도 부서지고, 나락의 겨보다 더 가벼워, 어디론가 떠내려가버릴 태세가 되어 있을 것이다.

그는 루시의 도움을 기대할 수 없다. 루시는 조용히 인내심을 갖고, 어둠 속에서 자기 길을 찾아 빛으로 나와야 한다. 그녀가 자신을 다시 찾을 때까지, 일상을 꾸려갈 책임이 그에게 있다. 하지만 그것은 너무 갑자기 다가왔다. 미처 준비가 되어 있지 않은 짐이다. 농장, 정원, 개집, 루시의 미래, 그의 미래, 이 땅의 미래. 이런 것 모두가 무관심한 문제일 뿐이다. 그는 이렇게 말하고 싶다. 그런 건 모두 개들한테나 줘버려라. 나는 상관하지 않는다. 거기에 왔던 그 자들에 대해 얘기하자면, 그들에게 무엇이든 해가 있었으면 싶다. 하지만 그 외에는 그들에 대해서 생각하고 싶지 않다.

단순한 여파겠지. 침략의 여파겠지. 그는 이렇게 생각한다. 조금 지나면 몸은 저절로 치유가 되고 그 속에 사는 영혼인 나는 다시 나의 옛 자아를 찾겠지. 하지만 그는 그게 진실이 아니라는 걸 안다. 삶에 대한 즐거움이 꺾여버렸다. 시냇물 위에 떠 있는 하나의 나뭇잎처럼, 산들바람에 날리는 한 알의 민들레 씨앗처럼, 그는 종말을 향해 떠내려 가기 시작했다. 그는 그것을 아주 분명하게 본다. 그것은 그를 절망감—이 말은 그를 떠나지 않을 것이다—으로 채운다. 생명의 피가 그의 몸을 떠나고 있고 절망감이, 가스처럼 색깔도 없고 맛도 없고 영양도 없는 절망감이 그 자리를 차지하고 있다. 칼날이 목에 닿는 순간조차, 그것을 들이마시고, 수족의 긴장을 풀고, 더 이상 상관하지 않는다.

현관 벨이 울린다. 말쑥한 제복을 입은 젊은 경찰관 두 명이 수사에 착수하려고 한다. 루시는 어제와 똑같은 옷을 입고 초췌한 모습으로 자기 방에서 나온다. 그녀는 아침식사를 하지 않겠다고 한다. 그들의 트럭 뒤를 경찰이 따라온다. 베브는 그들을 데리고 농장으로 간다.

개들의 시체가 우리 속에 그대로 놓여 있다. 불독 케이티는 아직도 부근에 있다. 그들은 거리를 지키며 우리 옆으로 살금살금 달아나는 개를 얼핏 바라본다. 페트루스는 기척도 없다.

두 경찰관은 안으로 들어가자 모자를 벗어 겨드랑이에 낀다. 그는 뒤로 물러서서, 루시가 그들에게 하고 싶은 얘기를 하도록 놔둔다. 그들은 정중하게 그녀의 말을 들으며, 펜을 신경질적으로 사각거리며 그녀가 하는 말을 죄다 노트에 적는다. 그들은 그녀와 같은 세대지만, 그녀를 신랄하게 대한다. 마치 그녀가 오염된 존재이며, 그 오염이 그들에게 넘어와 그들을 오염시키기라도 하는 양.

그녀가 얘기한다. 세 남자, 혹은 두 남자와 한 소년이 속임수를 써서 집안에 들어와 돈, 옷, 텔레비전, CD 플레이어, 화약, 권총 등을 가져갔다. (그녀는 물건들을 하나씩 열거한다.) 그들은 그녀의 아버지가 저항하자, 그를 공격하고 몸에 알코올을 뿌리고 불을 질렀다. 그런 다음 그들은 개들을 죽이고 그의 차를 타고 가버렸다. 그녀는 그 남자들의 모습과 그들의 옷차림과 차에 대해 묘사한다.

루시는 말을 하는 동안, 그에게서 힘을 얻으려는 듯, 그게 아니라면 자신의 말을 반박할 테면 해보라는 듯, 그를 뚫어지게 바라본다.

"그런 일이 벌어지는 데 얼마나 걸렸습니까?"

경찰 중의 하나가 묻자, 그녀가 대답한다.

"20분 아니면 30분 정도예요."

사실이 아니다. 그건 그도 알고, 그녀도 안다. 그것보다 훨씬 오래 걸렸다. 얼마나 더 오래? 그 남자들이 그 집의 여자를 갖고 하는 일을 끝내는 데 필요한 만큼 더 오래.

하지만 그는 참견하지 않는다. *무관심의 문제.* 그는 루시가 하는 얘기를 거의 듣지도 않는다. 지난 밤부터 기억의 가장자리에 떠돌고 있던 말들이 형태를 갖추기 시작한다. *화장실에 갇힌 두 노파 / 월요일부터 토요일까지 거기 있었네 / 그들이 거기에 있다는 걸 아무도 몰랐네.* 그의 딸이 당하는 동안 화장실에 갇혀서. 어렸을 때 듣던 그 노래가 그에게 손가락질을 한다. *어라, 무슨 일이 있었을까?* 루시의 비밀, 그의 치욕.

경찰관들은 조심스럽게 집안을 조사한다. 핏자국도 없고, 가구도 넘어져 있지 않다. 난장판이던 부엌은 치워져 있다. (루시가? 언제?) 화장실 문 뒤에 두 개의 성냥개비가 있다. 그들은 그걸 보지도 못한다.

루시의 방에는 더블 베드가 벗겨져 있다. *범죄의 현장.* 그는 이렇게 생각한다. 경찰관이 그의 생각을 읽은 것처럼 그들의 눈을 옆으로 돌리고 지나간다.

더도 아니고 덜도 아닌, 겨울 아침 속의 고요한 집.

그들은 떠나면서 말한다.

"수사관이 와서 지문을 채취할 겁니다. 물건에 손을 대지 않도록 하세요. 그들이 가져간 물건이 더 있으면 경찰서로 연락해 주세요."

그들이 떠나자마자 전화를 수리하는 사람들이 도착하고, 이어서 에팅거 노인이 도착한다. 에팅거는 어디로 가고 없는 페트루스에 대해서 음산한 목소리로 얘기한다.

"그들은 아무도 믿을 수 없습니다."

그는 자기 애를 보내 밴을 고치게 하겠다고 말한다.

루시는 과거에 그가 흑인에게 *애(boy)*라는 표현을 쓰면 머리 끝까지 화를 내곤 했다. 지금 그녀는 아무런 반응도 하지 않는다.

그는 에팅거를 문까지 배웅한다.

에팅거가 말한다.

"가엾은 루시. 그녀에게는 혹독한 일이오. 하기야 상황이 더 나쁠 수도 있었죠."

"그래요? 어떻게요?"

"그들이 그녀를 데리고 가버릴 수도 있었을 거요."

그것이 갑자기 그의 말을 멈추게 한다. 에팅거는 바보가 아니다.

마침내 그와 루시만 남는다.

그가 제안한다.

"묻을 곳을 알려주면 내가 개들을 묻어주겠다. 주인들한테는 뭐라고 말할 거니?"

"사실대로 얘기해줄 거예요."

"보험회사가 그걸 보상해 줄까?"

"모르겠어요. 보험회사가 대량학살의 경우도 보상을 해주는지는 모르겠어요. 알아봐야죠."

말이 멈춘다.

"루시, 왜 너는 벌어진 일들을 다 얘기하지 않았니?"

"전 다 했어요. 제가 말한 게 전부예요."

미심쩍은 그는 머리를 젓는다.

"물론 너한테도 이유가 있겠지. 더 폭넓게 생각해 볼 때, 넌 이것이
최선의 길이라고 확신하니?"

그녀는 대답하지 않는다. 그는 당분간 그녀를 더 이상 추궁하지 않
는다. 하지만 그의 생각은 어쩌면 다시는 못 보게 되겠지만 영원히
그의 삶의 일부가 되고 딸의 삶의 일부가 된 세 난입자, 세 침입자,
그 남자들에게 돌아간다. 그 남자들은 신문을 읽고 사람들이 하는 얘
기를 들을 것이다. 그리고 그들이 단순한 강도와 습격 혐의로 수배를
받고 있다는 걸 알게 될 것이다. 그들은 여자의 몸에 관한 한, 침묵이
담요처럼 드리워져 있다는 걸 분명하게 알 것이다. *너무 수치스러워
서, 얘기하기에는 너무 수치스러워서.* 그들은 이렇게 말하면서 자기
들이 한 일을 떠올리며 낄낄댈 것이다. 루시는 그들에게 승리를 인정
해줄 준비가 되어 있는가?

그는 루시가 얘기한 대로, 경계선 근처에 구덩이를 판다. 개 여섯
마리의 무덤. 최근에 갈아놓은 땅이지만 구덩이를 파는 데 한 시간은
족히 걸린다. 파는 일이 끝날 때쯤, 등과 팔이 쑤시고 팔목이 다시 아
프다. 그는 개들의 시체가 담긴 손수레를 민다. 목에 구멍이 난 개는
아직도 피묻은 이빨을 드러내고 있다. 통 속에 든 물고기를 쏘아죽인
것 같다. 그는 이렇게 생각한다. 하지만 개들이 흑인 남자의 냄새만

맡아도 으르렁거리도록 훈련된 개들이 사는 나라에서는 경멸스럽지만 어쩌면 유쾌한 광경일지도 모른다. 모든 복수처럼 다급하고 만족스럽게 처리된 오후의 일. 그는 개들을 하나씩 구덩이에 던지고 흙으로 덮는다.

그가 돌아오니, 루시는 창고로 쓰던 곰팡내 나는 작은 식료품 저장실에 캠핑용 침대를 설치하고 있다.

"이건 누구 거니?"

"제 것이죠."

"다른 방도 있잖아."

"천장이 나갔어요."

"뒤에 있는 큰 방은?"

"냉장고에서 소리가 너무 많이 나요."

사실이 아니다. 뒷방에 있는 냉장고에서는 거의 소리가 나지 않는다. 루시가 거기에서 잘 수 없는 이유는 냉장고에 들어 있는 것 때문이다. 더 이상 필요없는 내장, 뼈, 푸줏간에서 사온 고기.

그가 말한다.

"내 방에서 자거라. 내가 여기에서 잘게."

즉시 그는 그의 물건들을 치우기 시작한다.

그러나 그는 정말로, 한 쪽 구석에는 빈 통조림 병이 든 상자들이 쌓여 있고, 남쪽으로 난 작은 유리창 하나밖에 없는 지하실로 옮기기를 원하는가? 만약 루시를 폭행한 자들의 혼이 아직도 그녀의 방에 떠돈다면, 그들을 분명히 쫓아내야 하고, 그들이 그곳을 밀실로 삼도록 해서는 안 된다. 그래서 그는 그의 물건들을 루시의 방으로 옮긴다.

저녁이 온다. 배는 고프지 않지만 먹는다. 먹는 것은 의식이다. 의식은 일을 더 쉽게 만든다.

그는 최대한으로 부드럽게, 루시에게 다시 그 질문을 한다.

"루시, 얘야. 왜 얘기를 하지 않으려 하니? 그건 범죄였다. 범죄의 대상이라는 게 수치스러울 것은 없다. 네가 그 대상이 되겠다고 선택한 것도 아니니까. 너는 죄가 없다."

맞은편 식탁에 앉은 루시는 숨을 깊게 들이쉬고 마음을 가다듬은 다음 다시 숨을 내쉬고 머리를 흔든다.

그가 말한다.

"내가 추측해 볼까? 너는 나한테 무엇인가를 상기시키려고 하니?"

"뭘 상기시킨다고요?"

"남자들의 손에서 여자들이 당해야 하는 것 말이다."

"그건 제 생각과는 너무 멀어요. 이 문제는 아버지와 전혀 상관이 없어요. 제가 왜 경찰에 그 문제를 밝히지 않았는지 알고 싶어 하시죠? 아버지가 그 문제를 다시 꺼내지 않겠다고 약속하시면, 말씀드릴게요. 그 이유는 제게 일어난 일은 순전히 저 개인의 문제이기 때문이에요. 다른 때, 다른 곳에서는 공적인 문제가 될 수도 있겠죠. 하지만 이곳, 이 시점에서는 그렇지 않아요. 그것은 제 일이에요. 전적으로 제 일이에요."

"이곳이 어때서?"

"이곳이 남아프리카이기 때문에 그래요."

"나는 그 말에 동의할 수 없다. 나는 네가 그런 식으로 생각하는 데

동의하지 않는다. 너는 너한테 일어난 일을 순순히 받아들임으로써 에팅거와 같은 농부들로부터 거리를 지킬 수 있다고 생각하니? 너는 여기에서 일어난 일이 하나의 시험이라고 생각하니? 만약 이걸 통과하면, 너는 미래를 위한 자격증과 안전한 행동지침이라도 받을 것 같니? 아니면 재앙이 너를 지나쳐 가도록 문 위에 페인트로 쓸 무슨 신호라도 받을 것 같니? 루시, 복수는 그런 식으로 이뤄지는 게 아니다. 복수는 불과 같은 것이다. 그것은 집어삼키면 집어삼킬수록 더 굶주려 하는 법이다."

"아버지, 그만두세요! 전 재앙이니 불이니 하는 소리를 듣고 싶지는 않아요. 저는 저만 살려고 하는 게 아니에요. 그렇게 생각하신다면, 전적으로 요점을 잘못 파악하신 거예요."

"그렇다면 네가 도와주렴. 그것이 네가 바라는 모종의 구원이니? 너는 현재의 고통을 감수함으로써 과거의 죄들을 속죄할 수 있기를 바라는 거니?"

"아니죠. 아버지는 계속 제 뜻을 잘못 해석하고 있어요. 죄의식과 구원은 추상적인 것들이에요. 저는 추상적인 생각으로 행동하지는 않아요. 아버지가 그 점을 보려고 노력하지 않으신다면, 저도 어쩔 수 없어요."

그는 대꾸를 하고 싶다. 하지만 그녀가 그의 말을 가로막는다.

"아버지, 앞에서 서로 약속했잖아요. 더 이상 이런 얘기는 하기 싫어요."

아직까지 그들이 서로에게서 그렇게 멀리, 그렇게 비통하게 멀리 떨어져 있었던 적은 없었다. 그는 충격을 받는다.

170

14

새로운 하루.

에팅거가 전화로 그들에게 '당분간' 총을 빌려주겠다고 제안한다. 그가 대답한다.

"고맙습니다. 생각해보겠습니다."

그는 루시의 연장을 꺼내 할 수 있는 데까지 부엌문을 고친다. 그들은 에팅거가 그랬던 것처럼, 창살과 방범문을 달고 울타리를 쳐야한다. 그들은 농가를 요새로 바꿔야 한다. 루시는 권총과 송수신용무전기를 사고 사격연습을 해야 한다. 하지만 그녀가 동의할까? 그녀는 땅과 옛날의 *전원적인(ländliche)* 삶의 방식을 사랑하기 때문에이곳에 있다. 만약 그런 삶이 막을 내렸다면, 사랑할 무엇이 더 남아있을까?

케이티는 이제 숨은 곳에서 나와 부엌에서 산다. 그 개는 주눅이들어 루시 뒤꿈치에 붙어다닌다. 매 순간, 삶이 예전과 같지 않다. 집은 낯설고 더럽혀진 느낌이 든다. 그들은 무슨 소리만 나면 귀를 세우고 경계를 한다.

그런 다음 페트루스가 돌아온다. 낡은 트럭 한 대가 바퀴자국이 난 차도를 힘들게 올라가 마굿간 옆에 멈춘다. 꽉 끼는 옷을 입은 페트루스가 차에서 내린다. 그의 아내와 운전사도 내린다. 두 남자는 트럭 뒤에서 상자, 크레오소트 막대, 아연 철판, 플라스틱 관을 내린 뒤, 잔뜩 소란을 피우며 중간 정도 크기의 양을 두 마리 내린다. 페트루스는 그 양들을 울타리 기둥에 매놓는다. 트럭은 마굿간을 빙 돌아 요란한 소리를 내며 차도로 내려간다. 페트루스와 그의 아내는 안으로 사라진다. 석면파이프로 된 굴뚝에서 버섯 모양의 연기가 나기 시작한다.

그는 계속 바라본다. 잠시 후, 페트루스의 아내가 나타나 물통에 담긴 구정물을 휙 쏟는다. 그는 생각한다. 시골에서 그러듯 긴 스커트에 머리수건을 높게 두른 예쁜 여자. 예쁜 여자와 운 좋은 남자. 하지만 그들은 어디에 갔다 온 것일까?

그는 루시에게 말한다.

"페트루스가 돌아왔다. 건축자재를 한짐 싣고서."

"잘 됐군요."

"왜 그 사람은 어디 다녀오겠다고 너한테 얘기를 하지 않았지? 하필 이런 때 어디로 사라지다니 이상하지 않니?"

"제가 페트루스에게 명령을 내릴 수는 없어요. 그는 독립적인 사람이에요."

말도 안 된다. 하지만 그는 내버려둔다. 그는 당분간 루시에 관한 건 어느 것이나 내버려두기로 했다.

루시는 아무 말도 하지 않는다. 아무런 감정 표현도 하지 않고, 주변의 어떤 것에도 관심이 없다. 농사에 대해서 아무 것도 모르는 그가 오리를 우리에서 내놓고, 수로가 운영되는 방식을 익혀 정원이 마르지 않도록 물을 끌어온다. 루시는 텅빈 허공을 응시하거나, 무궁무진하게 많아 보이는 옛날 잡지들을 뒤적이면서, 몇 시간이고 침대에 누워 있다. 그녀는 거기에 있지 않은 어떤 것을 찾기라도 하는 양 조급하게 페이지를 넘긴다. 〈에드윈 드루드의 모험〉은 더 이상 보이지 않는다.

그는 작업복 바지를 입고 댐에 있는 페트루스를 찾아낸다. 그 남자가 아직도 루시에게 보고를 하지 않는다는 게 이상해 보인다. 그는 그쪽으로 슬그머니 걸어가 인사를 나눈다.

"수요일날, 당신이 없을 때, 우리가 큰 강도를 당했다는 건 들어서 알고 있겠죠."

페트루스가 말한다.

"예, 들었어요. 그것은 아주 잘못된 일입니다. 아주 잘못된 일이죠. 하지만 당신들은 이제 괜찮아요."

그는 괜찮은가? 루시는 괜찮은가? 페트루스는 질문을 하고 있는 건가? 그것은 질문처럼 들리지는 않는다. 그렇다고 그가 그것을 달리 받아들일 수는 없다. 문제는 답이 뭐냐는 것이다.

그가 말한다.

"나는 목숨이 붙어있소. 목숨이 붙어있는 건 괜찮다는 거겠지. 그렇소, 나는 괜찮소."

그는 말을 멈추고 침묵 다음에 무슨 말이 이어지기를 기다린다. 페트루스는 침묵을 깨고 "루시는 어떻습니까?" 하고 물어야 한다.

대신, 페트루스는 이렇게 묻는다.

"루시는 내일 시장에 간답니까?"

"난 모르겠소."

"가지 않으면 가게를 잃을지 모릅니다."

그는 나중에 루시에게 이렇게 얘기한다.

"네가 내일 시장에 가는지 페트루스가 물었다. 네가 가게를 잃을까 걱정하더라."

"두 분이 가면 어때요? 저는 가고 싶지 않아요."

"정말이니? 1주일을 빼먹는다는 것은 안 될 일이지."

그녀는 대꾸하지 않는다. 그녀는 얼굴을 가리고 싶어 할 것이다. 그는 그 이유를 안다. 치욕감 때문에. 수치심 때문에. 그것이 내방객들이 성취했던 것이다. 그것이 이 자신만만하고 현대적인 젊은 여성한테 그들이 한 짓이다. 그 이야기는 얼룩처럼 지역 전체에 퍼져 있다. 그녀의 이야기가 아니라 그들의 이야기가 퍼지는 것이다. 그들이 그것의 주인이다. 그들이 어떤 식으로 그녀에게 제 자리가 어디며, 여자는 어디에 쓰는지 알려줬는지를.

한 쪽 눈만 나오고 챙이 없는 하얀 모자를 쓴 그는 사람들 앞에 나선다는 게 좀 창피하다. 하지만 그는 루시를 위하여 페트루스 옆에 앉아, 호기심에 찬 눈길을 견디며, 루시에게 생긴 일을 안쓰러워 하는 사람들에게 공손하게 답변하면서, 시장 일을 본다.

그가 말한다.

"예, 이번에 차를 잃어버렸어요. 물론 개도 한 마리를 제외하고는 모두 잃어버렸지요. 아뇨, 제 딸은 괜찮습니다. 오늘은 몸이 좋지 않을 뿐입니다. 아뇨, 우리는 별로 기대하지 않습니다. 당신도 알겠지만, 경찰에겐 할 일이 잔뜩 밀려 있어서요. 예, 그 애한테 꼭 얘기해 주겠소."

그는 〈헤럴드〉지에 난 기사를 읽는다. 그 남자들은 '신원 미상의 습격자들'이라고 불린다. "신원 미상의 세 습격자는 살렘 외곽의 자작농지에 살고 있는 루시 루리 양과 그녀의 나이든 아버지를 공격하고, 옷과 전기제품과 화약을 갖고 달아났다. 괴이하게도 강도들은 번호판이 CA 507644인 1993년형 토요타 코롤라를 타고 달아나기 전에, 개 여섯 마리를 쏴죽였다. 습격을 받고 경미한 상처를 입은 루리 씨는 세틀러스 병원에서 치료를 받고 귀가했다."

루리의 나이든 아버지와 시인 윌리암 워스워드의 사도이며 최근까지 케이프타운 전문대학 교수였던 데이비드 루리가 이 일과 어떤 관계에 있는지 언급이 없어서 기쁘다.

실제로 장사에 관해서는 그가 할 게 없다. 물건을 내놓고, 값을 알고, 돈을 받고, 거스름돈을 내주는 사람은 페트루스다. 페트루스는 일을 하고, 그는 앉아서 손을 비비고 있다. 바로 옛날처럼, *상전과 노예 (baas en Klaas)*로. 그가 페트루스에게 명령을 하지 않는다는 점을 제외하면 말이다. 페트루스는 해야 할 일을 한다. 그게 그거다.

그런데도 그들의 수입은 줄어든다. 300랜드도 못 된다. 루시가 없어서 그렇다. 그건 의심할 여지가 없다. 꽃상자와 채소 자루를 다시 차에 실어야 한다. 페트루스가 고개를 흔들며 말한다.

"수입이 형편없군요."

페트루스는 아직까지 그가 집을 비웠던 일에 대해서 아무 얘기도 하지 않고 있다. 페트루스는 자기가 원하는 대로 오고 갈 권리가 있다. 그는 그 권리를 행사했다. 그는 침묵할 권리가 있다. 하지만 문제가 남아 있다. 페트루스는 그 낯선 자들이 누군지 알고 있는가? 그들이 에팅거가 아니라 루시를 겨냥한 것은 페트루스가 흘린 말 때문이었을까? 페트루스는 그들의 계획을 미리 알고 있었는가?

옛날 같으면, 페트루스한테서 그것을 밝혀낼 수 있었을 것이다. 옛날 같으면, 그에게 화를 내며, 보따리를 싸라고 명령하고 그 자리에 다른 사람을 고용할 수도 있었을 것이다. 그러나 페트루스가 돈을 받고 일을 하긴 하지만, 그는 엄밀히 말하면 고용된 일꾼이 아니다. 엄밀하게 말하면, 페트루스가 어떤 존재인지 말하기도 어렵다. 그에게 가장 합당한 말은 이웃이라는 말이다. 페트루스는 그렇게 하는 게 자기한테 맞기 때문에 노동력을 팔고 있는 이웃이다. 그는 쓰이지 않은 계약에 따라 노동력을 판다. 그 계약에는 의심쩍다고 해서 해고할 수 있는 조항이 없다. 그것은 그들이, 그와 루시와 페트루스가 살고 있는 새로운 세계다. 페트루스는 그것을 안다. 그도 그것을 안다. 페트루스는 그가 그것을 안다는 것을 안다.

그렇다 하더라도, 그는 페트루스를 대하면 마음이 편하다. 그리고 경계를 하긴 하지만, 그를 좋아할 준비도 되어 있다. 페트루스는 그의 세대에 속하는 사람이다. 틀림없이 페트루스는 많은 걸 경험했을 것이고, 틀림없이 할 얘기도 많을 것이다. 그는 어느 날, 페트루스의

176

이야기를 듣는 걸 마다하지 않을 것이다. 하지만 그는 영어라는 언어에 제한을 받지 않았으면 싶다. 그는 점점 더, 영어라는 언어가 남아프리카의 진실에 부적합한 언어라는 걸 확신하게 된다. 영어 문장들은 무덤덤하고 두루뭉술해져서 발음과 표현성, 명확성을 잃어버리게 됐다. 진흙 속에 묻혀 소멸되어 가는 공룡처럼, 그 언어는 굳어 버렸다. 페트루스의 이야기는 영어라는 틀에 넣으면 노화되고 지나가버린 일이 될 것이다.

페트루스의 몸에서 호소력이 있는 부분은 그의 얼굴이다. 아니, 그의 얼굴과 손이다. 만약 정직한 노동이라는 게 있다면, 페트루스에게는 그런 흔적이 배어 있다. 인내심과 힘과 탄력성을 지닌 남자. 농부, 촌사람 *(paysan)*, 시골남자. 음모가이자 밀고자. 그리고 촌사람들이 어느 곳에서나 그렇듯이, 거짓말쟁이. 정직한 노동과 정직한 교활함.

그는 페트루스가 장기적으로 어떤 일을 계획하고 있는지, 의심의 눈초리를 보낸다. 페트루스는 영원히 자기 땅에 쟁기질을 하는 것으로는 만족하지 않을 사람이다. 루시는 그녀의 히피족, 집시족 친구들보다 더 오래 버틸지 모른다. 하지만 페트루스가 보기에 루시는 아직 닭모이, 즉 농부라기보다는 오히려 농촌생활을 사랑하는 아마추어에 지나지 않는다. 페트루스는 루시의 땅을 차지하고 싶어할 것이다. 그런 다음 에팅거의 땅도 차지하고 싶어할 것이다. 혹은 가축을 기르기에 충분한 정도의 땅도 차지하고 싶어할 것이다. 에팅거는 깨기 어려운 딱딱한 호두다. 루시는 나그네에 불과하다. 에팅거는 또 하나의 농부, 완강하고, *타고 난 (eingewurzelt)* 땅의 남자다. 하지만 에팅거도 조만간 죽을 것이다. 그리고 에팅거의 아들은 달아나고 없다. 그

런 점에서 에팅거는 어리석었다. 좋은 농부는 자식을 많이 두는 법이
다.

페트루스는 루시와 같은 사람들이 설 자리가 없는 미래를 꿈꾸고
있다. 그렇다고 해서 페트루스를 적으로 만들 것까지는 없다. 이웃들
이 서로에게 음모를 꾸미고, 재앙을 바라고, 흉작을 기원하고, 돈 때
문에 망하기를 바라다가도, 위기가 닥치면 손을 내밀어 돕는 게 시골
생활이다.

최악의 경우를 상상해 보자면, 페트루스가 루시에게 교훈을 주려
고 낯선 세 남자를 시켜 강도질을 하게 했을 수도 있다. 하지만 그는
그것을 믿을 수 없다. 그건 너무 단순하기 때문이다. 진실은 그 이상
의 어떤 것이다. 그는 거기에 합당한 말을 찾으려고 한다. 그래, *인류
학적인* 무엇일 것이다. 그것의 밑바닥에 이르려면, 몇 달 동안 인내
심을 갖고 차근차근 여러 사람과 애기를 하고 전문가와 애기를 나눠
야 할 것이다.

다른 한 편으로 보면, 그는 무슨 일이 일어날지 페트루스가 알고
있었다고 믿는다. 그는 페트루스가 루시에게 경고를 해줄 수 있었다
고 믿는다. 그것이 그가 그 문제를 놓지 않으려고 하는 이유다. 그것
이 그가 계속해서 페트루스를 긁어대는 이유다.

페트루스는 콘크리트 저수지를 퍼내고 물풀을 걷어내고 있다. 그
것은 유쾌하지 못한 일이다. 그런데도 그는 거들겠다고 한다. 그는
루시의 고무장화를 신고 댐으로 내려가서 미끄러운 바닥에 조심스럽
게 발을 딛는다. 잠시동안 그와 페트루스는 힘을 합해, 긁고 문지르
고 진흙을 퍼내는 일을 한다.

"페트루스, 나는 여기에 왔던 사람들이 낯선 사람들이었다는 게 믿기 어렵소. 그들이 난데없이 나타나서 그 짓을 하고 귀신처럼 사라졌다는 게 믿기 어렵단 말이오. 그들이 우리를 습격한 이유가 그들이 그날 처음 만난 백인이 우리였기 때문이라는 게 믿기 어렵소. 어떻게 생각하오? 내가 틀렸소?"

페트루스는 파이프 담배를 핀다. 대가 구부러지고 대통 위에 작은 은색 마개가 있는 구식 파이프다. 이제 그는 허리를 펴고, 파이프를 작업복에서 꺼내 마개를 열고, 대통에 담배를 채우고, 불을 붙이지 않은 채 파이프를 빤다. 그는 댐 벽과 언덕과 넓은 땅을 지긋이 바라본다. 그의 얼굴은 완벽하게 평온하다.

그가 마침내 말한다.

"경찰이 그들을 찾아야 해요. 경찰이 그들을 찾아 감옥에 넣어야 해요. 경찰이 할 일은 그것이죠."

"하지만 경찰은 협조가 없이는 그들을 찾을 수 없소. 그들은 삼림 지구에 대해서 알고 있었소. 그들은 틀림없이 루시에 대해서 알고 있었소. 만약 그들이 이곳에 대해서 아무 것도 모르는 이방인들이었다면 어떻게 그걸 알 수 있었겠소?"

페트루스는 이것을 질문으로 받아들이지 않는다. 그는 파이프를 주머니에 넣고, 삽 대신 빗자루를 든다.

그는 끈질기게 달라붙는다.

"그것은 단순한 강도가 아니었소. 그들은 훔치려고만 온 게 아니었소. 그들은 나한테 이렇게 하려고만 온 게 아니었소."

그는 손으로 붕대와 안대를 만진다.

"그들은 그것말고 다른 짓을 하려고 왔소. 당신은 내가 무슨 말을 하는지 알겠죠. 혹은 모른다면 짐작할 수 있겠죠. 그들한테 그렇게 당한 후에 루시가 전과 똑같이 살기를 기대할 수는 없소. 나는 루시의 아버지요. 나는 그 남자들이 잡혀 법 앞에 서고 처벌을 받기를 원하오. 내가 틀렸소? 정의를 원하는 내가 틀렸소?"

그는 지금 페트루스한테서 어떤 식으로 답을 끌어내든 상관하지 않는다. 단지 그는 그런 말을 듣고 싶을 뿐이다.

"아뇨, 당신 말은 틀리지 않았소."

분노의 돌풍이 그의 몸을 훑고 지나간다. 스스로도 깜짝 놀랄 정도로 강한 분노다. 그는 삽을 들고 바닥에서 진흙과 잡초를 파서 어깨 위로 던져 그것이 벽 위로 넘어가게 한다. *넌 분노에 휘말려 있어.* 그는 이렇게 자신에게 경고한다. *멈춰!* 하지만 이 순간, 그는 페트루스의 멱살을 쥐고 싶다. *내 딸이 아니라 네 마누라의 일이었다면 네 놈은 담뱃대를 두드리며 적당히 저울질을 하며 말을 하지는 않을 것이다.* 그는 이렇게 페트루스에게 말하고 싶다. *폭행.* 이것이 그가 페트루스로부터 듣고 싶은 말이다. *예, 그것은 폭행이었습니다. 예, 그것은 유린이었습니다.* 그는 페트루스가 이렇게 말하는 것을 듣고 싶다.

그와 페트루스는 침묵 속에서 나란히, 일을 끝낸다.

그는 농장에서 이런 식으로 하루를 보낸다. 페트루스가 수로를 정리하는 걸 돕는다. 정원이 마르지 않도록 한다. 시장에 내갈 농작물을 포장한다. 병원에 가서 베브 쇼를 돕는다. 마루를 쓸고, 식사를 준비하고, 루시가 더 이상 하지 않는 모든 일을 한다. 그는 새벽부터 어스름이 몰려올 때까지 바쁘다.

그의 눈은 놀랍게도 빨리 나아가고 있다. 겨우 1주일이 지났는데, 다시 눈을 쓸 수 있다. 화상은 더 오래 걸린다. 그는 챙이 없는 모자와 귀 위의 붕대를 그냥 놔둔다. 붕대를 벗기면 그의 귀는 벌거벗은 분홍색 연체동물 같아 보인다. 그는 얼마가 지나야 사람들 앞에 귀를 드러낼 수 있을 정도로 과감해질지 알 수 없다.

그는 햇빛을 가리기 위해 어느 정도까지는 얼굴을 가리기 위해 모자를 사서 쓴다. 그는 우습게 보이는 데 익숙해 있다. 아니 우습다기보다는, 아이들이 거리에서 넋을 잃고 바라보는 궁상맞은 사람처럼, 혐오스럽게 보이는 데 익숙해 있다. "왜 저 사람은 저렇게 우습게 생겼어요?" 아이들은 자기 어머니에게 묻고, 조용히 하라는 핀잔을 받을 것이다.

그는 가능한 한, 살렘에 있는 가게에는 가지 않으려 한다. 그래함스타운에는 토요일날만 가려고 한다. 갑자기 그는 은둔자, 속세를 떠나 시골에 사는 사람이 됐다. 방황의 끝. 그러나 가슴엔 아직도 사랑하는 마음이 있고, 달은 여전히 밝다. 그렇게도 빨리, 그렇게도 갑자기, 방황과 사랑에 종말이 오리라고 누가 생각했겠는가!

그들의 불행이 케이프타운까지 전해졌다고 믿을 어떤 이유도 없다. 그럼에도 불구하고, 그는 로잘린이 그 소식을 와전된 형태로 전해듣지 않도록 하려고 한다. 그는 두 번이나 그녀에게 전화를 걸지만 통화하지 못한다. 그래서 그는 세 번째로 그녀가 일하는 여행사에 전화를 건다. 로잘린은 마다가스카르에 현지답사차 나가 있다고 한다. 여행사에서 그에게 안타나나리보에 있는 호텔의 팩스 번호를 준다.

그는 팩스 문안을 작성한다. "루시와 나는 운이 좀 좋지 않았다오. 내 차는 도난당했고, 나는 난투를 벌하다가 조금 다쳤소. 심각한 건 아니오. 놀라긴 했지만 괜찮다오. 소문이 들어갈까 봐 미리 얘기해 주는 것이오. 좋은 시간 보내구려." 그는 문안을 루시에게 줘 허락을 받고, 베브 쇼에게 그걸 팩스로 보내달라고 한다. 가장 검은 아프리카에 있는 로잘린에게.

루시는 호전되지 않는다. 그녀는 잠을 잘 수 없다며 밤새도록 일어나 있다. 그러다가 오후가 되면 어린아이처럼 엄지손가락을 입에 넣고 소파에서 잠이 든다. 그녀는 식욕을 잃었다. 고기는 먹지 않으려고 한다. 그래서 그는 생소한 음식을 요리해 그녀에게 먹어보라고 권한다.

그가 여기에 온 이유는 이게 아니었다. 먼먼 뒤안길에 처박혀 악마들을 물리치고, 딸을 간호하고, 사양길에 있는 일을 떠맡기 위해 여기에 온 건 아니었다. 이유가 있었다면, 그것은 자신을 정돈하고 힘을 축적하기 위한 것이었다. 그는 여기서 날마다 자기 자신을 잃어가고 있다.

악마들은 그를 놔두지 않는다. 그는 악몽을 꾼다. 그는 선혈이 낭자한 바닥에서 딩굴거나, 소리없는 아우성을 지르며 매 같기도 하고 베냉(Benin)의 가면 같기도 하고 달의 신 소스(Thoth) 같기도 한 얼굴을 한 남자로부터 달아난다. 어느 날 밤, 그는 반은 몽유병적이고 반은 미친 상태에서, 침대보를 벗기고 매트리스를 뒤집으며 얼룩을 찾는다.

아직도 바이런에 관한 작업이 남아 있다. 케이프타운에서 가져온

책 중, 두 권의 서간집이 남아 있다. 나머지는 도난당한 차의 트렁크 속에 들어 있다. 그래함스타운의 공공도서관에는 바이런의 시선집 외에는 아무 것도 없다. 하지만 계속 읽을 필요가 있을까? 바이런과 그의 친구들이 라베나에서 어떻게 시간을 보냈는지에 대해서 더 이상 알 필요가 있을까? 지금쯤은 바이런다운 바이런과 테레사를 만들어낼 수 있지 않을까?

사실을 말하자면, 그는 그것을 몇 달 동안 미뤄왔다. 텅 빈 페이지를 대하고, 첫 음조를 잡고, 그가 갖고 있는 것을 드러내는 그 순간을 미뤄왔다. 단편적인 것들은 그의 마음 속에 이미 새겨져 있다. 사랑의 이중창, 음역, 뱀들처럼 소리없이 서로를 휘감는 소프라노와 테너, 클라이맥스가 없는 멜로디, 대리석 계단에서 뱀의 비늘이 속삭이는 소리, 굴욕을 당한 남편의 우렁우렁한 바리톤. 이게 어두운 트리오가 마침내 태어나는 곳일까? 케이프타운이 아니라 옛 카프라리아에서?

어린 양 두 마리가 마굿간 옆 맨땅에 하루종일 매여 있다. 그들의 지속적이고 단조로운 울음소리가 그를 괴롭히기 시작한다. 그는 자전거를 엎어 놓고 고치고 있는 페트루스에게 걸어간다.

"풀을 뜯어먹을 수 있는 곳에 양을 매는 게 좋지 않겠소?"

"파티에 쓰려고요. 토요일 날 잡아서 파티에 쓸 거예요. 당신과 루시도 오세요."

그는 손을 깨끗하게 닦는다.

"당신과 루시를 파티에 초대하고 싶습니다."

"토요일에 말이오?"

"예, 토요일에 파티를 하려고 합니다. 큰 파티입니다."

"고맙소. 하지만 아무리 파티에 쓴다고 해도, 풀은 뜯어먹게 할 수 있지 않겠소?"

한 시간 후, 양들은 아직도 매여 있고, 아직도 구슬프게 울고 있다.

페트루스는 보이지 않는다. 그는 화가 나서, 양을 풀어 풀이 많은 댐 쪽으로 끌고 간다.

양들은 오랫동안 물을 마신 다음, 한가롭게 풀을 뜯기 시작한다. 얼굴이 까만 페르시아 양들이다. 크기와 무늬와 움직이는 것까지 똑같다. 도살자의 칼에 맞을 운명을 갖고 태어난 쌍둥이. 하기야 그것이 특별할 것까지는 없다. 언제 양이 늙어서 죽은 적이 있던가? 양들은 자신을 소유하지 않는다. 그들의 삶을 소유하지도 않는다. 그들은 마지막 한 온스까지 활용되기 위해 존재한다. 고기는 먹히고, 뼈는 으깨져 닭들한테 먹힌다. 아무도 먹지 않는 쓸개를 제외하면, 어떤 것도 그것에서 벗어나지 못한다. 데카르트는 그걸 생각했어야 한다. 검고 쓴 쓸개에 숨어 있는 영혼.

그가 루시에게 말한다.

"페트루스가 우리를 파티에 초대했다. 무슨 파티를 한다니?"

"토지 이양 때문에 그러겠지요. 다음 달 초에 공식적으로 그렇게 되거든요. 그에게는 중요한 날이죠. 우리도 얼굴을 내밀고 그들에게 선물을 줘야 해요."

"양을 두 마리 잡는다더라. 양 두 마리를 갖고 그렇게 할 수 있다니, 난 생각도 못했던 일이다."

"페트루스는 지독한 구두쇠예요. 옛날 같으면 소 한 마리는 잡았을 거예요."

"나는 그가 일을 처리하는 방식이 마음에 들지 않는다. 죽일 짐승을 집으로 데려와 그걸 먹을 사람들과 안면을 익히게 하고 말이다."

"어떤 게 더 좋으세요? 그것에 대해 생각할 필요가 없도록 도살장에서 잡아오는 것인가요?"

"그래."

"아버지, 꿈 깨세요. 여긴 시골이에요. 여긴 아프리카예요."

요즈음 루시에겐 말을 싹둑 자르는 버릇이 생겼다. 그는 그 이유를 알 수가 없다. 그의 반응은 침묵을 지키는 것이다. 한 동안, 두 사람은 같은 집에 살면서도 서로 낯선 사람들 같다.

그는 자기가 인내심을 가져야 하며, 루시는 아직 그 습격의 그림자 속에 살고 있으며, 그녀가 정상이 되기까지는 상당한 시간이 걸릴 거라고 생각한다. 하지만 그의 생각이 잘못된 거라면 어쩌지? 그런 공격을 당하고 난 후, 자기 자신을 되찾을 수 없는 거라면 어쩌지? 그런 공격이 사람을 달라지게 하고, 더 어둡게 만든다면 어쩌지?

루시의 우울함을 더 좋지 않은 이유로 돌릴 수도 있다. 그는 그걸 마음 속에서 지울 수 없다.

그는 같은 날, 난데없이 묻는다.

"너, 나한테 뭘 숨기는 건 아니지? 너, 그 남자들한테서 뭐가 옮은 건 아니지?"

그녀는 파자마와 실내복을 입고 고양이와 장난을 치며 소파에 앉아 있다. 정오가 지난 시간이다. 새끼 고양이는 민첩하고 장난을 잘 친다. 루시는 고양이의 눈 앞에 실내복 벨트를 흔든다. 고양이가 발로 하나, 둘, 셋, 넷, 민첩하게 벨트를 잡고 실랑이를 한다.

그녀가 말한다.

"그 남자들이라고요? 어떤 남자들 말이세요?"

그녀는 벨트를 한쪽으로 가져간다. 고양이가 그걸 따라 돌진한다.

어떤 남자들 말이세요? 그의 심장이 멎는다. 그녀는 미쳐버린 걸까? 그녀는 기억하기를 거부하는 걸까?

하지만 그녀는 그를 놀리고 있을 뿐이다.

"아버지, 저는 어린애가 아니에요. 의사도 만났고, 검사도 해봤고, 할 수 있는 데까진 다 했어요. 이젠 기다릴 뿐이에요."

"알겠다. *기다린다*는 말은 내가 생각하는 것과 같은 것이니?"

"예."

"얼마나 걸릴까?"

루시는 어깨를 으쓱한다.

"한 달 혹은 석 달 혹은 그 이상이겠죠. 과학은 사람이 얼마나 오래 기다려야 하는지, 기간을 정해놓지는 않았어요. 어쩌면 영원히 그래야 하는지도 모르죠."

고양이가 벨트에 잽싸게 덤벼든다. 하지만 이제 장난은 끝났다.

그는 딸 곁에 앉는다. 고양이가 소파에서 내려가서 천천히 걸어간다. 그는 그녀의 손을 잡는다. 그녀와 가까워지니 씻지 않아서 나는 쉰 냄새가 희미하게 그의 코에 풍긴다.

그가 말한다.

"애야, 적어도 영원히는 아니겠지. 적어도 그것만은 벗어날 수 있겠지."

양들은 그가 매어놓았던 댐 가까이에서 남은 한나절을 보낸다. 다음 날 아침, 그들은 마굿간 옆에 있는 메마른 땅에 돌아와 있다.

토요일 아침까지는 아직 이틀이 남아 있다. 그들이 일생의 마지막

188

이틀을 그렇게 보낸다는 게 비참해 보인다. 시골 방식. 이게 루시가 그런 일을 표현하는 방식이다. 그라면 다른 말을 쓸 것이다. 무관심, 비정함. 만약 시골이 도시에 대해 판단을 내린다면, 도시도 시골에 대해 판단을 내릴 수 있다.

그는 페트루스한테서 양들을 사버릴까 하고 생각해 보았다. 하지만 그런다고 무엇이 해결될 것인가? 페트루스는 그 돈으로 새 양을 사고, 차액을 챙길 것이다. 일단 양을 그런 상태에서 빼낸 후에는 양을 어떻게 할 것인가? 길에다 풀어놓을 것인가? 개장에 넣고 풀을 해다 먹일 것인가?

어쩌다가 그렇게 됐는지는 모르지만, 그와 두 페르시아 양 사이에 어떤 유대감이 생긴 것 같다. 그렇다고 그 유대감이 애정은 아니다. 그 두 마리가 다른 양들 속에 있으면 그들을 가려낼 수 있을 정도의 유대감도 아니다. 그런데도 갑자기, 이유도 없이, 그들의 운명이 그에게 중요한 것이 되었다.

그는 햇빛을 받으며 그들 앞에 서서 마음 속의 소란이 가라앉고 어떤 신호가 나타나기를 기다린다.

파리 한 마리가 양의 귓 속으로 기어들어가려 한다.

귀가 씰룩거린다. 파리가 그 자리를 떠나 빙 돌다가 다시 제자리로 와서 앉는다. 귀가 다시 씰룩거린다.

그는 걸음을 내디딘다. 양은 줄이 팽팽해질 때까지 불안하게 뒷걸음질을 친다.

그는 낭심을 다친 늙은 숫양을 코로 문지르고, 쓰다듬고, 위로하던 베브 쇼의 모습을 떠올린다. 그녀는 어떻게 동물과 교감하는 걸까?

그에게는 기술이 없다. 그러기 위해서는 어쩌면 별로 복잡하지 않은 특정한 형태의 사람이 돼야 하는지 모른다.

태양이 봄빛을 발하며 그의 얼굴에 부서진다. 그는 생각한다. 내가 변해야 하는 걸까? 내가 베브 쇼 같이 돼야 하는 걸까?

그는 루시에게 말한다.

"페트루스가 연다던 파티에 대해 생각해 봤는데, 나는 가고 싶지 않다. 무례하지 않게 그렇게 할 수 없겠니?"

"양 잡는 것 때문에 그러세요?"

"그렇기도 하고 그렇지 않기도 하다. 네가 하는 말 뜻이 그거라면, 나는 내 생각을 바꾸지 않았다. 나는 아직도, 동물들한테 개인적인 삶이 있다고는 생각하지 않는다. 그들이 무리 속에서 살고 죽는 것은 내가 괴로워 할 가치가 없는 것이지. 하지만…."

"하지만 뭐요?"

"하지만 이런 일을 보면 마음이 산란해진다. 그 이유는 말할 수 없다."

"페트루스와 그의 손님들은 그런 섬세한 마음씨에 대한 경외심 때문에 양고기를 단념하지는 않을 거예요."

"나는 그렇게 해달라고 하는 게 아니다. 단지 나는 그 집에 손님으로 가고 싶지 않다는 것 뿐이다. 미안하다. 나는 내가 이런 식으로 얘기를 하리라고는 상상도 못했다."

"아버지, 하느님은 오묘한 방식으로 움직이세요."

"나를 조롱하지 말아라."

토요일, 장날이 다가온다.

그는 루시에게 묻는다.

"우리가 가게를 열어야 하니?"

그녀가 어깨를 으쓱한다.

"아버지가 결정하세요."

그는 가게를 열지 않기로 한다.

그녀는 그의 결정에 이의를 제기하지 않는다. 사실, 그는 안도감이 든다.

페트루스의 파티 준비는 토요일 정오, 교회에 가는 것처럼 옷을 빼입은 다부지게 생긴 여섯 명의 여자들이 도착하면서 시작된다. 그들은 마굿간 뒤에 불을 피운다. 곧 내장을 끓이는 지독한 냄새가 바람에 실려온다. 그는 그 냄새로, 그 일이 끝났음을 알고, 모든 게 끝났다고 추측한다.

그는 슬퍼해야 하는가? 자기들끼리도 슬퍼하지 않는 동물들의 죽음을 슬퍼한다는 게 합당한 일인가? 그는 그의 가슴을 들여다본다. 희미한 서글픔이 남아 있을 뿐이다.

그는 생각한다. 너무 가깝다, 우리는 페트루스와 너무 가깝게 산다. 그것은 소음과 냄새를 공유하며 낯선 사람들하고 집을 같이 쓰는 거나 마찬가지다.

그는 루시의 방문을 두드린다.

"산보하러 갈래?"

"고맙지만 사양하겠어요. 케이티를 데리고 가세요."

그는 불독을 데리고 나간다. 하지만 그 개는 너무 느리고 침울해 있다. 그래서 그는 화가 나, 개를 농장으로 쫓아보내고, 혼자서 8킬로미터 길을 걸어간다. 몸이 피곤해지라고 빨리 걷는다.

다섯 시가 되자, 손님들이 차를 타고, 또는 걸어서 도착하기 시작한다. 그는 부엌 문 커튼 뒤에서 그 광경을 지켜본다. 대부분은 주인과 같은 또래의 사람들로, 다부지고 근엄한 표정을 짓고 있다. 나이 든 여자 노인네가 도착하자 특히 소란스러워진다. 야한 분홍색 셔츠에 곤색 양복을 입은 페트루스는 길까지 내려와 그녀를 영접한다.

젊은 사람들은 어두워져서야 모습을 드러낸다. 사람들이 얘기하고 웃는 소리와 음악 소리가 산들바람을 타고 들려온다. 그가 젊었을 때 요하네스버그에서 들은 적이 있는 음악을 생각나게 하는 음악이다. 그래도 괜찮은 편이다. 꽤 흥겨운 분위기다.

루시가 말한다.

"시간이 됐어요. 가시겠어요?"

그녀는 이례적으로 무릎에 닿는 치마를 입고 굽높은 구두를 신고, 염주 목걸이와 그것에 맞는 귀고리를 하고 있다. 그 모습이 보기 좋은지 어떤지는 알 수 없다.

"그래, 가자. 난 준비됐다."

"양복 없으세요?"

"없다."

"그럼 적어도 넥타이라도 매세요."

"나는 우리가 시골에 살고 있다고 생각했다."

"옷을 잘 입어야 하는 이유가 있잖아요. 오늘은 페트루스의 인생에서 아주 중요한 날이에요."

192

그녀는 작은 손전등을 들고 간다. 그들은 페트루스의 집에 이르는 길을 따라간다. 딸은 길을 밝히고, 아버지는 선물을 들고, 서로 팔짱을 끼고 간다.

그들은 미소를 지으며, 열린 문 앞에서 잠시 멈춘다. 페트루스는 보이지 않는다. 하지만 파티 드레스를 입은 작은 소녀가 나와 그들을 안내한다.

오래된 마굿간에는 천장도 없고 제대로 된 마루도 없다. 하지만 적어도 공간은 넓고 전기도 들어 와 있다. 가리개가 달린 등과 벽에 붙은 그림들(반 고흐의 해바라기, 푸른 색 옷차림의 트레치코프 여인, 바바렐라 옷을 입은 제인 폰다, 골을 넣는 닥터 쿠말로)이 황량한 분위기를 부드럽게 해주고 있다.

그들이 유일한 백인이다. 사람들은 그가 전에 들은 적이 있는 구식 아프리카 재즈에 맞춰 춤을 추고 있다. 사람들은 호기심에 차서 그들 둘을 바라본다. 어쩌면 그들은 그의 챙없는 모자만 바라보고 있는지도 모른다.

루시는 여자들 몇 사람을 안다. 그녀가 소개를 한다. 그때, 페트루스가 그들 옆으로 온다. 그는 주인 행세를 하지도 않고 그들에게 음료수를 권하지도 않으면서, 이렇게 말한다.

"이제 개가 없으니, 난 더 이상 개를 지키는 사람이 아니올시다."

루시는 그 말을 농담으로 받아들인다. 그래서 겉으로는 모든 것이 괜찮은 것처럼 보인다.

루시가 말한다.

"선물을 가져왔어요. 당신 부인에게 드려야 할 것 같아요. 집에 쓸

것이거든요.”

페트루스는 부엌—만약 그걸 부엌이라고 할 수 있다면—에 있는 그의 아내를 부른다. 가까이서 그녀를 보는 것은 처음이다. 그녀는 젊다. 루시보다 젊다. 아름답다기보다는 쾌활한 얼굴이다. 그녀는 수줍음을 탄다. 그녀는 분명히 임신 중이다. 그녀는 루시의 손을 잡는다. 하지만 그와는 손을 잡지도 않고, 눈을 마주치지도 않는다.

루시는 코사어로 무슨 말을 하며 그녀에게 선물꾸러미를 준다. 이제 그들 주위에는 여섯 명의 구경꾼이 서 있다.

페트루스가 말한다.

“풀어 봐.”

루시가 말한다.

“그래요, 풀어 보세요.”

젊은 부인은 조심스럽게, 만돌린과 월계수나무 가지가 그려진 포장지가 찢어지지 않도록 조심하며, 포장을 뜯는다. 다소 매력적인 아샨티 모양의 천이다.

그녀가 영어로 나직하게 말한다.

“생큐.”

루시가 페트루스에게 말한다.

“침대보예요.”

페트루스가 말한다.

“루시는 우리의 은인이야.”

그는 이번에는 루시를 향해 말한다.

“당신은 우리의 은인이오.”

그에게는 그 말이 그 순간의 분위기를 잡쳐버리는 이중적이고 불쾌한 말로 들린다. 하지만 페트루스를 비난할 수 있을까? 그가 그렇게도 태연하게 하는 말들은 지루하고, 부서지기 쉽고, 흰개미들이 안에서 갉아먹은 것처럼 빈약하다. 그래도 단음절어는 괜찮은 편이다. 그렇다고 모든 단음절어가 그런 건 아니다.

어떻게 해야 될까? 한때 커뮤니케이션학을 가르쳤던 그는 아무런 방안도 생각할 수 없다. ABC를 갖고 처음부터 다시 시작한다면 모르지만 뾰족한 수가 없다. 그런 말들이 재구성되어 정화되고 다시 한 번 믿을 만한 말이 될 때쯤이면, 그는 죽은 지 오래일 것이다. 그는 거위 한 마리가 그의 무덤을 밟은 것처럼, 몸을 떤다.

그는 페트루스의 부인에게 묻는다.

"출산예정일이 언제지요?"

페트루스의 부인은 그의 말을 이해하지 못하겠다는 듯 그를 쳐다본다.

페트루스가 끼어든다.

"10월입니다. 아이는 10월에 나올 겁니다. 아들이 나왔으면 좋겠어요."

"아, 딸이면 안 된단 말인가요?"

"우리는 아들이 태어나게 해달라고 기도하고 있죠. 첫째가 아들이면 최고죠. 그렇게 되면 여동생들한테 어떻게 처신해야 할지 가르쳐 줄 수 있을 테니까요."

그는 말을 멈춘다.

"딸은 비용이 너무 들어가요."

그는 엄지와 검지를 비벼 돈 세는 시늉을 한다.

"언제나 돈, 돈, 돈이죠."

그런 몸짓을 마지막으로 본 지가 오래 됐다. 옛날에는 유태인들에 대해 얘기하면서 그런 몸짓을 했다. 페트루스는 고개를 똑같이 젖히면서 의미심장하게 돈, 돈, 돈! 하고 말하고 있지만, 그런 유럽적인 전통을 알지 못한 상태에서 그렇게 하는 것 같다.

그는 대화에서 자기 몫을 하느라고 말대꾸를 한다.

"아들도 비싸긴 마찬가지죠."

하지만 페트루스는 그 말에는 귀를 기울이지 않고, 자기 말만 계속한다.

"이것도 사줘야죠, 저것도 사줘야죠. 요즘은 남자들이 지참금을 내지 않는다니까요. 물론 나는 내죠."

그는 그의 아내 머리 위에 손을 얹는다. 그녀는 겸손하게 눈을 아래로 내리깐다.

"나는 내죠. 하지만 그것은 구식입니다. 옷과 괜찮은 물건 등 모두 똑같죠. 돈, 돈, 돈."

그는 똑같은 동작으로 손가락을 비빈다.

"아들이 더 좋아요. 당신 딸을 제외하고 하는 말입니다. 당신 딸은 아들처럼 좋아요. 거의!"

그는 말을 해 놓고 혼자 웃는다.

"헤이, 루시!"

루시가 미소짓는다. 하지만 그는 그녀가 당황하고 있다는 걸 안다.

"춤을 춰야겠어요."

그녀는 나직한 소리로 말하고 그 자리를 떠난다.

그녀는 마루 위에서 혼자 춤을 춘다. 현재로서는 그런 춤이 알맞아 보인다. 곧, 키가 크고 유연하고, 산뜻한 옷차림을 한 젊은 남자가 그녀와 같이 춤을 춘다. 그는 그녀 앞에서 손가락을 튕기고 미소를 던지며 구애하듯 춤을 춘다.

구운 고기가 담긴 쟁반을 들고 여자들이 밖에서 들어오기 시작한다. 실내는 입맛을 돋우는 냄새로 가득하다. 새로운 손님이 많이 들어온다. 구식이 아니라 시끌시끌하고 발랄한 젊은 세대다. 파티에 물이 오른다.

음식이 담긴 접시가 그에게 넘어온다. 그는 그것을 페트루스에게 넘겨준다.

페트루스가 말한다.

"아니, 당신 것입니다. 그러지 않으면 우리는 밤새도록 접시만 넘기고 있을 겁니다."

페트루스와 그의 아내는 그가 편안하게 느끼도록 그와 많은 시간을 보낸다. 친절한 사람들. 시골 사람들.

그는 루시를 쳐다본다. 젊은 남자는 이제 그녀로부터 겨우 몇 인치 떨어져 춤을 추며, 다리를 높이 들었다가 쿵 내리고, 팔을 위아래로 움직이며 흥겨워한다.

그가 들고 있는 접시에는 양고기 두 조각과 구운 감자와 고기국물 소스에 적신 쌀밥과 호박 한 쪽이 담겨 있다. 그는 앉을 곳을 찾아, 눈가가 짓무른 마른 노인과 함께 앉는다. 그는 속으로 말한다. 나는 이것을 먹으려고 한다. 나는 이걸 먹고 나중에 용서해달라고 할 것이다.

그때, 루시가 숨을 거칠게 몰아쉬며 얼굴이 긴장된 채 그의 곁으로 온다.

그녀가 말한다.

"집에 가면 안 될까요? 그들이 여기 와 있어요."

"누가 와 있단 말이냐?"

"뒤에서 그들 중 한 명을 봤어요. 아버지, 저는 소동을 일으키고 싶지는 않아요. 집으로 바로 가면 안 될까요?"

"이것 좀 들고 있어라."

그는 그녀에게 접시를 건네고 뒷문으로 나간다.

바깥에도 안처럼 손님이 많다. 그들은 불 주위에 모여, 얘기하고 마시고 웃고 있다. 불 옆에서 누군가가 그를 쳐다보고 있다. 즉시 상황이 파악된다. 그는 그 얼굴을 안다. 그 얼굴을 자세히 안다. 그는 사람들을 젖히고 나간다. 그는 생각한다. *내가 떠들게 되겠구나. 하필이면 오늘이라니 안됐다. 하지만 기다릴 수 없는 일도 있다.*

그는 그 애 앞에 선다. 두 사람을 따라다니던 멍한 얼굴의 세 번째 인물, 그들의 수련생이자 종.

그가 험상궂게 말한다.

"난 너를 알아."

그 애는 놀라는 것 같지도 않다. 반대로, 그 애는 이 순간을 대비하고 기다린 것 같다. 그의 목구멍에서 올라오는 목소리는 분노로 가득하다.

"넌 누구냐?"

그러나 그 말은 다른 의미다. *넌 무슨 자격으로 여기에 와 있느냐?* 그의 몸 전체가 폭력적인 분위기를 발산한다.

그때, 페트루스가 와서 코사어로 무슨 말인가 재빠르게 한다.

그는 페트루스의 소매를 잡는다. 페트루스가 그걸 젖히고 그를 다급하게 쳐다본다.

그가 페트루스에게 묻는다.

"당신은 이 놈이 누군지 알고 있소?"

페트루스가 화를 내며 말한다.

"나는 무슨 일인지 모르겠어요. 문제가 뭔지 모르겠단 말입니다. 문제가 뭡니까?"

"이 놈은 그들 일당과 같이 여기에 왔던 흉악범이오.. 이 놈은 그자들 중 하나요. 무슨 일인지 이 놈에게 얘기해 달라고 하시오. 경찰이 왜 그를 잡으려고 하는지, 이 놈에게 얘기해 달라고 하란 말이오."

그 애가 소리친다.

"거짓말이에요!"

그는 화를 내며 다시 페트루스에게 말을 쏟아낸다. 음악은 밤 공기 속으로 계속 울려퍼진다. 하지만 아무도 춤을 추지 않는다. 페트루스의 손님들은 그들 주위에 몰려, 밀치고 떠밀며, 말 사이 사이에 끼어든다. 분위기가 심상치 않다.

페트루스가 말한다.

"이 아이는 당신이 무슨 얘기를 하는지 모르겠답니다."

"그건 거짓말이오. 완벽하게 알고 있소. 루시가 확인해줄 거요."

하지만 루시는 확인해주지 않을 것이다. 그가 어떻게 루시에게, 이 낯선 사람들 앞에 나와, 소년을 마주보고 손가락으로 가리키며, 예, 그는 그들 중 하나였습니다, 그는 그 짓을 한 사람들 중 하나였습니다, 라고 말하기를 기대할 수 있는가?

그가 말한다.

"경찰에 전화하겠소."

사람들이 못마땅하다는 듯 웅성거린다.

"경찰에 전화하겠소."

그는 똑같은 말을 페트루스에게 반복한다. 페트루스는 돌 같이 굳은 표정이다.

침묵의 구름이 드리운다. 그는 루시가 기다리는 실내로 들어온다.

그가 말한다.

"가자."

손님들은 그들에게 길을 비켜준다. 그들은 더 이상 친절한 표정을 짓지 않는다. 루시는 손전등을 잊고 온다. 그들은 어둠 속에서 길을 잃는다. 루시는 구두를 벗어야 한다. 그들은 감자밭 속으로 길을 잘못 들어 헤매다가 집으로 돌아온다.

그가 전화기를 집어들자, 루시가 그를 막는다.

"아버지, 그러지 마세요. 그건 페트루스의 잘못이 아니잖아요. 지금 경찰에 전화를 하면, 그의 저녁시간을 망칠 거예요. 생각 좀 해보세요."

그는 놀란다. 딸한테 언성을 높힐 정도로.

"젠장, 그것이 왜 페트루스의 잘못이 아니란 말이냐? 여하간에 그 자들을 처음에 이곳으로 데리고 온 건 그 사람이다. 그런데도 그는 뻔뻔스럽게 그자들을 다시 불러들였다. 내가 왜 생각을 해야 하니? 정말이다. 루시, 나는 처음부터 끝까지 이해할 수가 없구나. 나는 네가 왜 그들을 사실대로 고발하지 않았는지도 모르겠고, 지금은 네가 왜 페트루스를 두둔하는지도 이해할 수 없다. 페트루스는 죄가 없는 게 아냐. 페트루스는 그자들과 *한 패야*."

"아버지, 저한테 소리치지 마세요. 이건 제 인생이에요. 여기서 살아야 하는 건 저예요. 저한테 일어난 일은 제 일이에요. 저한테 하나의 권리가 있다면, 그것은 이런 시련에 휘말리지 않고, 아무에게도 저를 정당화할 필요가 없다는 것이에요. 페트루스는 제가 고용한 일꾼이 아니에요. 나쁜 사람들과 어울린다고 해서 제가 그 사람을 해고할 수 있는 처지가 아니란 말이에요. 그것은 모두 지난 일이죠. 바람과 함께 사라진 일이에요. 페트루스를 적으로 삼으려면 우선 사실부터 확실히 규명하세요. 무작정 경찰에 전화를 하실 수는 없잖아요. 그건 제가 용납 못하겠어요. 아침까지 기다리세요. 페트루스 쪽 얘기를 들을 때까지 기다리세요."

"하지만 그 사이, 그 애는 사라질 것이다!"

"그는 사라지지 않아요. 페트루스는 그를 알고 있어요. 무슨 일이 있어도, 동부 케이프에서는 아무도 그저 사라지지는 않아요. 그런 곳이 아니니까요."

"루시, 루시, 내 말 좀 들어봐! 넌 과거의 잘못을 보상하고 싶어 하지만, 이것은 그 길이 아니다. 만약 네가 이 순간, 네 자신의 생각을 분명하게 밝히지 않는다면, 너는 다시는 고개를 들지 못할 것이다. 넌 짐을 싸 떠날 수도 있다. 만약 네가 경찰에 전화를 할 수 없을 정도로 마음이 예민하다면, 우리는 처음부터 그들을 끌어들이지 말았어야 한다. 우리는 그냥 입을 다물고 그들이 다시 공격해오기를 기다렸어야 한다. 아니, 그들이 우리 목을 따버릴 때까지 기다렸어야 한다."

"아버지, 그만두세요! 저는 변명할 필요가 없어요. 아버지는 제게 무슨 일이 있었는지 모르시잖아요."

"내가 모른다고?"

"모르죠. 모르는 거죠. 잠시 숨을 돌리고 생각해 보세요. 경찰에 대해서 얘기하자면, 그들에게 신고한 이유는 보험금 때문이었어요. 우리가 신고를 하지 않으면 보험회사가 돈을 지불해주지 않을 것이기 때문에 신고를 했던 것이에요."

"루시, 넌 정말 날 놀라게 만드는구나. 그건 사실이 아니다. 너도 그걸 알고 있다. 페트루스에 관해서 했던 말을 다시 반복하는데, 만약 네가 이번에 고개를 숙이고 들어가면 넌 마음이 편치 못할 거야. 너는 네 자신과 미래와 네 자존심에 대한 의무가 있는 거야. 내가 경찰에 전화하겠다. 아니면 네가 해라."

"안돼요."

안돼요. 그게 루시의 마지막 말이다. 그녀는 문을 닫고 자기 방으로 물러간다. 그녀는 그로부터 문을 닫아버린다. 그녀와 그는 차츰차츰, 남편과 부인이 서로에게서 무정하게 물러나듯, 사이가 벌어지고 있다. 그가 할 수 있는 것은 아무 것도 없다. 그들의 싸움은 오갈 데 없이 갇혀 있는 부부 싸움같이 되었다. 그녀는 자신과 함께 살기 위해 이곳에 온 그를 받아들인 그 날을 얼마나 후회하고 있을까! 그녀는 그가 가버렸으면 좋겠다고 생각하고 있음에 틀림없다. 빠르면 빠를수록 더 좋다고!

하지만 그녀도 결국 떠나야 할 것이다. 농장에 혼자 사는 여자에게는 미래가 없다. 그것은 분명하다. 총과 철조망과 경보장치로 무장한 에팅거마저도 시간이 얼마 남지 않았다. 만약 루시에게 분별력이 있다면, 불운이 닥치기 전에, 아니 불운보다 더 나쁘고, 죽음보다도 더 나쁜 것이 닥치기 전에 떠나야 할 것이다. 하지만 그녀는 그렇게 하지 않을 것이다. 그녀는 완강하다. 또한 그녀는 자신이 선택한 삶에 깊이 빠져 있다.

그는 집을 빠져나간다. 그는 어둠 속에서 조심스럽게 발을 내디디며, 뒤쪽으로 해서 마굿간에 접근한다

큰 불이 꺼지고 음악도 멈췄다. 트랙터가 들어갈 정도로 넓은 뒷문에는 사람들이 모여 있다. 그는 그들의 머리 위를 훑어본다.

마루 중앙에 손님 중 하나인 중년남자가 서 있다. 그는 까까머리에 목이 짧은 사람이다. 목에 차고 있는 금줄에는 주먹만한 메달이 달려 있다. 그것은 추장들이 지위의 상징으로 사람들에게 수여하는 그런 메달이다. 한 면에는 심술궂은 얼굴을 한 *여왕이자 황제(regina et imperatrix)*인 빅토리아의 얼굴이, 다른 쪽에는 영양들이나 따오기들이 날뛰는 광경이 새겨진, 코벤트리나 버밍햄의 주조공장에서 찍어내는 상징들. 추장들이 사용하는 메달들. 나그퍼, 피지, 골드 코스트, 카프라리아 등 옛 제국의 전역에 배달되었던 메달들.

그 남자가 오르락내리락하는 어조로 말을 한다. 그는 그 남자가 무슨 말을 하는지 감을 잡을 수 없다. 하지만 이따금, 말이 멈춰지고 사

람들이 나직하게 그 말에 동의하는 소리가 들린다. 젊은 사람이나 나이든 사람 모두가 만족해하는 것 같다.

그는 주위를 돌아본다. 그 소년은 문의 바로 안, 근처에 서 있다. 그 소년이 신경질적으로 그를 쳐다본다. 다른 사람들도 그를 향해, 낯선 사람을 향해, 이상한 사람을 향해, 눈을 돌린다. 메달을 찬 남자가 얼굴을 찡그리며 잠시 주춤하다가 목소리를 높인다.

그는 그런 관심을 마다하지 않는다. 그는 생각한다. 내가 아직도 여기에 있고, 내가 집에 숨어서 지내지 않는다는 사실을 그들이 알게 해야지. 만약 그래서 그들의 모임이 망쳐진다면, 그렇게 되라지. 그는 한 손을 챙없는 하얀 모자 위로 들어올린다. 그는 처음으로, 그 모자가 있어서, 그것을 자기 것이라고 쓰고 있어서 기쁘다.

16

다음 날 아침내내, 루시는 그를 피한다. 페트루스를 만나겠다던 약속도 지키지 않는다. 오후에는 페트루스가 장화와 작업복 차림을 하고 뒷문을 두드린다. 그는 파이프를 놓을 시간이라고 말한다. 그는 저수지 댐에서 그의 새 집까지 200미터에 이르는 길에 PVC 파이프를 놓고 싶어한다. 연장을 빌릴 수 있느냐? 조절기를 맞추는 걸 도와줄 수 있겠느냐? 뭐, 이런 얘기다.

"나는 조절기에 대해서는 아무 것도 모르오. 배관에 대해서도 모르고."

그는 페트루스를 도와줄 기분이 아니다.

"배관이 아닙니다. 파이프를 맞추는 거죠. 그저 파이프를 놓는 것에 불과합니다."

페트루스는 댐으로 가는 도중, 다양한 종류의 조절기, 압력밸브, 접합기에 대해서 설명한다. 그는 과장된 몸짓을 섞어 얘기를 하면서 전문지식을 뽐낸다. 그는 새 파이프가 루시의 땅을 지나가야 하는데, 그녀가 그걸 허락해줘서 좋다고 말한다. 그에게는 그녀가 "앞을 쳐다보는 사람이다." "뒤를 보지 않고 앞을 쳐다보는 숙녀다."

페트루스는 파티에 대해서도, 눈만 깜빡이던 그 소년에 대해서도, 아무 말 하지 않는다. 아무 일도 없었다는 듯.

곧 그가 댐에서 해야 할 일이 분명해진다. 페트루스는 파이프 이음소나 배관에 대한 조언이 아니라 물건들을 잡고 있고, 그에게 연장을 건네주는 일, 즉 *잔심부름꾼(handlanger)*으로 그가 필요하다. 그는 그 일에 불만이 없다. 페트루스는 훌륭한 일꾼이다. 그가 일하는 걸 바라보는 것은 교훈적이다. 그가 싫어하는 것은 페트루스라는 인간이다. 페트루스가 자신의 계획에 대해서 단조롭게 얘기를 할 때, 그는 점점 더 냉담해진다. 그는 페트루스와 함께 무인도에 고립되고 싶지는 않다. 분명히 그와 결혼하고 싶어하지도 않을 것이다. 권위적인 성격. 그런데 그의 젊은 아내는 행복해 보인다. 하지만 그의 늙은 아내는 어떨지 궁금하다.

마침내, 그만하면 충분하다고 생각했을 때, 그는 상대방의 말을 자른다.

"페트루스, 지난 밤에 당신 집에 있던 젊은 남자는 이름이 뭐요? 지금은 어디 있소?"

페트루스는 모자를 벗고, 이마를 닦는다. 그는 오늘, 남아프리카 철도항만의 은색 배지가 달린 사냥용 모자를 쓰고 있다. 그는 모자 수집을 하는 것 같다.

페트루스가 찡그리며 말한다.

"데이비드, 그 애를 도둑놈이라고 하는 건 심한 말입니다. 그는 당신이 그를 도둑놈이라고 부른다며 아주 화를 내고 있습니다. 그는 사람들에게 그런 말을 하고 다닙니다. 나는 평화를 유지해야 하는 사람입니다. 따라서 그렇게 부르는 것은 나한테도 심한 말입니다."

"페트루스, 나는 당신을 이 사건에 끌어들이고 싶은 생각은 없소. 나한테 그 애의 이름과 집주소를 알려주시오. 그러면 그걸 경찰에 알리겠소. 그런 다음, 우리는 경찰이 수사하게 하고 그와 그의 친구들을 법정에 세우겠소. 당신은 상관없고, 나도 상관없고, 그건 법의 문제가 될 것이오."

페트루스가 얼굴에 햇빛을 받으며 몸을 편다.

"하지만 보험회사가 당신한테 새 차를 줄 것 아닌가요."

그것은 질문인가? 선언인가? 페트루스는 무슨 게임을 하고 있는가?

그는 인내심을 가지려고 노력하며 설명한다.

"보험회사가 나한테 새 차를 주는 게 아니오. 이 나라의 차 절도율 때문에 지금쯤 파산을 하지 않았다고 가정하면, 보험회사는 그들이 책정한 차 값의 몇 퍼센트를 나한테 지불할 뿐이오. 여하간에, 여기에는 원칙의 문제가 걸려 있소. 우리는 법을 집행하는 걸 보험회사에 맡길 수는 없소. 그것은 그들이 하는 일이 아니오."

"하지만 당신은 그 애한테서 당신의 차를 돌려받을 수는 없을 겁니다. 그 애는 당신에게 차를 돌려 줄 수 없어요. 그 애는 당신 차가 어디 있는지도 몰라요. 당신 차는 없어져버렸소. 최상의 방책은 보험회사에서 주는 돈으로 다른 차를 사는 거요. 그러면 다시 차가 생기는 거 아니겠습니까?"

어떻게 해서 그가 이처럼 막다른 골목에 봉착했을까? 그는 다른 전략을 시도해 본다.

"페트루스, 물어봅시다. 그 애가 당신과 무슨 관련이 있소?"

페트루스는 그 질문을 무시하며 말을 계속한다.

"당신은 왜 그 애를 경찰에 데려가려는 거죠? 그 애는 너무 어려요. 당신은 그 애를 감옥에 가둘 수 없어요."

"만약 그 애가 열여덟 살이라면 재판을 받을 수 있소. 열여섯 살이라고 해도 재판을 받을 수는 있소."

"아니, 아니, 그애는 아직 열여덟 살이 아닙니다."

"당신이 그걸 어떻게 아오? 나한테는 열여덟으로 보입디다. 아니, 열여덟도 더 돼 보여."

"난 알아요, 안다고요! 그애는 청소년일 뿐이에요. 그 애는 감옥에 갈 수 없어요. 그게 법입니다. 당신이 청소년을 감옥에 넣을 수는 없어요. 당신은 그 애를 내버려둬야 해요!"

페트루스는 그걸로 얘기가 끝났다고 생각하는 것 같다. 그는 한 쪽 무릎을 꿇고 배수구 파이프를 맞추는 일을 시작한다.

"페트루스, 내 딸은 당신의 좋은 이웃이 되고 싶어하오. 좋은 시민이자 좋은 이웃 말이오. 그 애는 동부 케이프를 좋아하오. 그 애는 여기서 살고 싶어하고, 모두와 사이좋게 지내고 싶어하오. 하지만 아무런 처벌도 받지 않고 빠져나가는 도둑놈들한테 어느 순간에 공격을 당할지 모르는데, 어떻게 그럴 수가 있겠소? 당신도 틀림없이 눈으로 보게 될 거요!"

페트루스는 파이프를 맞추려고 안간힘을 쓰고 있다. 그의 손에 깊고 거친 고랑이 파인다. 그는 일을 하면서 아무런 불평도 하지 않는다. 상대방의 말을 들었다는 표시도 없다.

그가 갑자기 선언한다.

"루시는 여기서 안전해요. 괜찮아요. 안전하니까, 당신은 그녀를 두고 떠나도 괜찮아요."

"하지만 페트루스, 그 애는 안전하지가 못하잖소! 분명히 안전하지 못하오! 당신은 21일날 여기서 무슨 일이 있었는지 알고 있소?"

"예, 무슨 일이 있었는지 압니다. 하지만 지금은 괜찮아요."

"누가 괜찮다고 말하는 거요?"

"내가요."

"당신이? 당신이 그 애를 보호해줄 거라고?"

"내가 그녀를 보호해줄 거요."

"당신은 지난번에는 그 애를 보호해주지 못했소."

페트루스는 파이프에 윤활유를 더 바른다.

그는 말을 반복한다.

"당신은 무슨 일이 있었는지 알고 있다고 했소. 하지만 당신은 지난 번에는 그 애를 보호해주지 않았소. 당신은 어디론가 가버렸고, 그 뒤에 세 도둑놈이 나타났고, 이제 당신은 그들 중 한 놈과 친구가 된 것 같소. 내가 어떤 결론을 내려야겠소?"

그는 그렇게 페트루스를 비난한다. 하지만 그렇게 하면 안 되는 이유가 뭔가?

페트루스가 말한다.

“그 애는 죄가 없어요. 그 애는 범인이 아닙니다. 그 애는 도둑이 아니라고요.”

“내가 얘기하는 것은 도둑질만이 아니오. 다른 범죄도 있었소. 훨씬 더 심각한 범죄 말이오. 당신은 무슨 일이 있었는지 알고 있다고 말했소. 당신은 내가 무슨 말을 하는 지 알 거요.”

“그 애는 죄가 없습니다. 그 애는 너무 어려요. 큰 실수를 하시는 겁니다.”

“당신이 그걸 알고 있소?”

“압니다.”

파이프가 들어간다. 페트루스는 죔쇠를 두르고 조인 다음, 일어서서 허리를 편다.

“알아요. 정말 알아요.”

“그것도 알고 미래도 안다니, 내가 무슨 말을 더 하겠소. 당신이 그렇게 얘기했으니까. 내가 더 있을 필요가 있겠소?”

“아닙니다. 이제는 일이 수월합니다. 땅을 파고 파이프를 묻으면 되니까요.”

페트루스는 보험회사를 믿고 있지만, 보험회사에서는 그에게 배상을 해줄 움직임이 없다. 차가 없으니, 그는 농장에 갇혀버린 듯한 느낌이다.

그는 어느 날 오후, 동물병원에서 일을 하다가 베브 쇼에게 속마음을 털어놓는다.

“루시와 나는 서로 잘 지내지 못하고 있소. 하기야 그게 특별할 것도 없죠. 부모와 자식은 같이 살면 안 되도록 돼 있으니까. 정상적인 상황이었으면, 나는 지금쯤 그곳을 나와 케이프타운으로 돌아갔을 거요. 하지만 나는 루시를 농장에 혼자 놔둘 수는 없소. 그 애는 안전하지가 못하오. 나는 농장 관리를 페트루스에게 넘기고 휴식기간을 가지라고 그 애를 설득하고 있소. 하지만 그 애는 한사코 내 말을 듣지 않으려 하오.”

“데이비드, 당신은 딸을 놔줘야 해요. 당신이 언제까지 루시를 지켜줄 수는 없잖아요.”

“나는 오래 전에 루시를 놔줬소. 나는 전에는 애를 감싸고 도는 아비가 아니었소. 하지만 지금은 다르오. 루시는 누가 봐도 위험에 처해 있소. 우리는 그런 일을 겪었단 말이오.”

“괜찮아질 겁니다. 페트루스가 그녀를 보호해줄 거예요.”

“페트루스? 페트루스가 무슨 관심이 있어서 그 애를 보호해줄 거란 말이오?”

“당신은 페트루스를 과소평가하고 있어요. 페트루스는 루시가 시장에 내다팔 채소밭을 가꾸면서 종처럼 일했어요. 페트루스가 없었다면, 지금의 루시는 없었을 거예요. 그렇다고 그녀가 모든 것을 그에게 의존하고 있다는 말은 아니에요. 하지만 그에게 많은 빚을 지고 있는 건 사실이에요.”

“그건 그렇다고 칩시다. 문제는 페트루스가 그 애한테 무슨 빚을 지고 있느냐, 하는 거요.”

“페트루스는 착한 노인이에요. 당신은 그에게 의존할 수 있어요.”

“페트루스에게 의존한다고요? 페트루스가 수염을 기르고, 파이프 담배를 피우고, 지팡이를 갖고 다닌다고 해서, 당신은 페트루스가 옛

날 스타일의 검둥이(kaffir)라고 생각하는 모양인데, 그건 아니오. 페
트루스는 예전 같은 검둥이도 아니고, 착한 노인은 더더욱 아니오.
내 생각에, 페트루스는 루시가 거기를 떠나길 초조하게 기다리고 있
소. 당신이 증거를 원한다면, 루시와 나한테 무슨 일이 있었는지 생
각해 보면 될 거요. 그것을 페트루스가 생각해내지는 않았을지 모르
지만, 그는 분명히 그것을 못본 체했고, 우리에게 경고도 해주지 않
았고, 근처에 있지도 않았소."

그의 격렬함이 베브 쇼를 놀라게 한다.

그녀가 중얼거린다.

"가엾은 루시, 그런 일을 겪다니!"

"나는 루시가 어떤 일을 겪었는지 알고 있소. 나는 거기에 있었
소."

그녀는 눈을 크게 뜨고 그를 바라본다.

"하지만 데이비드, 당신은 거기에 없었어요. 그녀가 나한테 얘기해
줬어요. 당신은 거기에 없었다고."

당신은 거기에 없었다. 당신은 무슨 일이 있었는지 모른다. 그는
당황한다. 베브 쇼에 따르면, 아니 루시에 따르면, 그가 어디에 없었
다는 말인가? 침입자들이 성폭행을 하는 방안에? 그들은 그가 강간
이 무엇인지 모른다고 생각하는가? 그들은 그가 자기 딸과 함께 고
통을 당하지 않았다고 생각하는가? 그가 상상할 수 있는 것 이상의
어떤 것을 목격할 수 있었을까? 혹은 그들은 강간에 관한 한, 어떤
남자도 여자가 있는 곳에 있을 수 없다고 생각하는 걸까? 그런 질문
에 대한 대답이 무엇이든, 그는 격분한다. 그는 아웃사이더로 취급당

하는 게 몹시 화가 난다.

그는 도난당한 텔레비전을 대치하려고 작은 걸로 하나 산다. 저녁을 먹고 난 후, 그와 루시는 소파에 나란히 앉아 뉴스를 보고, 참아줄 만하면 오락프로도 본다.

그의 방문이 너무 길어진 게 사실이다. 루시만이 아니라 그가 생각하기에도 그렇다. 그는 여행가방에 들어있는 걸로 살아가는 데 지쳐 있다. 그리고 자갈밟는 소리에 끊임없이 신경을 쓰는 데도 지쳐 있다. 그는 자기 책상에 다시 앉고, 자기 침대에서 잠을 잘 수 있기를 바란다. 하지만 케이프타운은 멀다. 그곳은 거의 다른 나라나 마찬가지다. 베브의 충고에도 불구하고, 페트루스의 다짐에도 불구하고, 루시의 고집에도 불구하고, 그는 딸을 버릴 준비가 되어 있지 않다. 지금은 이곳이 그가 사는 곳이다. 이 시간, 이 장소가.

그는 시력을 완전히 회복했다. 그의 두피는 나아가고 있다. 그는 더 이상 붕대를 감을 필요가 없다. 귀는 아직도 치료를 해야 한다. 시간은 정말로 모든 것을 치유한다. 아마 루시도 나아가고 있을지 모른다. 나아가는 게 아니라면 잊어가고 있을지 모른다. 그 날의 기억에 막이 생기고 딱지가 생겨 아물고 있을지 모른다. 그래서 어느 날, 그녀는 '우리가 강도를 당했던 그 날'을 언급하며, 그걸 단순히 그들이 강도를 당했던 날로 기억할지도 모른다.

그는 루시가 집안에 편안히 있을 수 있도록, 낮 시간을 밖에서 보내려고 한다. 그는 정원에서 일을 한다. 그는 피곤해지면 댐 옆에 앉아서 오리들이 오르락내리락 하는 광경을 바라보면서 바이런에 관한 작업을 생각한다.

그 작업은 진척이 없다. 그가 할 수 있는 것은 단편적인 것뿐이다. 1막의 첫 단어가 아직도 잘 떠오르지 않는다. 첫 음조는 연기처럼 종잡을 수가 없다. 그는 때때로, 1년 이상 그의 동반자였던 이야기 속의 인물들이 희미해지지 않을까 두려워한다. 바이런의 연인 테레사 구이치올리를 정열적인 콘트랄토로 공격하는 가장 매력적인 그는 그 목소리가 간절히 듣고 싶다. 마가리타 코그니조차 손아귀에서 빠져나간다. 그들을 잃어버리자, 그는 절망감이 든다. 크게 보면, 두통처럼 회색이며 균일하고 중요하지 않은 절망감.

그는 가능한 한 자주 동물병원에 가서, 먹이고, 닦고, 걸레질을 하고, 기술이 필요하지 않은 아무 일이나 하겠다고 자청한다.

그들이 병원에서 다루는 동물은 주로 개다. 그리고 좀 드물긴 하지만 고양이도 다룬다. 가축에 관한 한, D마을에는 자체의 수의 지식과 약전(藥典)과 치료사들이 있는 것처럼 보인다. 들어오는 개들은 강아지 전염병, 부러진 수족, 물린 상처의 감염, 옴, 선의적 혹은 악의적 방치, 영양부족, 기생충, 그리고 무엇보다도 생식력 때문에 고통을 당하고 있다. 그 수가 너무 많다. 사람들은 개를 데리고 들어오면서 노골적으로, "이 개를 죽여주세요" 라고 말하지는 않지만, 결국 그런 걸 예상하고 온다. 그들은 그것을 처분하고 사라지게 만들고 망각 속으로 보내버리는 것이다. 그들이 요구하는 것은 사실 *해결(Lösung)* 이다. (추상적인 문제를 해결하는 데 있어서는 언제나 독일어가 으뜸이다.) 기화. 알코올이 아무런 앙금이나 뒷맛도 남기지 않고 액체에서 기화하듯이.

그래서 일요일 오후에는 병원 문이 닫히고 잠긴다. 그리고 그는 베브 쇼가 그 주의 불필요한 개들을 *해결하는(lösen)* 걸 돕는다.

그는 한 번에 한 마리씩, 뒤에 있는 우리에서 그들을 꺼내 현장으로 몰거나 데리고 간다. 개의 삶에 있어서 마지막 몇 분에 해당하는 시간, 베브는 개에게 최대한의 관심을 쏟으며, 개를 만지고 개에게 얘기하고 개가 가야 할 길을 편하게 만든다. 어쩌다가 개가 말을 듣지 않는 경우가 생기는데, 그것은 그가 거기에 있기 때문이다. 그는 잘못된 냄새, 수치의 냄새를 풍긴다. (그들은 *당신의 생각을 냄새로 알 수 있어요.*) 그럼에도 불구하고, 주삿바늘이 개의 혈관을 찾고, 약이 심장에 닿아, 다리가 뒤틀리고 눈이 희미해질 때, 개를 붙잡고 있는 사람은 그다.

그는 자신이 그것에 익숙해질 것이라고 생각했다. 그런데 그렇게 되지 않는다. 개를 죽이는 일을 도우면 도울수록, 그는 더 초조해진다. 그는 실제로 어느 일요일 저녁, 루시의 밴을 타고 집으로 가다가, 길가에 차를 세워놓고 정신을 가다듬어야 한다. 멈출 수도 없는 눈물이 흘러내린다. 그의 손이 떨린다.

그는 자신에게 어떤 일이 일어나는지 이해하지 못한다. 지금까지 그는 동물들한테 다소 무관심한 편이었다. 그는 막연하게나마 잔인한 것에 대해서는 못마땅하게 생각하지만, 자신의 본성이 잔인한지 아니면 친절한지 알 수 없다. 그는 단순히 아무 것도 아니다. 그는 일을 하는 과정에서 잔인함을 필요로 하는 사람들, 예를 들어 도살장에서 일하는 사람들에게는 그들의 영혼에 딱지가 생긴다고 생각한다. 습관은 사람을 굳어지게 만든다. 그것은 대부분의 경우에는 그럴 것이다. 하지만 그의 경우에는 그렇지 않은 것 같다. 그에게는 굳어지는 재능은 없어 보인다.

그의 온 존재는 그 장소에서 일어나는 일에 사로잡힌다. 그는 개들이 그들의 운명이 다했음을 안다고 확신한다. 그 과정이 침묵 속에서 고통없이 행해지더라도, 베브 쇼와 그가 애써 좋은 생각을 하더라도 그들이 새로 생긴 시체를 자루에 넣고 밀봉을 해도, 뒷마당에 있는 개들은 안에서 무슨 일이 일어나는지 냄새로 안다. 그들은 자신들도 죽음의 치욕을 느끼는 양, 귀를 납작하게 하고 꼬리를 내려뜨린다. 그들의 다리는 땅에서 떨어지지 않는다. 그래서 그들을 문턱 위로 밀거나 잡아당기거나 날라와야 한다. 어떤 개는 탁자 위에서 이쪽 저쪽을 물어뜯고, 어떤 개는 애처롭게 낑낑댄다. 개들은 베브의 손에 들린 주삿바늘을 똑바로 보지 않으려 한다. 그들은 여하튼 그것이 그들에게 무서운 상처를 준다는 걸 안다.

최악의 것은 그의 몸에 코를 대고 킁킁거리고 그의 손을 핥으려고 하는 개다. 그는 개가 손을 핥는 것을 좋아한 적이 없다. 그의 첫 번째 반응은 뒤로 손을 빼는 것이다. 실제로는 저를 죽이는 사람인데, 어째서 친구인 척해야 하는가? 하지만 그는 마음이 누그러진다. 그 접촉이 혐오스럽다는 듯 몸을 움츠려, 죽음의 그림자가 드리워져 있는 동물에게 그가 그렇게 느낀다는 것을 왜 알아차리게 만들어야 하는가? 그래서 그는 그들이 원한다면 그를 핥게 놔둔다. 그들이 허락하면, 베브 쇼가 그들을 쓰다듬어 주고 그들에게 입맞춤을 하는 것처럼.

그는 자신이 감상주의자가 아니길 바란다. 그는 그가 죽이는 동물,

혹은 베브 쇼를 감상적으로 생각하지 않으려 한다. 그는 그녀에게 "나는 당신이 어떻게 그 일을 하는지 모르겠소."하고 말하지 않는다. "누군가가 그 일을 해야 해요."라는 답변을 그녀에게서 듣고 싶지 않기 때문이다. 그는 저 깊숙한 차원에서는 베브 쇼가 자유를 주는 천사가 아니라 악마일지 모르며, 겉으로 보이는 동정심 밑에 도살꾼처럼 모진 마음을 숨기고 있을지 모른다는 가능성을 일축하지 않는다.

베브 쇼는 주삿바늘을 찌르는 사람이기 때문에, 나머지를 처리하는 것은 그의 몫이다. 그는 죽이는 일이 끝나면, 그 다음 날 아침에 밴에 시체를 잔뜩 싣고 세틀러스 병원 부지로 몰고 간다. 그리고 검은 자루 속의 시체를 화장로에 넣고 화장한다.

죽이고 난 후 곧장 화장로로 싣고 가서 인부들이 그걸 처리하도록 하는 게 더 간단할 것이다. 하지만 그것은 그들을 병실에서 나온 쓰레기, 길가에서 쓸어담은 썩은 고기, 가죽공장에서 나온 악취나는 쓰레기 등이 뒤섞인 주말의 쓰레기와 함께 놓아둔다는 걸 의미한다.

그래서 그는 일요일 저녁에 그 자루를 루시의 밴에 싣고 농장으로 간다. 그리고 밤새 거기에 세워놓았다가 월요일 아침에 병원 부지로 간다. 거기에서 그것들을 한 번에 하나씩 돌아가는 수레에 얹고 기계를 작동시킨다. 그러면 기계는 수레를 잡아당겨 철문을 거쳐 불 속으로 들여보낸다. 그는 지레를 잡아당겨 수레 안에 있는 것을 비우고, 그것이 제 자리로 돌아오게 만든다. 그렇게 하는 동안, 대개의 경우 이런 일을 해야 하는 인부들은 옆에 서서 지켜본다.

그는 첫 번째 월요일에는 그들이 화장을 하도록 놔뒀다. 밤새 시체가 뻣뻣이 굳어 있었다. 그런데 어떤 경우에는, 개 다리가 바퀴 살에 끼어 수레가 용광로에 들어갔다 나온 후에도 시체가 그대로 남아 있었다. 시체는 검게 그을리고, 이빨은 드러나 보이고, 털이 탄 냄새가 나고, 플라스틱 커버는 불에 녹아 없어진 상태였다. 그 때문에 인부들은 시체를 담기 전에 삽으로 자루를 두들겨 굳은 뼈를 부러뜨렸다. 그가 그 일을 하겠다고 나선 것은 바로 그 때였다.

화장로는 무연탄을 연료로 쓰고, 연기를 굴뚝으로 빨아들이는 송풍기가 달려 있다. 그는 그것이 병원이 세워진 1950년대에 생겼다고 생각한다. 그것은 월요일에서 토요일까지, 일 주일에 엿새 동안 가동된다. 그리고 일곱째 날에는 멈춘다. 인부들은 일을 하러 오면, 전날 탄 재를 긁어내고 불을 붙인다. 오전 아홉 시가 되면, 내부 온도는 뼈를 녹이기에 충분한 섭씨 1000도가 된다. 불은 오전 중반까지 지펴진다. 그리고 그것이 식으려면 오후 내내 걸린다.

그는 인부들의 이름을 모르지만, 그들은 그의 이름을 안다. 그들에게는 그가 월요일마다 동물병원에서 자루를 싣고 도착하는 사람에 불과하다. 그가 화장터에 도착하는 시간은 매번 더 빨라진다. 그는 온다. 자기 일을 한다. 간다. 철조망과 자물쇠가 잠긴 문과 세 가지 언어로 된 안내판에도 불구하고, 그는 화장로를 중심으로 형성된 사람들의 일부가 되지 않는다.

울타리는 오래 전에 절단되어 있다. 문과 안내판은 그냥 무시된다. 잡역부들이 병원 쓰레기 자루를 갖고 아침에 도착할 때쯤이면, 수많은 여자들과 아이들이 기다리고 있다가, 쓰레기 더미에서 주사기, 핀, 씻어서 쓸 수 있는 붕대 등 팔 수 있는 것은 무엇이든 골라낸다. 특히 토속(*muti*) 약방이나 거리에서 팔 수 있는 알약이 인기다. 낮에는 병원 주위를 어슬렁거리고 밤에는 용광로 벽에 기대 잠을 자는 거지들도 있다. 어쩌면 그들은 굴뚝 안에서도 잠을 자는지 모를 일이다.

그들과 친하고 싶은 생각은 없다. 하지만 그가 거기에 있을 때, 그들도 거기에 있다. 그가 거기에 가져오는 것이 그들의 관심을 끌지 못하는 것은 오직, 그들이 죽은 개의 일부를 팔거나 먹을 수 없기 때문이다.

왜 그는 그런 일을 택했는가? 베브 쇼의 짐을 덜어주기 위해서? 그럴 경우, 쓰레기 더미에 자루를 내려놓고 가버리면 그걸로 충분할 것이다. 개를 위해서? 하지만 개는 죽어 있다. 개들이 명예와 불명예에 대해서 뭘 알 것인가?

그렇다면 그 자신을 위해서다. 그가 생각하는 세상, 처리하기 쉽게 하려고 삽으로 개의 시체를 두드리는 사람들이 없는 세상을 위해.

개들은 더 이상 필요없기 때문에, *우리의 숫자가 너무 많아서(because we are too menny)*[※], 병원으로 끌려온다. 바로 그곳이 그가 개들의 삶 속으로 들어가는 곳이다. 그는 그들의 구원자가 아닐지 모르지만, 그러기에는 그들의 수가 너무 많을지 모르지만, 그는 그들이 일단 자신들을 전혀 돌볼 줄 모르는 상태가 되면, 베브 쇼조차 그들로부터 손을 떼면, 그들을 돌볼 준비를 한다. 개를 보는 사람. 페트루스는 언젠가 자신을 이렇게 일컬었다. 그런데 지금은 그 자신이 개를 보는 사람이 되어 있다. 개 장의사, 개 혼례사. *하리잔(harijan)*[※※].

※)토마스 하디의 소설 〈주드(Jude the Obscure)〉에서 주드의 아들이 아이들을 죽이고 자신도 자살하면서 남기는 말
※※)인도의 최하층 계급

자신처럼 이기적인 사람이 죽은 개를 위해 봉사하다니 신기하다. 세상에, 혹은 세상에 대한 생각에, 자기를 바치는 더 생산적인 다른 방법이 틀림없이 있을 것이다. 예를 들어, 병원에서 더 오랫 동안 일을 할 수도 있을 것이다. 쓰레기 더미를 뒤지는 아이들한테 몸에 독이 묻지 않도록 조심하라고 타이를 수도 있을 것이다. 마음을 더 다부지게 먹고 앉아서 바이런 대본을 쓰는 것조차 아쉬운 대로 인류에 대한 봉사로 쳐줄 수 있을지 모른다.

동물 복지, 재활, 심지어 바이런에 관한 일 — 이런 일들은 다른 사람들이 하고 있다. 동물의 시체의 명예를 지키는 일을 할 정도로 어리석은 사람이 없기 때문에, 그는 그 일을 한다. 그는 그처럼 어리석고, 미치고, 비뚤어진 인간이 돼가고 있다.

17

일요일에 병원에서 하는 일이 끝난다. 밴에는 죽은 화물이 실린다. 그는 마지막으로 수술실 마룻바닥을 닦는다.

베브 쇼가 뒤뜰에서 들어오며 말한다.

"제가 할게요. 가시고 싶으실테니까."

"난 별로 바쁠 것 없소."

"그래도 다른 종류의 삶을 사셔야 하는데."

"다른 종류의 삶이라뇨? 나는 삶이 종류별로 있다는 건 몰랐던 사실이오."

"제 말은 당신이 여기서 하는 일을 아주 따분하게 생각하실 거라는 거예요. 당신은 비슷한 부류의 사람들을 그리워할 것이고, 여자 친구들도 그리워할 게 분명해요."

"당신은 여자 친구들이라고 하는데, 내가 왜 케이프타운을 떠나왔는지 루시가 틀림없이 당신한테 얘기해줬을 것이오. 여자 친구들은 나한테 별다른 행운을 가져다 주지 못했소."

"그녀에게 심하게 대하지 마세요."

"내가 루시한테 심하다고요? 나한테는 루시에게 심하게 할 이유가 없소."

"루시가 아니라 케이프타운에 있는 여자 말입니다. 루시 얘기로는 당신을 상당히 곤란하게 만든 젊은 여자가 있다던데."

"예, 젊은 여자가 있었소. 하지만 문제를 일으킨 사람은 나였소. 나는 그녀가 나한테 그랬던 것만큼, 그 여자를 곤란하게 만들었소."

"루시 말로는 당신이 대학을 그만둬야 했다던데, 힘드셨겠어요. 그걸 후회하세요?"

무슨 참견일까! 스캔들이 얼마나 여자들을 흥분시키는지 생각하면 흥미롭다. 작고 못 생긴 이 여자는 그가 자기에게 충동을 느끼게 할 능력이 없다고 생각하는 걸까? 그게 아니라면, 충동을 느끼게 하는 게 그녀가 떠맡는 또 다른 의무들 중 하나일까? 세계에서 폭력의 비율이 줄어들도록, 누워서 폭행을 기다리는 수녀처럼?

"내가 그걸 후회하느냐고요? 모르겠소. 케이프타운에서 생긴 일 때문에 나는 이곳으로 왔소. 그런데 나는 여기에서 불행하지는 않소."

"하지만 그 당시, 그 당시에는 그걸 후회하셨나요?"

"그 당시요? 그 일이 한창 벌어졌을 때 말이오? 물론 아니오. 일이 한창 벌어질 때에는 의심하고 말고 할 틈도 없는 법이오. 당신 자신도 그걸 알고 있을 거요."

그녀는 얼굴을 붉힌다. 중년 여자의 얼굴이 그렇게 완전히 빨개지는 것을 본 지 오래다. 머리 뿌리까지.

그녀는 나직하게 말한다.

"그래도 그래함스타운은 당신에게 너무 조용한 곳임이 틀림없어요. 상대적으로 말이에요."

"그래함스타운은 괜찮소. 적어도 유혹에서 벗어나 있으니까 말이오. 게다가 나는 그래함스타운에 살지도 않으니까. 난 내 딸과 함께 농장에서 살고 있잖소."

자신이 유혹에서 벗어나 있다고, 여자에게, 못 생긴 여자에게라도 말한다는 것은 무정한 짓이다. 하지만 그녀가 모든 사람의 눈에 못 생겨 보이지는 않을 것이다. 빌 쇼가 젊은 베브에게서 무엇인가를 본 때가 있었음이 틀림없다. 어쩌면 다른 남자들도 그랬을지 모른다.

그는 20년 전의 그녀를 상상해보려 한다. 그 때는 짧은 목 위의 얼굴이 멋져 보이고, 주근깨가 난 피부도 건강해 보였을지 모른다. 그는 충동적으로 손을 뻗어 그녀의 입술을 손가락으로 더듬는다.

그녀는 눈을 아래로 내리깔지만 몸을 움츠리지는 않는다. 오히려, 얼굴을 붉힌 채, 그의 손에 입술을 부빈다. 아니, 얼굴을 빨갛게 붉힌 채 그의 손에 키스를 한다고 말할 수 있을지 모른다.

그것이 일어나는 일의 전부다. 그것이 그들이 최대한도로 나아갈 수 있는 정도다. 그는 아무 말 없이 병원을 떠난다. 그의 뒤에서 그녀가 불을 끄는 소리가 들린다.

다음 날 오후, 그녀에게서 전화가 온다.

"다섯 시에 병원에서 만날 수 있어요?"

높고 긴장한 목소리. 질문이 아니라 통고다. 그는 "왜요?" 하고 물어볼까 하다가 그만둔다. 그럼에도 불구하고 그는 깜짝 놀란다. 그는 그녀가 전에 이런 일을 해본 적이 없다고 확신한다. 그녀는 순진하게 도, 간통은 이런 식으로 행해진다고 생각하고 있음이 틀림없다. 여자 가 자기를 쫓아다니는 남자에게 전화를 해, 자신이 준비됐다는 걸 선 언하듯.

월요일에는 병원을 열지 않는다. 그는 들어가서 문을 잠근다. 베브 쇼는 그에게서 등을 돌리고 진료실에 있다. 그는 팔로 그녀를 안는 다. 그녀는 귀를 그의 턱에 부빈다. 그의 입술이 그녀의 곱슬진 머리 에 스친다.

그녀가 말한다.

"캐비닛에 담요가 있어요. 맨 밑에요."

두 장의 담요. 한 장은 분홍색, 한 장은 회색. 목욕을 하고 화장을 한 여자가 집에서 몰래 가져온 담요. 일요일마다 화장을 하고 만약의 경우를 대비해 캐비닛에 담요를 두고 있던 여자. 그가 대도시에서 왔 기 때문에, 그의 이름에 스캔들이 붙어다니기 때문에, 그가 많은 여 자들과 섹스를 하고, 발에 걸리는 여자하고는 누구나 섹스를 한다고 생각하는 여자.

수술대와 마루 중 하나를 선택해야 한다. 그는 마루에 담요를 펼친 다. 회색 담요는 밑에, 분홍색 담요는 위에. 그는 불을 끄고, 나가서 뒷문이 잠겼는지 확인하고 기다린다. 그는 그녀가 옷벗는 소리를 듣 는다. 베브. 그는 베브와 잠을 자리라고는 꿈에도 생각하지 못했다.

그녀는 머리만 내놓고 담요 밑에 누워 있다. 침침하지만, 그 모습 에는 매력적인 게 아무 것도 없다. 그는 팬티를 벗고 그녀 곁으로 들어가서 그녀의 몸을 만진다. 그녀에게는 젖가슴이라고 부를 만한 게 없다. 단단하고 허리가 없다. 땅딸막한 작은 물통처럼.

그녀는 그의 손을 잡고 그에게 무엇인가를 건네준다. 피임도구. 처음부터 끝까지 만반의 준비가 되어 있다.

그는 그들의 섹스에 대해서, 적어도 자신이 의무를 다 하고 있다고 말할 수는 있다. 정열은 없지만 혐오감도 없다. 결국 베브 쇼가 그녀 자신에게 만족할 수 있도록. 그녀가 의도한 것은 모두 성취됐다. 데이비드 루리, 그는 남자가 여자한테 도움을 받듯이, 도움을 받았다(Succoured). 그리고 그녀의 친구 루시 루리는 어려운 방문으로 도움을 받았다고(helped).

그들이 지치자, 그는 그녀 곁에 누워 이렇게 생각한다. 이 날을 잊지 말자. 이것이 멜라니 아이삭스의 달콤하고 젊은 살 다음에, 다른 지점이다. 이것이 내가 익숙해져야 하는 것이다. 이것, 아니 이보다 못한 것조차.

베브 쇼가 말한다.

"늦었어요. 저 가야 돼요."

그는 몸을 가리려고도 하지 않고, 담요를 치우고 일어선다. 그는 생각한다. 그녀가 자신의 로미오를 바라보도록 하자. 그의 굽은 어깨와 마른 다리를 바라보게 놔두자. 정말로 시간이 늦었다. 지평선 위에 마지막 심홍색 빛이 보인다. 달이 머리 위로 모습을 드러낸다. 연기가 공중에 떠다닌다. 한 떼기의 황무지를 가로질러, 첫째 줄에 있는 판잣집으로부터, 왁자지껄한 목소리가 들려온다. 베브는 문에서 마지막으로 그에게 몸을 밀착시키고 머리를 그의 가슴에 댄다. 그는 그녀가 하고 싶은 모든 것을 할 수 있도록 했던 것처럼, 그녀가 그렇게 하도록 놔둔다. 엠마 보바리의 모습이 떠오른다. 근사한 첫 오후를 보낸 후, 거울 앞에서 자신을 과시하는 엠마 보바리. *나한테 애인이 생겼어! 나한테 애인이 생겼어!* 엠마가 자신을 향해 노래하듯 말한다. 그래, 가엾은 베브 쇼도 집에 가서 그런 노래를 할 수 있도록 해주자. 그녀를 가엾은 베브 쇼라고 부르지 않도록 하자. 만약 그녀가 가엾다면, 그는 파산해 있다.

페트루스는 트랙터를 빌려왔다. 어디서 빌렸는지 전혀 알 수 없다. 그는 루시가 살기 이전부터 마굿간에 녹슨 채 놓여 있던 낡은 로터리 쟁기를 거기에 채운다. 그는 몇 시간 내에, 자신의 땅을 죄다 갈아놓는다. 모든 게 아주 빠르고 사무적이다. 모든 게 전혀 아프리카답지 않다. 소에 쟁기를 채워서 땅을 갈던 옛날에는, 아니 십 년 전만 해도, 며칠이 걸렸을 것이다.

루시가 이렇게 새로워진 페트루스와 대적할 수 있을까? 페트루스는 땅 파는 남자, 짐을 나르는 남자, 물을 주는 남자로 시작했다. 그런데 지금은 그런 것을 하기에는 너무 바쁘다. 루시는 땅을 파고, 짐을 나르고, 물을 줄 사람을 어디서 구할까? 이것이 체스 게임이라면, 그는 루시의 모든 전선이 무너졌다고 말할 것이다. 만약 그녀에게 생각이 있다면 그녀는 여기는 그만둘 것이다. 토지은행에 가서 협상을 하고 농장을 페트루스에게 넘기고 문명사회로 돌아갈 것이다. 그녀는 교외에 동물위탁소를 차릴 수도 있을 것이다. 원한다면 고양이를 맡는 일도 할 수 있을 것이다. 그녀는 토착 직물 뜨기, 토착 단지 장식, 토착 바구니 짜기, 관광객들에게 목걸이를 파는 일과 같이 전에 히피족처럼 살면서 했던 일들을 다시 하면서 살 수도 있을 것이다.

패배. 10년 뒤의 루시를 상상하는 것은 어렵지 않다. 유행이 한참 지난 옷을 입고, 애완동물들에게 말을 걸며, 혼자 식사를 하고, 얼굴에 서글픈 주름이 지고, 살이 찐 여자. 삶이라고 할 것까지도 별로 없다. 하지만 개들이 그녀를 지켜줄 정도도 못 되고, 아무도 전화를 받지 않는 상황에서, 언제 다시 공격해올지 두려워하며 나날을 보내는 것보다는 낫다.

그는 새집을 지을 터에 있는 페트루스에게 다가간다. 그곳은 약간 높은 곳에 있어서 농가가 내려다보인다. 측량사가 벌써 왔다갔는지 말뚝들이 박혀 있다. 그가 묻는다.

"당신이 직접 건물을 짓는 건 아니겠죠?"

페트루스가 껄껄 웃는다.

"아닙니다. 그것은 기술이 필요한 일이죠. 벽돌을 쌓고, 회반죽을 바르고, 그런 일들은 모두 기술이 필요하죠. 아뇨, 난 도랑을 파려고 합니다. 나 혼자도 그건 할 수 있거든요. 그것은 기술이 필요한 일이 아니니까요. 애들이나 하는 일이라고 할까요. 땅을 파려면 애가 돼야지요."

페트루스는 그 말을 재미있어라 한다. 한때 그는 애였지만, 이제는 아니다. 마리 앙투아네트[※]가 젖 짜는 여자 행세를 하며 놀았듯이 이

※) 마리 앙투아네트 : 프랑스 루이 16세의 왕비.

228

제 그는 어린이 행세를 하며 장난을 칠 수 있다.

그는 요점으로 들어간다.

"만약 루시와 내가 케이프타운으로 돌아가면, 당신이 그 애 농장 일부를 운영할 수 있겠소? 우리는 당신에게 월급을 줄 수도 있고, 비율로 나눌 수도 있을 것이오. 이익금 몇 퍼센트를 떼어가는 식으로 말이오."

페트루스가 말한다.

"내가 루시의 농장을 돌아가게 만들어야죠. 내가 농장 매니저가 돼야죠."

그는 전에 농장 매니저라는 말을 들어본 적이 없는 사람처럼, 갑자기 모자 속에서 토끼가 튀어나오듯 그 말을 발음한다.

"그렇소, 당신이 좋다면 농장 매니저라고 할 수도 있을 것이오."

"그리고 루시는 언젠가 돌아오겠죠."

"그 애가 돌아올 건 분명하오. 그 애는 이 농장에 애착이 많소. 그 애는 이걸 단념할 생각이 전혀 없소. 하지만 그 애는 최근에 어려움을 겪었잖소. 그래서 휴식과 휴가가 필요한 거요."

"바다 옆에서."

페트루스는 이렇게 말하고, 담뱃진 때문에 누래진 이를 드러내며 웃는다.

"그렇소. 그 애가 원한다면 바다 옆에서."

그는 페트루스가 습관적으로 말들을 공중에 떠 있게 만드는 게 짜증이 난다. 그는 페트루스의 친구가 될 수 있을지 모른다고 생각했던 때가 있었다. 그는 이제 그를 혐오한다. 페트루스와 얘기하는 것은 모래로 가득찬 자루를 두들기는 것과 같다.

그가 말한다.

"만약 그 애가 휴식기를 갖기로 결정하면, 그것을 갖고 왈가왈부할 자격이 우리 중 누구에게도 없다고 생각하오. 당신에게도 없고 나에게도 없고."

"내가 얼마나 오랫동안 농장 매니저를 해야 합니까?"

"페트루스, 난 아직 모르오. 루시와 그걸 상의해 보지도 않았소. 나는 다만 가능성을 생각해보는 중이오. 당신이 그렇게 해주겠다고 할지 어떨지."

"내가 모든 것을 해야겠죠. 개들도 먹이고, 채소도 가꾸고, 시장에도 가고…."

"페트루스, 그런 걸 열거할 필요는 없소. 개는 없을 것이오. 나는 그저 일반적인 질문을 하는 것뿐이오. 루시가 휴가를 간다면, 당신이 농장을 돌볼 수 있는지 어떤지 말이오."

"나한테 밴이 없는데, 어떻게 시장에 가죠?"

"그건 세부사항일 뿐이오. 세부사항에 대해서는 나중에 의논할 수 있소. 지금은 나한테 예, 아니오, 하는 대답만 해주면 되오."

페트루스는 고개를 젓는다.

"그건 너무 많아요. 너무 많아."

느닷없이 경찰서에서 전화가 걸려온다. 포트 엘리자베스의 에스터 허이즈 경사다. 그의 차를 찾았다고 한다. 뉴브라이튼 경찰서에 있으니 신분증을 갖고 와서 찾아가라고 한다. 두 남자가 체포됐다고 한다.

"그것 참 잘 됐습니다. 나는 거의 단념하고 있었는데."

"아닙니다. 사건 처리기간은 2년입니다."

"차는 어떤 상태죠? 운전할 수 있습니까?"

"예, 운전할 수 있습니다."

그는 이례적으로 마음이 들떠, 루시와 함께 포트 엘리자베스를 거쳐 뉴브라이튼으로 간다. 그들은 반더벤터 스트리트로 가서, 날카로운 철망이 위에 쳐진 2미터 높이의 담으로 둘러싸인 판판한 요새 같은 경찰서에 도착한다. 경찰서 앞에 차를 세우지 말라는 경고문이 붙어 있다. 그들은 길 아래 쪽에 차를 세운다.

루시가 말한다.

"저는 차에서 기다릴게요."

"정말이니?"

"전 이곳이 싫어요. 여기서 기다릴게요."

그는 수사과에 갔다가, 미로 같은 통로를 따라 차량절도 전담부서로 간다. 작은 몸집에 살이 찌고 블론드 머리를 한 에스터허이즈 경사는 서류를 찾아, 그를 데리고 수십대의 차가 빽빽이 들어찬 뒤뜰로 간다. 그들은 줄을 따라 오르락내리락 한다.

그는 에스터허이즈 경사에게 묻는다.

"어디서 그걸 찾았지요?"

"여기 뉴브라이튼에서요. 당신은 운이 좋네요. 도둑들은 오래된 코롤라는 대개 부품을 팔아먹으려고 분해해버리거든요."

"당신은 그들을 체포했다고 얘기했지요."

"두 명이죠. 우리는 정보를 갖고 그들을 검거했지요. 집 전체가 장물로 가득 차 있더군요. 텔레비전, 비디오, 냉장고, 이름만 대면 어느 거나."

"지금 그 사람들은 어디 있습니까?"

"보석으로 풀려났습니다."

"당신들이 그들을 풀어주기 전에, 나한테 전화를 걸어서 나로 하여 금 그들을 가려내게 하는 게 더 좋지 않았겠소? 이제 그들은 보석으로 풀려났으니 사라져버릴 거요. 당신도 그걸 알고 있잖소."

형사는 표정이 딱딱하고 말이 없다.

그들은 흰색 코롤라 앞에서 멈춘다.

그가 말한다.

"이것은 내 차가 아니오. 내 차에는 CA 번호판이 달려 있소. 사건 등록서에도 그렇게 쓰여 있소.,"

그는 종이 위의 번호를 가리킨다. CA 507644.

"그들은 색을 다시 칠하고, 가짜 번호판을 답니다. 번호판을 이리 저리 바꿔 달고 다닌다고요."

"그렇다 하더라도 이건 내 차가 아닙니다. 열어볼 수 있어요?"

형사가 차 문을 연다. 젖은 신문지와 튀긴 닭고기 냄새가 난다.

그가 말한다.

"내 차에는 사운드 시스템이 없어요. 이건 내 차가 아닙니다. 혹시 내 차가 다른 곳에 있는 건 아닙니까?"

그들은 주차장을 한 바퀴 돈다. 그의 차는 거기에 있지 않다. 에스터허이즈는 머리를 긁는다.

"조사해 보겠어요. 무슨 착오가 있었던 게 틀림없어요. 전화번호를 남겨두고 가면 제가 연락을 드리죠."

루시는 눈을 감고, 밴의 운전석에 앉아 있다. 그는 창문을 두드린다. 그녀가 문을 연다.

그가 들어서며 말한다.

"코롤라가 있긴 했지만, 내 것은 아니었다."

"그 남자들을 봤어요?"

"그 남자들?"

"두 남자가 체포됐다고 말씀하셨잖아요."

"보석으로 풀려났단다. 여하간 그건 내 차가 아니다. 따라서 누가 체포됐건 내 차를 가져간 자들은 아니다."

오랜 침묵이 이어진다.

그녀가 말한다.

"논리적으로 그렇게 되나요?"

그녀는 시동을 걸고, 핸들을 거칠게 돌린다.

그가 말한다.

"나는 네가 그들이 잡히기를 그렇게 원하는지 몰랐다."

그는 자신의 목소리에 짜증이 묻어 있다는 걸 알지만, 그것을 억제하려고 하지도 않는다.

"만약 그들이 체포되면 재판을 받게 될 것이고 그렇게 되면 재판과 그것에 따르는 절차가 진행될 것이다. 너는 증언을 해야 할 것이다. 그럴 준비가 돼 있니?"

루시는 시동을 끈다. 그녀는 눈물을 억제하려 한다. 그녀의 얼굴은 굳어 있다.

"여하튼 그들의 발자국이 이제는 식어버렸으니, 그 놈들이 이런 상태에 있는 경찰에게 잡힐 리는 만무하지. 그러니 그런 건 잊어버리자."

그는 마음을 가다듬는다. 그는 잔소리가 많아지고 지겨운 사람이 되어 가고 있다. 하지만 어쩔 수 없다.

"루시, 정말로 이제는 네가 선택을 해야 할 때다. 추악한 기억들로 가득찬 집에 계속 살면서 너한테 일어난 일을 계속 생각하든지, 아니면 모든 걸 뒤에 남겨두고 다른 곳에서 새 삶을 시작하든지 말이다. 내가 보기엔, 그게 너한테 남은 선택이다. 나는 네가 여기에 머물고 싶어한다는 것을 알고 있다. 하지만 적어도 다른 길도 생각해 봐야 하지 않겠냐? 우리 두 사람은 그것에 대해 이성적으로 이야기를 할 수가 없는 거냐?"

그녀는 머리를 젓는다.

"아버지, 전 더 이상은 이야기할 수 없어요. 그럴 수 없을 뿐이에요."

그녀는 말이 말라버릴까봐 두려운 것처럼, 부드럽고 빠른 목소리로 말한다.

"저도 제가 분명하지 않다는 건 알아요. 저도 설명할 수 있었으면 좋겠어요. 하지만 그럴 수가 없어요. 저는 저고, 다른 사람은 다른 사람이기 때문에, 설명할 수가 없어요. 차에 관한 일은 미안해요. 실망시켜 드려서 죄송해요."

그녀는 팔에 얼굴을 묻는다. 어깨가 들썩거린다.

다시 감정의 물결이 그를 휩쓴다. 냉담함, 무관심. 그러나 동시에 무중력의 상태. 마치 그가 안에서부터 파먹히고, 부식된 심장 껍질만 남은 것처럼. 이런 상태에 있는 사람이 어떻게 죽은 자를 불러오는 말을 찾아내고 음악을 만들 수 있을 것인가?

슬리퍼를 신고 남루한 치마를 입은 여자가 5야드도 떨어지지 않은 보도에 앉아 있다가, 그들을 노려본다. 그는 루시의 어깨에 손을 얹는다. 그는 생각한다. *내 딸, 나의 가장 소중한 딸. 내가 인도해야 할 딸. 어느 날인가 나를 인도해야 할 딸.*

그녀는 그의 생각을 냄새로 맡을 수 있을까?

그가 운전한다. 놀랍게도, 루시가 집으로 가는 도중, 중간쯤에서 불쑥 얘기를 꺼낸다.

"그것은 너무나 개인적인 일이 었어요. 그들은 제게 개인적인 원한이 있는 것처럼 그 일을 하더군요. 무엇보다도 그것 때문에 더 간담이 서늘해지더군요. 나머지는… 예상되는 것이었어요. 하지만 그들이 저를 왜 그렇게 증오했을까요? 저는 그들을 한 번도 본 적이 없었는데."

그는 더 기다린다. 하지만 더 이상의 얘기는 나오지 않는다.

그가 마침내 설명한다.

"그것은 역사가 그들을 통해서 말을 하기 때문에 그래. 죄악의 역사가 말이다. 도움이 된다면, 그런 식으로 생각해라. 그것은 개인적인 것으로 보였을지 모르지만 그렇지는 않았을 게다. 그것은 조상들로부터 물려받은 것이지."

"그렇다고 그게 쉽게 받아들여지지는 않아요. 제가 증오의 대상이었다는 충격이 가시지를 않아요. 그 행위중에요."

그 행위중에. 그녀가 말하는 그것은 그가 생각하는 것과 같은 의미일까?

"아직도 무섭니?"

"예."

"그들이 다시 올까 무섭니?"

"예."

"넌 네가 그들을 고발하지 않으면, 그들이 다시 오지 않을 거라고 생각했니? 그것이 네가 마음 속으로 생각했던 거니?"

"아뇨."

"그럼 뭐니?"

그녀는 말이 없다.

"루시, 그건 아주 간단할 수 있다. 동물위탁소를 그만둬라. 즉시 말이다. 문을 잠그고, 페트루스에게 돈을 주고 집을 돌보게 해라. 이 나라가 호전될 때까지, 6개월이나 1년 동안 휴가를 가라. 외국으로 가라. 네덜란드도 좋겠지. 내가 경비를 대마. 그리고 나중에 다시 돌아와서, 점검해 보고 새 출발을 해라."

"아버지, 만약 제가 지금 떠나면, 다시는 돌아오지 않을 거예요. 그런 제안을 해주셔서 고마워요. 하지만 그렇게 할 수는 없을 거예요. 저도 지금 말씀하신 것을 몇백 번이고 생각해봤어요."

"그러면 어쩔 셈이니?"

"모르겠어요. 하지만 제가 어떤 것을 결정하든지, 저 스스로 결정하고 싶어요. 그런데 아버지가 이해하지 못하는 것들이 있어요."

"내가 뭘 이해하지 못한다는 거니?"

"우선, 아버지는 그 날 저한테 일어났던 일을 이해하지 못하세요. 저를 걱정해 주시는 건 고마워요. 그런데 아버지는 그걸 이해한다고 생각하시지만, 궁극적으로는 이해하지 못하세요. 그럴 수가 없기 때문이죠."

그는 속력을 줄이고 길가에 차를 대려고 한다.

"세우지 마세요. 여기는 안 돼요. 이곳은 좋지 않은 곳이에요. 차를 세우기에는 너무 위험해요."

그는 속력을 낸다.

"그건 정반대다. 나는 모든 것을 너무나 잘 이해한다. 나는 우리가 지금까지 피해왔던 말을 하려고 한다. 너는 강간을 당했다. 그것도 세 사람한테 윤간을 당했다."

"그리고요?"

"너는 네 목숨이 달아날까 두려웠다. 넌 네가 이용당한 후 살해될까봐 두려웠다. 그냥 처분되는 것을 두려워했겠지. 그들에게는 네가 아무 것도 아니었다."

"그리고요?"

그녀의 목소리는 이제 속삭이는 소리로 변해 있다.

"그리고 나는 아무 일도 할 수 없었다. 나는 너를 구해주지 못했다."

그것은 그 자신의 고백이다.

그녀는 조급한 듯, 손을 살짝 젓는다.

"아버지, 자신을 비난하지 마세요. 저를 어떻게 구해주실 수 있었겠어요. 만약 그들이 1주일만 더 일찍 왔더라면, 저는 집에 혼자 있었을 거예요. 하지만 그들에게 제가 아무 것도 아니었다는 말씀은 맞아요. 저는 그걸 느낄 수 있었어요.”

잠깐 말이 멎는다.

그녀의 목소리가 더 차분해진다.

“그들은 전에도 그런 짓을 걸 하고 다녔던 것 같아요. 적어도 나이 먹은 두 사람은 그랬어요. 그들은 무엇보다도 강간범들이에요. 물건을 훔치는 일은 부차적인 일일 뿐이에요. 곁가지인 셈이죠. 그들은 정말로 *강간*을 하더군요.”

“네 생각엔 그들이 돌아올 것 같니?”

“제 생각에는 제가 그들의 영토 안에 들어와 있어요. 그들은 저를 점찍었어요. 그들은 저한테 돌아올 거예요.”

“그렇다면 너는 여기에 있어선 안 되지.”

“왜 안 되죠?”

“왜냐하면 그들을 초청하는 격이니까.”

그녀는 대답하기 전 오랫동안 생각에 잠긴다.

“아버지, 하지만 그것을 달리 볼 수는 없을까요? 만약… 만약 그것이 제가 여기에 머무는 것에 대한 값으로 지불해야 하는 거라면 어떻게 될까요? 어쩌면 그들은 그렇게 생각할지 몰라요. 어쩌면 저도 그렇게 생각해야 하는지 몰라요. 그들은 제가 그들에게 무엇인가를 빚지고 있다고 생각하죠. 그들은 자신들을 빚쟁이나 세금징수원으로 생각하죠. 왜 저는 아무런 값도 지불하지 않고 여기에 살아야 하나요? 어쩌면 그들은 그렇게 생각하는 것일 거예요.”

“그들이 별의별 것을 다 생각한다는 것은 확실하다. 그들을 정당화하기 위해서 얘기를 꾸며내는 것은 그들의 이익에 부합된다. 하지만 네 느낌을 믿어라. 너는 그들에게서 오직 원한만 느꼈다고 얘기했다."

"원한… 아버지, 남자들과 섹스의 문제에 이르면, 어떤 것도 그 이상으로 저를 놀라게 하진 못해요. 어쩌면 남자들은, 여자를 증오하면 섹스가 더 자극적이 되는가 봐요. 남자니까 아셔야죠. 낯선 사람과 섹스를 하고, 여자를 올가미에 넣고, 그녀를 짓누르고, 몸 밑에 두고, 자기 몸을 여자한테 부리는 건, 여자를 죽이는 것과 어느 정도 비슷하지 않나요? 칼을 들이밀고, 나중에는 피로 물든 몸을 뒤에 남기고 떠나버리는 건 살인 같지 않나요? 그건 살인을 하고 달아나는 것과 비슷하지 않나요?"

남자니까 아셔야죠. 자기 아버지한테 그렇게 말하는 법이 어디 있는가? 그녀와 그는 같은 편인가?

그가 말한다.

"아마. 때때로. 어떤 남자들에게는."

그리고 그는 생각도 없이, 빠르게 덧붙인다.

"그들 둘이 똑같았니? 죽음과 싸우는 것 같았어?"

"그들은 서로 응원해주더군요. 어쩌면 그게 그들이 그걸 같이 하는 이유일 것 같아요. 떼지어 몰려다니는 개들처럼."

"세 번째 애는?"

"그는 거기서 배우고 있었어요."

그들은 소철 표지판을 지나쳤다. 시간이 다 됐다.

"만약 그들이 백인이었다면 너는 그들에 대해서 이런 식으로 얘기하지 않았을 것이다. 예를 들어 그들이 디스패치에서 온 백인 악당들이었다면 말이다."

"그럴까요?"

"그래, 그러지 않았을 것이다. 너를 비난하는 게 아니다. 그것이 요점은 아니다. 하지만 네가 얘기하는 것엔 새로운 게 있다. 그들은 너를 그들의 노예로 만들려고 하는 거야."

"노예상태가 아니라, 복종과 종속이겠죠."

그는 고개를 흔든다.

"루시, 그건 너무 심하다. 팔아치워라. 페트루스에게 농장을 팔고 떠나라."

"싫어요."

거기서 대화는 끝난다. 하지만 루시의 말이 그의 마음 속에 메아리친다. 피로 물든 몸. 그건 무슨 의미일까? 그가 꿈 속에서 핏투성이 침대와 욕조를 본 것은 결국 사실이란 말일까?

그들은 정말로 강간을 하더군요. 그는 세 사람이 그렇게 오래 되지 않은 도요타를 타고, 뒷좌석에는 집안의 물건을 가득 싣고, 그들의 페니스와 그들의 무기를 가랑이 사이에 끼고는, 만족한 채 가버리는 광경을 생각해 본다. *가르랑거린다*는 말이 얼핏 떠오른다. 그래, 가르랑거리며 갔을 것이다. 그들이 오후에 한 일은 흡족해야 할 모든 이유를 다 갖추고 있었음에 틀림없다. 그들은 자기들이 하는 일에서 행복감을 느꼈음이 틀림없다.

그는 어렸을 때, 신문기사에서 *강간(rape)*이란 말을 보고 그게 정확히 무슨 말인지 알려고 노력하며, 보통은 그렇게도 부드러운 p자가 아무도 그 말을 큰 소리로 발음하지 못할 정도로 끔찍한 단어의

한가운데에서 무엇을 하고 있는가, 궁금해 하던 자신의 모습을 떠올린다. 도서관에 있는 그림책에는, 꼭 죄는 로마 갑옷을 입고 말을 타고 있는 남자들과 공중에 팔을 저으며 울부짖는 거즈베일을 쓴 여인들이 그려진, '사비니 여인들의 강간'이라는 제목의 그림이 있었다. 이렇게 거만을 떠는 태도가 그가 강간이라고 생각하는 것, 즉 남자가 여자 위에 올라타고 여자한테 몸을 집어넣는 것과 어떤 관계가 있을까?

그는 바이런에 대해 생각한다. 바이런의 몸이 밀고 들어간 많은 백작부인들과 가정부들 가운데, 틀림없이 그것을 강간이라고 부른 사람이 있었을 것이다. 하지만 어느 누구도 그 일을 당하면서 목이 달아날 것을 두려워할 이유는 없었다. 그가 서 있는 곳에서 보면, 루시가 서 있는 곳에서 보면, 바이런은 정말로 너무 구식이다.

루시는 두려웠다. 죽을 정도로 두려웠다. 목소리는 막혀서 나오지 않았고, 숨은 쉴 수도 없었고, 몸은 마비되었다. 그 남자들이 그녀를 강제로 눕힐 때, 그녀는 생각했다. *이것은 지금 일어나는 일이 아니야. 이것은 꿈이고 악몽일 뿐이야.* 그 남자들은 그들대로 그녀의 두려움을 마시고 흥청대고, 그녀에게 상처를 주고, 그녀를 위협하고, 그녀의 두려움을 증폭시키기 위해 할 수 있는 모든 짓을 다 했다. 그들은 그녀에게 말했다. *너의 개들을 불러라! 어서, 너의 개들을 부르라고! 개들이 없어? 그렇다면 우리가 너한테 개들을 보여주마!*

당신은 이해하지 못해요. 당신은 거기에 없었어요. 베브 쇼는 이렇게 말한다. 아니, 그녀는 잘못 생각하고 있다. 루시의 직관이 결국 맞다. 그는 이해한다. 그가 자기를 버리고 집중하면, 그는 거기에 있을

수 있다. 그는 그 남자들이 되고, 그들에게 깃들이고, 그들을 자신의 혼으로 채울 수 있다. 문제는 여자가 될 수 있느냐, 하는 것이다.

그는 고독한 방에서 딸에게 편지를 쓴다.

"사랑하는 루시에게. 세상의 모든 사랑을 너한테 보낸다. 그런데 나는 이 말만은 해야겠다. 너는 위험한 오류의 벼랑에 서 있다. 너는 역사 앞에 네 자신을 굽히고 싶어한다. 하지만 네가 가는 길은 잘못된 길이다. 그것은 너로부터 모든 명예를 박탈할 것이다. 너는 편히 살 수 없을 것이다. 내 말을 들으렴. 아버지로부터."

반 시간 후, 봉투가 문 아래로 들어온다.

"아버지께. 아버지는 제 말을 듣지 않으시는군요. 저는 아버지가 알고 있는 사람이 아니에요. 저는 죽은 사람이에요. 아직은 무엇이 저를 삶으로 다시 불러낼지 모르고 있어요. 제가 알고 있는 것은 떠날 수 없다는 것뿐이에요. 아버지는 이것을 이해하지 못하시는 거예요. 제가 무엇을 더 어떻게 해야 이해하실지 모르겠어요. 아버지는 일부러 햇살이 비치지 않는 구석에 앉아계시는 것 같아요. 아버지는 세 마리의 침팬지 중 앞발로 눈을 가리고 있는 침팬지 같으세요. 그래요, 제가 가는 길은 잘못된 길일지 몰라요. 하지만 제가 지금 농장을 떠나면, 저는 패배한 것이 돼요. 그리고 그 패배감을 평생동안 간직하며 살아야 할 거예요. 저는 언제까지나 어린애로 살 수는 없어요. 아버지가 언제까지나 아버지일 수 없듯이 말이에요. 아버지가 좋은 의미로 그러신다는 건 알아요. 하지만 지금 이 순간에는 그런 도움은 필요없어요. 루시."

그것이 그들의 서신교환이다. 그리고 루시의 마지막 말이다.

그 날의 개 죽이는 일은 끝이 났다. 검은 자루들은 개의 몸과 영혼을 담고 문간에 쌓여 있다. 그와 베브 쇼는 서로의 팔에 안겨 진찰실 바닥에 누워있다. 반 시간 후, 베브는 그녀의 빌에게 돌아갈 것이고, 그는 자루를 싣기 시작할 것이다.

베브 쇼가 말한다.

"당신은 첫부인에 대해서는 아무 말씀도 안 하셨어요. 루시도 얘기하지 않았고요."

"루시 어머니는 네덜란드인이었소. 그 애가 당신에게 그것은 얘기해줬겠죠. 에블리나. 에비. 그녀는 이혼을 한 후 네덜란드로 돌아갔소. 나중에 재혼했고요. 루시는 의붓아버지와 사이가 좋지 못했소. 그래서 남아프리카로 돌아오겠다고 했고."

"당신을 선택한 셈이군요."

"어떤 의미에서는 그렇소. 그 애는 어떤 환경과 어떤 지평선을 선택한 셈이기도 하오. 지금 나는 그 애에게 다시 떠나라고 설득하는 중이오. 휴식을 위해서라도 말이오. 그 애는 네덜란드에 가족도 있고 친구도 있소. 네덜란드는 살기에 최고로 신나는 곳은 아닐지 모르지만, 적어도 악몽을 만드는 곳은 아니오."

"그런데요?"

그는 어깨를 으쓱한다.

"루시는 현재 내 충고를 들으려고 하지 않아요. 내가 좋은 안내자가 못 된다면서."

"하지만 당신은 교수였잖아요."

"아주 우연히 그렇게 된 거요. 가르치는 일은 내게 직업이었던 적이 없소. 나는 사람들한테 살아가는 법을 가르치려고 한 적이 없소. 나는 소위 말하는 학자였소. 그것이 내가 마음을 둔 것이었소. 나는 오직 생계를 유지하기 위해서 가르쳤을 뿐이오.”

그녀는 그가 말을 더 하기를 기다린다. 그러나 그는 더 이상 계속할 기분이 아니다.

태양이 지고 있다. 날씨가 추워지고 있다. 그들은 섹스를 하지 않았다. 그들은 그것이 그들이 함께 하는 것이라고 더 이상 시치미를 떼지 않는다.

그의 머리 속에서, 무대 위에 혼자 서 있는 바이런이 노래를 하려고 숨을 들이쉰다. 그는 그리스를 향해 출발하려고 한다. 그는 서른 다섯의 나이에, 인생이 소중한 것임을 이해하기 시작한다.

그것은 사물들의 눈물이라서, 사람들의 마음에 와닿네 (*Sunt lacri - mae rerum, et mentem mortalia tangunt*). 이것은 바이런이 하는 말이 될 것이다. 그것은 확실하다. 음악은 지평선 어딘가에 떠돌기만 하고 아직 떠오르지 않는다.

베브 쇼가 말한다.

“걱정하지 마세요.”

그녀는 머리를 그의 가슴에 대고 있다. 어쩌면 그녀는 6보격 시와 보조가 맞는, 그의 가슴이 뛰는 소리를 들을 수 있을 것이다.

“빌과 제가 그녀를 돌보겠어요. 우리가 농장에 자주 가볼게요. 그리고 페트루스도 있고요. 페트루스가 돌봐줄 거예요.”

“아버지 같은 페트루스가.”

“그래요.”

"루시는 내가 영원히 아비노릇을 할 수는 없다고 말했소. 그러나 나는 이 세상에서, 루시의 아비가 아닌 나를 상상할 수 없소."

그녀는 그의 짧은 머리 속에 손가락을 넣는다.

그녀가 속삭인다.

"괜찮을 거예요. 두고 보세요."

19

그 집은 개발구역에 있다. 15년이나 20년 전에 새로 지었을 때는 다소 황량해 보였겠지만, 지금은 보도에 깔린 잔디, 나무, 콘크리트 블록으로 된 담 위에 뻗어 있는 덩굴식물 때문에 꽤 괜찮아 보인다. 루스트홈 크레슨트 8번지. 페인트가 칠해진 문에 인터폰이 달려 있다.

그는 단추를 누른다.

앳된 목소리가 대답한다.

"여보세요?"

"아이삭스 씨를 찾고 있어요. 제 이름은 루리입니다."

"아직 집에 오시지 않았어요."

"언제 오세요?"

"곧 오실 거예요."

부저가 울리면서 빗장이 풀린다. 그는 문을 밀고 들어간다.

길은 앞 문으로 통한다. 날씬한 소녀가 그를 바라보며 서 있다. 그녀는 학생복을 입고 있다. 푸른 튜닉 스커트에 무릎까지 올라가는 하얀 스타킹을 신고, 목이 열린 셔츠를 입고 있다. 그녀는 멜라니의 눈과 멜라니의 큰 광대뼈와 멜라니의 검은 머리를 하고 있다. 더 아름답다. 멜라니가 얘기했던 그 여동생. 그 순간, 이름이 떠오르지 않는다.

"안녕. 아버지는 언제 집에 오시지?"

"학교는 세 시에 끝나요. 하지만 보통 늦게까지 학교에 계세요. 괜찮아요. 들어와 계셔도 돼요."

그녀는 그가 지나갈 때 몸을 반듯이 펴고 열린 문을 잡고 있다. 그녀는 케익을 먹고 있다. 그녀는 그것을 두 손가락으로 우아하게 잡고 있다. 윗 입술에 가루가 묻어 있다. 손을 뻗어 가루를 떼내주고 싶은 충동이 인다. 하지만 동시에 그녀의 언니에 대한 기억이 뜨거운 물결이 되어 그에게 몰려온다. 그는 생각한다. *하느님 절 살려주세요, 제가 여기서 뭘 하고 있나요?*

"원하시면 앉아 계세요."

그는 앉는다. 가구가 반짝인다. 방은 답답할 정도로 깔끔하다.

"이름이 뭐지?"

"디자이어리."

디자이어리(Desiree), 이제사 기억이 난다. 첫딸이며 거무스름한 멜라니, 그리고 원하던 딸 디자이어리. 그녀에게 그런 이름을 붙여주면서, 그들은 신들을 시험했음이 틀림없다.

"내 이름은 데이비드 루리야."

그는 그녀를 자세히 쳐다본다. 하지만 그녀는 그 이름을 알고 있다는 아무런 표시도 하지 않는다.

"나는 케이프타운에서 왔지."

"언니가 케이프타운에 있어요. 학생이에요."

그는 고개를 끄덕인다. 난 언니를 알아, 잘 알아. 그는 이렇게 말하지는 않는다. 하지만 그는 생각한다. 어쩌면 가장 은밀한 곳까지 똑같을 나무의 열매. 차이라면, 피가 다르게 뛰고, 열정의 긴박함이 다르다는 것. 같은 침대에 있는 그들 둘, 왕에게나 맞을 호사.

그는 가볍게 몸을 떨며, 시계를 바라본다.

"디자이어리, 나한테 길을 알려주면 학교로 찾아가 아버지를 만날게."

그 학교는 주거단지 안에 있다. 쇠 창살과 석면지붕을 하고, 사각형으로 된 먼지낀 철조망이 쳐진 낮은 벽돌 건물이다. 한쪽 기둥에는 굵은 글씨로 마라이스(F.S. MARAIS)라고 쓰여 있고, 다른 쪽에는 중학교라고 쓰여 있다.

운동장에는 아무도 없다. 그는 교무실이라고 쓰인 표지판이 나올 때까지 두리번거린다. 안에서는 중년의 여사무원이 손톱을 다듬고 있다.

그가 말한다.

"아이삭스 선생님을 뵙고 싶습니다."

그녀가 소리친다.

"아이삭스 선생님! 손님이 오셨어요!"

그녀는 그를 향해 말한다.

"그냥 들어가세요."

아이삭스는 반쯤 몸을 일으키다가 멈칫하고 어리둥절해 한다.

"절 기억하십니까? 케이프타운에서 온 데이비드 루리입니다."

"오."

아이삭스는 이렇게 말하고 다시 앉는다. 그는 그때와 똑같이, 너무 큰 양복을 입고 있다. 그의 목은 재킷 속에 감춰져 있다. 그는 자루에 갇힌, 부리가 날카로운 새처럼 재킷 속에 몸을 움츠린 채 사람을 쳐다본다. 창문은 닫혀 있다. 썩은 듯한 담배 냄새가 난다.

그가 말한다.

"날 만나고 싶지 않으시다면, 지금 나가겠습니다."

"아닙니다, 앉으세요. 출석부를 점검하고 있었을 뿐이니까요. 하던 일을 마저 해도 괜찮을까요?"

"그러세요."

책상에는 사진이 든 액자가 놓여 있다. 그것은 그가 앉아 있는 곳에서는 보이지 않는다. 하지만 그게 어떤 것인지 안다. 아버지한테는 그렇게도 소중한 멜라니와 디자이어리, 그리고 그들을 낳은 어머니.

아이삭스는 마지막 출석부를 닫으며 말한다.

"저를 찾아오신 이유가 뭐죠?"

그는 상대방이 긴장할 줄 알았다. 그런데 아주 평온하다.

그가 말한다.

"멜라니가 고발을 한 후, 대학은 공식적으로 조사를 했습니다. 결과적으로 나는 사임하게 됐습니다. 그것이 일어난 일입니다. 그건 알고 계시겠죠."

아이삭스는 알 수 없다는 듯, 아무 말도 하지 않고 그를 응시한다.

"난 그때 이래로 자유롭게 돌아다니고 있습니다. 오늘 조지를 지나치는데, 당신과 얘기를 해보면 어떨까 하는 생각이 들더군요. 우리가 지난번에 만났을 때는, 격한 상태였다는 사실이 걸리긴 했지만, 여하간에 여기에 들러 마음 속에 있는 말을 해야겠다고 작정했어요."

그 말은 사실이다. 그는 마음 속에 있는 것을 얘기하고 싶어한다. 문제는 마음 속에 무엇이 있는가 하는 것이다.

아이삭스는 싸구려 빅 볼펜을 들고 있다. 그는 조급하다기보다는 오히려 기계적인 동작으로, 손가락을 오르락내리락하며 볼펜대를 만지작거리고 있다.

그는 말을 계속한다.

"당신은 멜라니 쪽 얘기는 들으셨을 테니, 당신이 들어준다면 내쪽 얘기를 들려 드리고 싶습니다. 그건 내 쪽에서 그렇게 의도해서 일어났던 일은 아니었습니다. 출발은 모험이었습니다. 그러니까, 어떤 부류의 남자들이 하는 갑작스러운 작은 모험 말입니다. 나한테도 그런 게 있음은 물론입니다. 이런 식으로 얘기하는 걸 이해해 주세요. 솔직하게 말하려고 그럴 뿐입니다. 하지만 멜라니의 경우에는 예기치 않은 것이었습니다. 나는 그걸 불이라고 생각합니다. 그애는 내 안에 불을 지폈습니다."

그는 말을 멈춘다. 볼펜이 계속 춤을 춘다. *갑작스러운 작은 모험, 어떤 부류의 남자들.* 책상에 앉아 있는 남자에게도 그런 모험이 있을까? 그에 대해 생각할수록, 더욱 그럴 것 같지는 않아 보인다. 만약 아이삭스가 교회의 집사 혹은 봉사요원이라고 해도, 그는 놀라지 않을 것이다. 그것이 무엇을 위한 봉사든 간에.

"불이란 게 뭐 특별할 게 있습니까? 불이 꺼지면 성냥으로 다시 켜면 되는 거죠. 나는 이렇게 생각했습니다. 하지만 옛날에는 사람들이 불을 숭배했지요. 그들은 불이 꺼지도록, 아니 불의 신이 사라지도록 하기 전에, 다시 한번 생각을 해봤던 겁니다. 당신의 딸이 내 안에 지핀 것은 그런 종류의 불이었어요. 나를 다 태워버릴 정도로 뜨겁지는 않았지만, 정말로 진정한 불이었어요."

태워지고(burned) ― 타고(burnt) ― 타버리고(burned up).

펜이 움직임을 멈춘다.

멜라니 아버지가 말한다. 그의 얼굴에는 비틀리고 고통스러운 미소가 어려 있다.

"내가 근무하는 학교로 찾아와서 나한테 얘기를 하는 저의가 무엇인지 궁금하군요."

"미안합니다. 나도 이게 터무니없는 짓이라는 건 압니다. 이걸로 끝입니다. 이게 자기변호로 하고 싶은 말의 전부입니다. 멜라니는 어떻습니까?"

"물으시니까 대답하는건데, 멜라니는 괜찮아요. 매주 전화를 합니다. 공부도 다시 시작했어요. 당신도 이해하겠지만, 그들은 그 애가 그 상황에 대처할 수 있도록 특별한 조치를 취해줬어요. 그 애는 남는 시간에 극장 일을 계속 하고 있고, 또 잘 하는가 봐요. 그러니 멜라니는 괜찮아요. 당신은 어떻습니까? 직장을 그만뒀으니, 이제 계획이 뭡니까?"

"나에게도 딸이 하나 있습니다. 들으면 재미있을 겁니다. 그 애는 농장을 갖고 있는데, 나는 농장일을 거들며 그 애와 시간을 같이 보내게 될 겁니다. 또한 끝마쳐야 할 책도 있습니다. 이렇든 저렇든 나는 바쁘게 지낼 겁니다."

그는 말을 멈춘다. 아이삭스는 그를 날카롭게 쳐다본다.

아이삭스는 부드럽게 말한다. 말이 한숨처럼 그의 입술을 떠난다.

"그런데 어떻게 해서 그렇게 대단한 사람이 추락하셨죠?"

추락했다? 그래, 추락이 있었다. 그건 의심할 여지가 없다. 하지만 *대단하다?* 대단하다는 말이 그에게 맞는 말인가? 그는 자신을 모호하고, 점점 더 모호해져 가는 사람으로 생각한다. 역사의 변방에 속하는 인물.

그는 말한다.

"어쩌면 가끔씩 추락하는 것도 우리에게 좋은 일인지 모르지요. 부서지지만 않는다면요."

아이삭스는 아직도 그를 응시하며 말한다.

"좋아요, 좋아요, 좋아요."

그는 처음으로 그에게서 멜라니의 흔적을 찾아낸다. 균형잡힌 입과 입술. 그는 충동적으로 책상 위로 손을 내밀어 그 남자의 손에 악수를 하려다가, 손등만 가볍게 건드리고 만다. 서늘한, 털이 없는 피부.

아이삭스가 말한다.

"루리 씨, 당신과 멜라니에 관한 얘기말고, 나한테 하고 싶은 다른 얘기가 있습니까? 당신의 가슴 속에 뭔가가 있다고 말씀하셨죠?"

"내 가슴 속에요? 없어요. 멜라니가 어떻게 지내는지 알아보려고 들렀을 뿐입니다."

그는 일어선다.

"만나줘서 고맙습니다. 정말 고맙습니다."

그는 이번에는 똑바로 손을 내민다.

"굿바이."

"굿바이."

그는 문에 있다. 사실 바깥쪽 사무실에 있다. 그곳은 이제 텅 비어 있다.

아이삭스가 부른다.

"루리 씨! 잠깐만요!"

그가 돌아선다.

"오늘 저녁 뭐하실 거죠?"

"오늘 저녁요? 호텔 방을 잡아놨어요. 아무 계획도 없어요."

"우리집에 와서 식사를 같이 하시죠. 저녁을 드시러 오세요."

"당신 부인이 환영할 것 같지 않은데요."

"아마 그럴 거요. 그러지 않을 수도 있고요. 여하간 오세요. 우리와 빵을 같이 드십시다. 우리는 일곱 시에 식사를 합니다. 주소를 적어 드리죠."

"그럴 필요는 없어요. 나는 이미 당신 집에 들렀다 왔어요. 이곳을 가르쳐 준 사람도 당신 딸이었습니다."

아이삭스는 눈하나 깜빡이지 않고 말한다.

"좋아요."

아이삭스가 직접 현관 문을 연다.

"들어 오세요. 들어 오세요."

아이삭스는 그를 거실로 데리고 간다. 부인의 흔적도 없고, 둘째 딸의 흔적도 없다.

그가 포도주 한 병을 내밀며 말한다.

"선물을 가져왔습니다."

아이삭스는 그에게 고맙다고 말하지만, 포도주를 갖고 어떻게 해야 할지 모르는 것 같다.

"조금 드릴까요? 가서 따가지고 올게요."

그는 거실을 나선다. 부엌에서 속삭이는 소리가 난다. 그가 돌아온다.

"코르크 따개를 잃어버린 것 같습니다. 하지만 내 딸이 이웃집에서 빌려올 겁니다."

그들은 분명히 술을 마시지 않는 사람들이다. 그는 그걸 생각했어야 한다. 소박하고 신중하고 엄격한 소시민 가정. 차는 잘 닦여 있고, 잔디는 말끔하게 깎여 있고, 은행에는 예금이 있고, 보석 같은 두 딸을 위해, 연극 쪽에 야심이 있는 영리한 멜라니와 미인인 디자이어리의 미래를 위해, 가지고 있는 모든 걸 쏟아붓는 소시민 가정.

그는 두 사람이 가까워지게 된 첫날 저녁, 그의 옆 소파에 앉아서 위스키를 탄 커피를 마시던 멜라니를 생각한다. 위스키는… (이 말이 잘 나오지 않으려 한다) 그녀에게 *기름을 치려고* 탄 것이었다. 거친 늑대가 어슬렁거리는 숲 속에 발을 내딛은 그녀의 말쑥하고 작은 몸매, 섹시한 옷, 흥분해서 반짝이는 눈에.

미인인 디자이어리가 포도주병과 코르크 따개를 들고 들어온다. 그녀는 그들을 향해 오다가, 인사를 해야 한다는 걸 의식하며 순간, 망설인다.

"아빠?"

그녀는 병을 건네며 당황한 듯 중얼거린다.

그래, 그녀도 그가 누구인지 알게 됐다. 그들은 그에 대한 얘기를 나눴고, 어쩌면 그를 놓고 말다툼을 했을 것이다. 원치 않는 손님, 어둠이라는 이름의 남자.

그녀의 아버지는 딸의 손을 잡고 말한다.

"디자이어리, 이 분은 루리 씨다."

"안녕, 디자이어리."

그녀는 얼굴로 흘러내린 머리를 뒤로 넘긴다. 그리고 아직도 당황한 채, 그의 눈길을 받는다. 하지만 아버지의 날개 밑에 있기 때문에 힘을 내서 중얼거린다.

"안녕하세요."

그는 생각한다. *맙소사! 맙소사!*

그녀는 마음 속에 스치는 것을 숨길 수 없다. *그러니까 이 남자가 언니랑 발가벗고 같이 자던 남자구나! 그러니까 이 사람이 언니가 끝장을 내버린 남자구나! 이 늙은이가!*

조그만 식당이 부엌에 딸려 있다. 최고급 나이프와 포크가 네 곳에 놓여 있다. 촛불이 타고 있다.

아이삭스가 말한다.

“앉으세요, 앉으세요!”

아직도 그의 부인은 흔적이 없다.

“잠깐만요.”

아이삭스는 부엌으로 사라진다. 그는 뒤에 남아, 맞은편에 앉은 디자이어리를 본다. 그녀는 용기를 잃고 머리를 숙인다.

그리고 그들이 돌아온다. 부모가 함께. 그는 일어선다.

“당신은 내 아내를 만난 적이 없죠. 도린, 이 분은 우리 손님인 루리 씨야.”

아이삭스 부인은 키가 작은 여인이다. 그녀는 중년이 되어 몸이 불고 있다. 그녀는 다리가 굽어, 걸어가는 모습이 약간 구르는 듯하다. 하지만 그는 딸들이 누구를 닮았는지 알 수 있다. 그녀는 젊었을 때, 정말로 미인이었을 것이다.

그녀의 안색은 굳어 있다. 그녀는 그의 눈을 피한다. 하지만 희미하게 고개를 끄덕인다. 고분고분하고 착한 아내, 내조자. *그리고 너희들은 하나의 몸처럼 될 것이다.* 딸들은 앞으로 그녀를 닮게 될까?

그녀가 지시한다.

“디자이어리, 와서 나르는 것 좀 도와주렴.”

아이는 그 말이 고마워 얼른 의자에서 일어선다.

그가 말한다.

“아이삭스 씨, 내가 당신 가정에 불화를 조장하고 있군요. 당신은 친절하게 나를 초대해 주셨습니다. 정말 고맙습니다. 하지만 제가 가는 게 좋을 것 같군요.”

아이삭스는 놀랍게도 즐거운 표정을 띠며 웃는다.

“앉으세요, 앉으세요! 우린 괜찮아질 겁니다! 우리는 그걸 해낼 겁니다!”

그는 바짝 몸을 숙인다.

“마음을 굳게 먹으셔야 합니다.”

그런 다음, 디자이어리와 그녀의 어머니가 생강과 커민 향기가 나는 토마토 스튜 속의 닭고기, 밥, 샐러드와 피클 등을 가지고 돌아온다. 그가 루시와 살면서 가장 먹고 싶어하던 종류의 음식이다.

포도주 병이 그 앞에 놓인다. 단 하나의 포도주 잔.

그가 말한다.

“저 혼자만 술을 마시는 건가요?”

아이삭스가 말한다.

“어서 드세요.”

그는 한 잔을 따른다. 그는 단 포도주를 좋아하지 않는다. 그것이 그들의 취향에 맞을 거라고 생각하고, 늦포도로 담근 포도주를 사왔다.

기도하는 의식이 남아 있다. 아이삭스는 손을 맞잡는다. 그는 그 소녀의 아버지에게 왼손을, 그녀의 어머니에게 오른손을 내밀 수밖에 없다.

아이삭스가 말한다.

“주님, 우리가 먹는 것을 우리가 진정으로 감사하게 받아들일 수 있도록 해주소서.”

그의 부인과 딸이 “아멘”하고 말한다. 데이비드 루리, 그도 “아멘”하고 말하고, 두 손을 놓는다. 비단처럼 서늘한 아버지의 손, 일을 해서 따뜻해진 작고 통통한 어머니의 손.

아이삭스 부인이 요리를 덜어준다.

"뜨거우니 조심하세요."

그녀는 그의 접시를 건네주면서 말한다. 그것이 그녀가 그에게 한 유일한 말이다.

식사를 하는 동안, 그는 재미있게 얘기하고, 침묵을 메우고, 착한 손님 행세를 하려고 한다. 그는 루시에 대해서, 동물위탁소에 대해서, 그녀의 벌치기와 원예사업에 대해서, 그가 토요일 아침에 시장에서 하는 일에 대해서, 얘기한다. 그는 습격을 당한 일에 대해서는 그의 차가 도난당했다는 말만 하며 적당히 둘러댄다. 그는 동물복지연합에 대해서 얘기한다. 하지만 병원에 있는 화장로나 베브 쇼와 보내는 은밀한 오후에 대해서는 얘기하지 않는다.

이렇게 짜맞추면, 이야기는 그늘이 없이 펼쳐진다. 백치 같은 단순성에 젖은 시골 생활. 그는 그것이 사실이기를 얼마나 바라는가! 그는 그늘과 복잡함과 복잡한 사람들에 질려 있다. 그는 그의 딸을 사랑한다. 하지만 그는 그녀가 더 단순하고, 더 깔끔했으면 하고 바랄 때가 있다. 그녀를 강간한 남자, 그 갱의 우두머리는 그랬다. 바람을 가르는 칼날처럼.

그는 수술대 위에 몸을 뻗고 있는 자신을 생각해 본다. 메스가 번쩍인다. 그의 몸은 목에서 사타구니까지 개봉된다. 그는 그것을 바라보지만 고통을 느끼지는 않는다. 턱수염을 기른 의사가 얼굴을 찡그리며 그 위에 몸을 굽힌다. *이런 게 모두 뭐지?* 의사가 투덜거린다. 그는 쓸개집을 쿡쿡 찔러 본다. *이게 뭐지?* 그는 그것을 잘라 던져버린다. 그는 심장을 쿡쿡 찔러 본다. 이게 뭐지?

아이삭스가 묻는다.

"당신 딸은 혼자서 농장을 운영하나요?"

"가끔씩 그 애를 도와주는 남자가 있어요. 페트루스라고. 흑인이죠."

그리고 그는 페트루스에 대해, 다부지고 믿음직하며, 아내가 둘인데다 적당한 야심을 가진 페트루스에 대해 얘기한다.

그는 생각했던 것보다 배가 덜 고프다. 대화가 시들해진다. 여하간 그들은 식사를 마친다. 디자이어리는 숙제를 해야 한다며 양해를 구하고 자리를 뜬다. 아이삭스 부인이 식탁을 치운다.

그가 말한다.

"가야겠습니다. 내일 일찍 출발하게 돼 있어서요."

아이삭스가 말한다.

"기다려요. 잠깐만 계세요."

그들 둘만 남는다. 그는 더 이상 발뺌을 할 수 없다.

그가 말한다.

"멜라니에 관한 건데요."

"예?"

"한 마디만 더 하면 됩니다. 내 생각엔 나이 차이는 있었지만 우리 둘의 관계가 다른 식으로 될 수도 있었을 것 같습니다. 하지만 내가 줄 수 없는 뭔가가 있었어요. 뭐랄까."

그는 적당한 말을 찾으려고 애쓴다.

"서정적인 어떤 것 말입니다. 나한테는 서정적인 게 부족합니다.

사랑은 잘 처리합니다. 난 불에 타오를 때조차, 노래를 하지 않는 사람입니다. 이게 무슨 말인지 아시겠죠. 난 그 점을 미안하게 생각합니다. 나는 당신 딸이 겪어야 했던 것에 대해 미안하게 생각합니다. 당신에게는 훌륭한 가족이 있군요. 당신과 아이삭스 부인에게 심려를 끼친 데 대해 사과를 드립니다."

훌륭하다는 말은 맞는 말이 아니다. 모범적이다는 말이 더 맞을 것이다.

아이삭스가 말한다.

"당신은 마침내 사과를 했습니다. 나는 그게 언제 나오나 궁금했습니다."

그는 생각에 잠긴다. 그는 아직 자리에 앉지 않았다. 그는 위 아래로 왔다갔다 한다.

"당신은 미안하며, 당신에게 서정적인 게 부족하다고 말하고 있습니다. 그리고 당신한테 서정적인 게 있었다면, 우리가 오늘과 같은 위치에 있지 않을 것이라고 말했습니다. 하지만 나는 이런 생각을 해봅니다. 우리는 발각이 되면 미안해 합니다. 그러고 나서야 아주 미안해 하는 것입니다. 중요한 것은 미안해 하는 게 아닙니다. 중요한 것은 우리가 거기서 어떤 교훈을 얻었느냐 하는 것입니다. 중요한 것은 미안하다면 우리가 어떻게 해야 하느냐 하는 것입니다."

그가 말을 하려고 하자, 아이삭스가 한 손을 들며 제지한다.

"하느님이라는 말을 해볼까요? 당신은 하느님의 이름을 들었다고 기분 나빠 하는 사람은 아니겠죠? 중요한 것은 아주 미안하다는 것 외에, 하느님이 당신에게 뭘 원하시느냐 하는 것입니다. 루리 씨, 생각나는 게 있나요?"

아이삭스가 이리저리 왔다갔다 하는 것에 신경이 쓰이지만, 그는 어휘를 조심스럽게 선택해서 말한다.

"보통 때 같으면 나는, 어느 정도 나이가 되면 사람은 교훈을 배우기에는 너무 늦다고 얘기할 겁니다. 벌을 받고, 또 벌을 받을 수 있을 뿐이라고요. 하지만 어쩌면 그것은 사실이 아닐지 모릅니다. 언제나 그런 건 아닐 겁니다. 기다려봐야죠. 하느님 얘기를 하셨는데, 나는 신자가 아닙니다. 그래서 당신이 하느님과 하느님의 뜻이라고 말한 것을 내게 맞는 말로 바꿔야겠습니다. 내게 맞는 말로 하면, 나는 나와 당신의 딸 사이에 있었던 일 때문에 벌을 받고 있는 중입니다. 나는 수치스러운 상태로 전락했습니다. 거기서 나를 건져올리는 것은 쉬운 일이 아닐 것입니다. 내가 거부했던 것은 처벌이 아니었습니다. 나는 그것에 대해 아무런 이의가 없습니다. 반대로, 나는 날이면 날마다 그것에 입각해 살아가며, 수치를 나의 존재상황으로 받아들이려고 합니다. 하느님은 내가 기약없이 치욕 속에서 살아가는 것으로 충분하다고 생각하실 것 같습니까?"

"루리 씨, 난 모르겠습니다. 보통 때 같으면, 나한테 묻지 말고 하느님한테 물으라고 대답할 것입니다. 하지만 당신이 기도를 하지 않는다니까, 당신이 하느님한테 물을 길은 없겠군요. 그렇다면 하느님은 당신한테 얘기할 방도를 찾으실 것입니다. 루리 씨, 당신이 왜 여기에 와 있다고 생각하십니까?"

그는 말이 없다.

"내가 말해주겠습니다. 당신은 조지를 지나가고 있었는데, 당신 학

262

생의 가족이 조지에 살고 있다는 사실을 머릿속에 떠올렸고, *그래볼까?* 하는 생각이 들었던 거지요. 당신은 그런 계획을 세우지 않았지만, 지금 당신은 우리 집에 와 있는 겁니다. 당신한테도 그것이 놀라울 겁니다. 내가 맞나요?"

"꼭 그렇지는 않아요. 내가 사실대로 얘기를 하지 않았군요. 나는 그저 지나가던 게 아니었습니다. 내가 조지로 온 것은 오직 한 가지, 당신과 얘기를 하고 싶어서였습니다. 나는 상당히 오랫동안 그걸 생각하고 있었습니다."

"그래요, 당신은 나한테 얘기를 하려고 왔다고 하는데, 하필 왜 나요? 내가 얘기하기 편하기 때문이겠죠. 너무 쉽기 때문이겠죠. 내가 근무하는 학교의 아이들도 모두 그걸 알죠. 아이삭스한테 가면 쉽게 해결될 수 있다. 그들은 그렇게 얘기하죠."

그는 다시 미소를 짓는다. 전과 똑같이 비틀린 미소다.

"당신이 정말로 얘기하려고 온 사람은 누구죠?"

이제 확실해진다. 그가 이 남자를 좋아하지 않고, 그의 속임수를 좋아하지 않는다는 게.

그는 일어서서 텅 빈 식당과 통로를 따라 터벅터벅 걸어간다. 반쯤 닫힌 문 뒤에서, 낮은 목소리가 들린다. 그는 문을 연다. 디자이어리와 그녀의 어머니가 침대 위에 앉아 털실로 뭔가를 짜고 있다. 그들은 그를 보고 깜짝 놀라 입을 다문다.

그는 정중하게 무릎을 꿇고 마루에 이마를 댄다.

이걸로 충분할까? 그는 생각한다. 이거면 될까? 안 된다면, 어떤 게 더 있지?

그는 머리를 든다. 그들 둘은 아직도 얼어붙은 채 거기에 앉아 있다. 그는 그 어머니의 눈을 보고, 다음에는 딸의 눈을 본다. 다시금 전류가 뛴다. 욕망의 전류.

그는 일어선다. 원하는 것보다 약간 더 휘청거리며.

그가 말한다.

"안녕히 계세요. 친절히 대해 주셔서 감사합니다. 저녁은 고맙게 먹었습니다."

열한 시, 그의 호텔 방으로 전화가 걸려온다. 아이삭스다.

"힘을 내시라는 말을 하고자 전화를 걸었습니다."

말이 멎는다.

"루리 씨, 당신한테 물어보지 못한 질문이 하나 있습니다. 당신은 우리가 당신을 위해 대학당국에 중재를 해주길 바라는 건 아니겠죠?"

"중재를 해준다고요?"

"예, 가령 당신을 복직시켜 달라거나."

"그런 생각이 내 마음에 떠오른 적은 결코 없었소. 나는 대학과는 끝난 사람이오."

"당신이 서 있는 길은 하느님이 당신을 위해 정해놓으신 것이기 때문에, 우리가 중재할 수는 없습니다."

"이해합니다."

20

　그는 2번 고속도로를 통해 케이프타운으로 다시 돌아온다. 그가 떠나 있던 기간은 3개월이 채 안 된다. 하지만 그 기간에, 판잣집들이 고속도로를 건너 비행장 동쪽까지 들어서 있다. 한 아이가 막대기를 들고 길을 잘못 든 암소 한 마리를 고속도로 밖으로 모는 동안, 차량의 흐름이 늦춰진다. 그는 생각한다. 돌이킬 수 없이, 시골이 도시로 몰려 오고 있다. 곧, 론데보쉬 공원에서 다시 소떼를 보게 될 날이 올 것이다. 곧, 역사는 한 바퀴를 빙 돌 것이다.

　그는 다시 집에 와 있다. 집에 돌아온 것 같지가 않다. 그는 범죄자처럼 살금살금 몸을 숨기고, 옛 동료들을 피하며, 대학의 그늘 속에 있는 토란스 가의 집에서 다시 사는 걸 상상할 수 없다. 그는 집을 팔고, 더 싼 아파트로 이사를 해야 할 것이다.

　그의 재정상태는 엉망이다. 그곳을 떠난 이래, 그는 공과금을 내지 못했다. 그는 신용으로 살고 있다. 곧 그의 신용한도는 바닥이 날 것이다.

방황의 끝. 방황의 끝에는 무엇이 있나? 그는 머리가 하얗게 되고, 등이 굽은 자신이 발을 질질 끌며, 반 리터짜리 우유와 반 봉지의 빵을 사려고 길모퉁이 가게로 가는 광경을 상상해본다. 그는 누래진 종이들로 가득한 책상에 멍하니 앉아, 오후가 끝나고 저물어 저녁을 해 먹고 빨리 잠자리에 들기를 기다리는 자신을 상상해본다. 희망도 없고 전망도 없는 퇴직한 학자의 삶, 그것이 그가 안주하고자 하는 것일까?

그는 앞문 열쇠를 연다. 정원에는 풀이 웃자라 있다. 편지함은 광고전단으로 빽빽이 차 있다. 집은 어느 기준으로 보아도 튼튼하게 지어졌지만, 몇 달 동안 비워 놓은 상태다. 아무도 들어오지 않았기를 바라는 것은 욕심일 게다. 실제로, 현관문을 열고 냄새를 맡는 순간, 그는 무엇인가 잘못됐다는 걸 직감한다. 그의 가슴이 쿵쿵 뛰기 시작한다.

아무 소리도 없다. 누가 그 사이에 여기에 있었든, 지금은 가고 없다. 하지만 그들은 어떻게 들어왔을까? 그는 발끝으로 이 방, 저 방을 돌아다니다가 곧 그곳을 찾아낸다. 뒷창문 빗장이 뜯겨 접혀 있고, 깨진 유리창에는 어린 아이나 작은 몸집의 어른이 드나들 수 있는 크기의 구멍이 나 있다. 바람에 날아온 나뭇잎들과 모래가 마룻바닥에 가득 쌓여있다.

그는 무엇이 없어졌는지 조사하느라 집 안을 돌아다닌다. 침실에 있던 것은 모두 없어졌고, 장롱 속에 있던 것도 모두 없어졌다. 전축도 사라지고, 테이프와 음반과 컴퓨터도 사라지고 없다. 서재 책상과 서류 캐비닛은 부서지고 열려 있다. 종이는 아무 데나 흩어져 있다. 부엌에 있던 식사도구, 그릇, 기타 용품들도 없어졌다. 보관해뒀던 술도 다 없어졌다. 통조림이 들어있던 찬장도 텅 비어 있다.

보통 절도는 아니다. 떼로 몰려와서 그곳을 싹쓸이해 자루와 상자와 여행가방에 물건을 가득 채워 달아난 것 같다. 전리품, 전쟁 배상, 거대한 재분배 운동의 일환. 이 순간, 누가 그의 구두를 신고 있을까? 베토벤과 야나체크 음반은 새 주인을 만났을까? 아니면 쓰레기더미에 던져졌을까?

욕실에서는 심한 악취가 난다. 집에 갇힌 비둘기 한 마리가 욕조에서 죽어 있다. 그는 조심스럽게, 엉망이 된 뼈와 깃털을 플라스틱 봉지에 담아 꼭 묶는다.

전기는 끊어지고, 전화는 불통이다. 무슨 수를 쓰지 않으면, 하룻밤을 어둠 속에서 보내야 할 판이다. 그러나 그는 너무 기가 죽어 행동할 수가 없다. 그는 생각한다. 염병할! 될 대로 되라지. 그리고 그는 의자에 털썩 주저앉아 눈을 감는다.

황혼이 찾아들자, 그는 몸을 일으켜 집을 나선다. 일찍 뜨는 별들이 보인다. 텅 빈 거리를 지나고, 버베나와 노란 수선화 향기가 진동하는 정원을 거쳐 대학 캠퍼스로 간다.

그는 아직도 커뮤니케이션 건물에 들어가는 열쇠들을 갖고 있다. 들어가기에 알맞은 시간이다. 복도에는 아무도 없다. 그는 엘리베이터를 타고 연구실이 있는 5층으로 간다. 그의 문에 붙어 있던 이름은 제거되고 없다. 대신, DR S. OTTO라는 새 이름이 붙어 있다. 문 밑으로 희미한 불빛이 새어나온다.

문을 두드린다. 아무 소리도 없다. 문을 열고 들어간다.

방은 바뀌어 있다. 그의 책과 그림은 사라지고 없다. 벽에는 포스터 크기로 확대된 만화를 제외하면 아무 것도 없다. 슈퍼맨이 고개를 떨구고 로이스 레인한테 야단맞고 있는 만화다.

컴퓨터 뒤에는 전에 본 적이 없는 젊은 남자가 침침한 불빛 아래 앉아 있다. 젊은 남자가 얼굴을 찡그린다.

그가 묻는다.

"당신은 누구요?"

"난 데이비드 루리요."

"그래요? 그래서요?"

"우편물을 가지러 왔어요. 이곳은 내 연구실이었습니다."

과거에. 그는 이 말을 덧붙일 뻔한다.

"그래, 맞아요. 데이비드 루리. 정신이 없었네요. 모두 상자에 담아 놨어요. 그리고 다른 물건들도요."

그는 한 쪽을 가리킨다.

"저쪽에요."

"내 책들은요?"

"모두 아래층 창고에 있습니다."

그는 상자를 집어든다.

"고맙소."

젊은 오토 박사가 말한다.

"괜찮습니다. 들고 가실 수 있겠어요?"

그는 무거운 상자를 도서관 쪽으로 가지고 간다. 거기서 우편물을 점검할 생각이다. 하지만 입구 차단막에 설치된 기계가 그의 카드를 받아 주지 않는다. 그는 로비에 있는 벤치에서 우편물을 분류해야 한다.

너무 불안해서 잠을 잘 수가 없다. 그는 긴 산책을 하러 산 쪽으로 향한다. 비가 왔다. 시내가 넘친다. 그는 소나무 향내를 들이마신다. 오늘, 그는 자기 외에는 그 누구에게도 책임이 없는 자유로운 사람이다. 자기 마음대로 쓸 수 있는 시간이 앞에 놓여 있다. 불안한 느낌이 든다. 하지만 그는 자신이 그것에 익숙해질 것이라고 생각한다.

루시와 잠시 지낸 생활이 그를 시골사람으로 바꿔놓지는 않았다. 그렇다 하더라도 그리운 것들이 있다. 예를 들면 오리 가족이 그렇다. 자랑스러움에 가슴이 부풀어 댐 위를 이리저리 움직이는 엄마 오리, 엄마가 거기 있는 한, 그들에겐 어떤 위험도 닥칠 수 없다고 철석같이 믿으며, 그 뒤에서 부지런히 물살을 가르는 에니, 미이니, 미니, 모.

개들은 생각하고 싶지 않다. 월요일부터는, 병원 안에서 삶으로부터 해방된 개들은 아무런 애도도 받지 못하고 불 속으로 던져질 것이다. 그의 그러한 배반은 용서받을 수 있을까?

그는 은행에 가고, 세탁소에 빨래를 맡긴다. 그가 몇 년 동안 커피를 사곤 하던 작은 가게에서 일하는 점원은 그를 알아보지 못하는 척한다. 정원에서 물을 주던 이웃은 애써 등을 돌린다.

윌리엄 워즈워스가 처음으로 런던에 묵으며 무언극을 보러 가서, 가슴팍에 쓰인 '눈에 *보이지 않는*(Invisible)'이라는 말의 보호를 받으며, 거인을 죽이고 창을 번쩍이며 경쾌하게 무대를 활보하는 잭을 바라보는 광경이 그의 머리 속에 떠오른다.

저녁 무렵 공중전화로 루시에게 전화를 건다.

"걱정할까 봐 전화하는 거다. 나는 잘 있다. 안정이 되려면 시간이 좀 걸릴 것 같구나. 나는 병 속에 든 콩알처럼 집에서 부리나케 돌아다닌다. 오리들이 그립구나."

그는 집이 습격당했다는 말은 하지 않는다. 루시한테 그 문제를 얘기해서 좋을 게 뭐가 있을까?

그가 묻는다.

"페트루스는 어떠니? 페트루스가 너를 돌봐주니? 아니면 아직도 집 짓는 일에 매달려 있니?"

"페트루스가 절 도와주고 있어요. 모두들 절 도와주고 있어요."

"네가 날 필요로 하면 언제든지 갈 수 있다. 말만 해라."

"아버지, 고마워요. 지금은 아니고 언젠가 그렇게 할게요."

그의 아이가 태어났을 때, 머지않아 그 아이에게 기어가서 자신을 받아달라고 간청할지 누가 짐작이나 했겠는가?

그는 쇼핑을 하러 슈퍼마켓에 갔다가, 그가 근무하던 학과의 학과장인 일레인 윈터 뒤에 줄을 서게 된다. 그녀의 수레에는 물건이 가득 실려 있고, 그의 것은 바구니 하나밖에 안 된다. 그녀는 조바심을 치며 그의 인사를 받는다.

그는 최대한도로 쾌활하게 묻는다.

"학과는 나 없이 잘 돼 가나요?"

아주 잘이라는 말이 가장 솔직한 답일 것이다. 우리는 당신 없이도 아주 잘 하고 있어요. 하지만 그녀는 그 말을 하기에는 너무 예의가

270

바르다.

그녀는 애매하게 대답한다.

"늘 그랬던 것처럼 몸부림치고 있죠."

"누굴 채용했나요?"

"계약제로 새 사람을 채용했죠. 젊은 남자로요."

나는 그를 만났소, 그는 이렇게 대꾸하고 싶다. 작고 괜찮게 생긴 놈이더군, 그는 이렇게 덧붙이고 싶다. 하지만 그도 교양이 있는 사람이다.

대신 그는 이렇게 묻는닷.

"전공이 뭔가요?"

"응용언어학이죠. 언어 학습 분야를 전공하는 사람이에요."

그 많던 시인들, 그 많던 죽은 대가들. 그는 그들이 그를 잘 선도하지 못했다고 말해야 한다. 다른 말로 하면(Aliter), 그는 그들의 말을 잘 듣지 않았다고 말해야 한다.

그들 앞에 있는 여자가 돈을 내는 데 시간이 걸린다. 일레인이 데이비드, 어떻게 지내세요? 하고 질문하고, 그가 일레인, 아주 잘 지내고 있소, 하고 대답할 여지는 아직도 있다.

대신, 그녀는 그의 바구니를 가리키며 제안한다.

"먼저 계산하시겠어요? 몇 가지 안 되는데."

"일레인, 그런 건 꿈도 꿀 수 없어요."

그는 이렇게 답변하고, 그녀가 빵과 버터 등은 물론이고 혼자 사는 여자가 즐김직한 진짜 아몬드와 진짜 건포도가 든 아이스크림, 이탈리아산 수입 과자, 초콜릿, 그리고 생리대 등을 카운터에 올려놓는 것을 재미있어라 바라본다.

그녀는 신용카드로 지불한다. 그녀는 문 저쪽에서 그에게 잘 가라고 손을 흔든다. 안도하는 기색이 완연하다.

그가 출납원의 머리 위로 소리친다.

"굿바이! 모두에게 안부 전하시오."

그녀는 돌아보지 않는다.

착상이 처음 떠올랐을 때는 오페라의 중심이 바이런 경과 그의 정부인 구이치올리 백작부인이었다. 라베나의 숨막히는 여름 더위 속에서 구이치올리 저택에 갇혀, 테레사의 질투심 많은 남편에게 염탐을 당하는 두 사람은 그들의 좌절된 정열을 노래하며 우울한 응접실을 거닌다. 테레사는 자신이 죄수라고 느낀다. 분노로 속이 끓는 그녀는 자신을 다른 곳으로 데려가 달라고 바이런을 괴롭힌다. 바이런은 비록 그걸 밖으로 드러내기에는 너무 신중하지만, 의심으로 가득 차 있다. 그는 처음에 느꼈던 환희가 다시 반복되지 않을 거라고 생각한다. 그의 삶은 평온해진다. 그는 조용하게 은퇴하는 것을 바라기 시작한다. 그것이 실패로 돌아가자, 그는 자신이 신처럼 숭배되기를 바라며 죽으려고 한다. 테레사의 고양된 아리아는 그의 마음에 불을 지피지 못한다. 그의 어둡고 안으로 말린 목소리가 그녀를 지나고, 그녀를 통과하고, 그녀의 위로 들린다.

그것이 그가 생각했던 것이다. 사랑과 죽음에 관한 실내극, 정열적인 젊은 여인, 한때는 정열적이었지만 이제는 그것이 식어버린 나이든 남자, 복잡하고 불안한 음악을 배경으로 벌어지는 행동, 이탈리아

272

어에 버금가는 영어로 불리는 노래.

형식적인 측면에서 보자면, 착상은 그리 나쁜 게 아니다. 갇힌 두 사람, 창문을 두드리는 버림받은 정부, 질투심에 찬 남편 등 인물들은 서로 균형이 잘 맞는다. 바이런의 애완용 원숭이들이 늘쩍지근하게 샹들리에에 매달려 있고, 정교한 나폴레옹 시대의 가구들 사이로 공작들이 돌아다니는 저택도 영원성과 부패의 이미지가 잘 배합되어 있다.

그러나 루시의 농장에 갔다가 다시 이곳으로 돌아오고 보니, 그의 마음이 확 끌리지 않는다. 뭔가 착상에 잘못된 게 있다. 가슴에서 우러나오지 않는 뭔가가 있다. 하인들이 염탐을 하기 때문에 그녀와 그녀의 연인이 빗자루를 넣어두는 벽장 속에서 욕망을 해소해야 한다며, 별들에게 불평을 하는 여자. 누가 그런 인물한테 관심을 가질 것인가? 바이런에게 맞는 말은 찾을 수 있다. 하지만 역사가 그에게 물려준 젊고 탐욕스럽고 고집세고 까다로운 테레사는 그가 생각했던 음악에는, 그의 귓속에서 아슴푸레하게 들리는, 풍요로운 가을 같지만 아이러니가 배어있는 음악의 화성에는 맞지 않는다.

그는 다른 길을 시도해 본다. 지금까지 쓴 악보를 버리고 테레사를, 자기한테 넋이 빠진 영국인 마이로드와 결혼한 싱싱하고 조숙한 신부 테레사가 아니라 중년 여인 테레사로 설정해 보려고 한다. 새로운 테레사는 살림을 꾸려가고, 돈지갑을 잘 간수하고, 하인들이 설탕을 훔치지 못하도록 지켜보면서, 늙은 아버지와 함께 감바 저택에서 살아가는 땅딸막한 과부다. 새 판에서는 바이런이 오래 전에 죽은 걸로 된다. 테레사가 불멸을 주장할 수 있는 유일한 길이면서 그녀의 외로운 밤을 위로해 주는 것은 그녀가 상자에 담아 침대 밑에 간직하고 있는 편지들과 비망록이다. 그녀는 그것을 유품(*reliquie*)이라 부른다. 그녀의 조카딸들은 그녀가 죽은 뒤에 그걸 개봉해서 경건한 마음으로 읽도록 되어 있다.

이것이 그가 늘 찾고 있던 여주인공일까? 그의 마음은 나이든 테레사 쪽으로 끌리는 걸까?

세월은 테레사에게 친절하지 않았다. 뭉툭한 상반신, 땅딸막한 몸통, 짧은 다리의 그녀는 귀족이라기보다는 농부(*contadina*) 같아 보인다. 바이런이 한때 그렇게도 우러러 봤던 얼굴은 이제 못쓰게 되었다. 그녀는 여름에는 천식이 발작하여 숨을 헐떡거린다.

바이런은 그녀에게 쓴 편지에서, 그녀를 *나의 친구, 나의 사랑, 나의 영원한 사랑*이라고 부른다. 하지만 그녀의 손에 닿지 못하고 불에 타버린 정반대의 편지들이 존재한다. 바이런은 그의 영국 친구들에게 보낸 편지에서, 그가 정복한 이탈리아 여인들 속에 그녀를 포함시켜 천박하게 묘사하며, 그녀의 남편에 대한 농담을 하고, 그녀가 아는 여자들과 잠을 잔 사실에 대해서 언급한다. 바이런이 죽은 후 몇 년 동안, 그의 친구들은 그의 편지를 인용하며 회고록을 여러 권 집필했다. 그들이 하는 얘기에 따르면, 바이런은 젊은 테레사를 그녀의 남편으로부터 낚아챈 후, 곧 그녀에게 싫증을 냈다. 그는 그녀의 머리가 텅 비어 있다는 걸 알아차렸다. 그는 오직 의무감에 끌려 그녀에게 머물렀다. 그가 그리스로 배를 타고 가서 죽은 것은 그녀를 피하기 위해서였다.

그들의 중상모략은 그녀를 뼛속까지 아프게 했다. 그녀가 바이런과 보낸 세월은 그녀의 삶에서 최정상이었다. 바이런의 사랑은 그녀를 위한 것이었다. 그녀는 그가 없이는 아무 것도 아니었다. 그녀는 그가 없다면, 가능성도 없는 따분한 시골 읍내에서 나날을 보내며, 여자 친구들의 집을 서로 오가며, 아버지가 아플 때 다리를 주물러주고, 혼자 잠을 자는, 한창때가 지난 여자에 지나지 않았다.

그는 이 소박하고 평범한 여인에 대한 애정을 마음 속에서 찾을 수 있는가? 그는 그녀를 위해 음악을 쓸 정도로 그녀를 사랑할 수 있는가? 만약 그럴 수 없다면, 그에게 남은 것은 무엇인가?

그는 서막으로 되돌아간다. 찌는 듯한 또 다른 하루의 끝 무렵. 테레사는 아버지 집의 위층 창문에 앉아서, 로마냐의 늪지와 소나무 숲을 건너 아드리아 해에서 반짝이는 태양을 바라본다. 서곡의 끝. 침묵. 그녀가 숨을 들이쉰다. *나의 바이런(Mio Byron)*. 그녀가 노래한다. 그녀의 목소리가 슬픔으로 떨린다. 클라리넷이 홀로 대답하고 꼬리를 사리더니 잠잠해진다. *나의 바이런*. 그녀가 다시 부른다. 더 강하게.

그녀의 바이런, 그는 어디에 있는가? 바이런은 길을 잃고 있다. 그것이 대답이다. 바이런은 그늘 속에서 방황한다. 그녀도 길을 잃고 있다. 그가 사랑한 테레사, 당당한 모습의 영국남자에게 그렇게도 기쁜 마음으로 자신을 바쳤고, 그리고는 열정적인 사랑이 끝난 후, 그 남자가 그녀의 드러난 젖가슴에 누워서 깊은 숨을 몰아쉬며 잠이 들면, 그의 눈썹을 어루만져주던 블론드 머리의 열아홉살 아가씨.

나의 바이런. 그녀는 세 번째로 노래한다. 어디에선가, 지하세계의 동굴에서, 한 목소리가 그 노래를 맞받는다. 흔들리고 갈라진 목소리, 혼령의 목소리, 바이런의 목소리. *당신은 어디 있소?* 그가 노래한다. 그 다음에는 그녀가 듣고 싶지 않은 단어, *세카(secca)*, 말라

버렸네. 모든 것의 근원이 말라버렸네.

바이런의 목소리는 너무 희미하고 너무 가물거린다. 그래서 테레사는 그의 말을 그에게 되돌려주며, 한 숨결 한 숨결, 그를, 그녀의 아이를, 그녀의 애인을 삶 속으로 불러와야 한다. *나는 여기 있어요. 그녀는 그를 떠받치고, 그가 가라앉지 않게 막으며 이렇게 노래한다. 나는 당신의 근원이에요. 당신은 우리가 함께 찾아갔던 아르카의 샘을 기억하나요? 당신과 내가 함께. 나는 당신의 로라였죠. 당신은 기억하나요?*

여기서부터 그래야 한다. 테레사는 그녀의 연인에게 목소리를 주고, 도둑맞은 집 주인인 그는 테레사에게 목소리를 주고. 마땅한 사람이 없으니, 절름발이(halt)가 절름발이(lame)를 도와주는 격이다.

그는 테레사를 꼭 붙잡고, 가능한 한 빠르게 작업을 하며, 대본 첫 부분을 스케치하려고 한다. 종이 위에 가사를 써내려 가자. 그는 이렇게 다짐한다. 이것이 끝나면 모든 게 더 쉬워질 게다. 그런 후에는 대가들을 훑어보자. 예를 들면 글루크와 같은 대가들을 살펴볼 시간이 있을 것이다. 어쩌면 멜로디도 떠오르고, 생각도 떠오를지 모른다.

하지만 그가 테레사와 죽은 바이런과 함께 더 많은 시간을 보내게 되면서부터, 빌린 노래로는 안 된다는 게 점차 분명해진다. 두 사람은 그들만의 음악을 요구하고 있다. 놀랍게도 조금씩 조금씩 악상이 떠오른다. 때로는 가사가 만들어지기도 전에, 한 악절의 윤곽이 잡히기도 한다. 때로는 가사가 운율을 불러온다. 때로는 며칠 동안 잡힐 듯 말듯 맴을 돌던 멜로디의 색조가 갑자기 펼쳐지며 즐겁게 모습을 드러낸다. 행동이 전개되면서, 그가 그것들을 실현시킬 음악적 자원이 없을 때조차, 그가 그의 피에서 느끼는 전조와 조바꿈이 저절로 완성되기도 한다.

그는 피아노 앞에 앉아 조각들을 짜맞추며 악보 첫 부분을 쓰기 시작한다. 하지만 피아노 소리에는 그의 마음에 맞지 않는 무엇인가가 있다. 그건 너무 두루뭉술하고, 너무 직접적이고, 너무 풍성하다. 그는 다락방에 있는, 낡은 책과 루시의 장난감으로 가득한 상자 속에서, 루시가 어렸을 때, 콰마슈 거리에서 사줬던 작고 이상하게 생긴 여섯 줄짜리 밴조를 찾아낸다. 그는 밴조의 도움을 받아, 서러움과 분노에 잠긴 테레사가 죽은 애인에게 부르는 노래를, 바이런이 창백한 목소리로 어둠의 나라에서 그녀에게 화답하는 노래를 기록하기 시작한다.

그가 백작부인이 하는 노래나 대사를 흥얼거리면서 그녀를 따라 지하세계로 깊이 들어가면 들어갈수록, 놀랍게도, 장난감 밴조의 우스꽝스러운 소리는 그녀와 뗄 수 없는 것이 된다. 그는 그녀에게 주리라고 생각했던 풍요로운 아리아를 조용히 내버린다. 거기서부터 얼마 되지 않아, 그는 악기를 그녀의 손에 쥐어준다. 테레사는 무대를 활보하는 대신 이제, 늪지를 넘어 지옥의 문을 바라보고 앉아서, 그녀의 서정적인 비상(飛翔)과 어울리는 소리를 내는 만돌린을 켠다. 그 동안 한 쪽에서는 삼중주(첼로, 플루트, 바순)가 신중하게 간주곡을 넣거나 사이사이에 끼어든다.

그는 책상에 앉아 웃자란 정원을 바라보며, 작은 악기 밴조를 통해 나타나는 음악에 스스로도 놀란다. 그는 6개월 전, 〈이탈리아에서의 바이런〉에 나오는 장소가 테레사의 마음과 바이런의 마음, 즉 열정적인 육신의 여름을 연장하고자 하는 염원과 오랜 망각의 잠으로부터 불려나오지 않으려 하는 마음 사이에 있는 어떤 곳이 되리라고 생각했다. 하지만 그가 틀렸다. 결국 그를 부르는 것은 에로틱한 것도 아니고 비가적인 것도 아닌, 희극적인 것이다. 그는 오페라 속에서 테레사도 아니고, 바이런도 아니고, 둘이 혼합된 존재도 아니다. 그는 우스꽝스러운 악기로부터 몸을 솟구쳐 달아나려고 하지만, 음악 자체에, 밴조 줄이 튕겨지면서 나는 밋밋하고 양철 같은 소리에, 계속적으로 끌어당기는 목소리에, 낚시바늘에 걸린 고기처럼 붙잡혀 있다.

그는 생각한다. 그래, 이것이 예술이다. 이것이 예술의 방식이다! 참으로 이상하다! 참으로 신기하다!

그는 며칠동안 블랙커피와 시리얼로 버티며, 바이런과 테레사에게 매달린다. 냉장고는 비어 있다. 침대는 엉망이다. 깨진 유리창으로 들어온 나뭇잎들이 마룻바닥에 흩날린다. 그는 생각한다. 상관없다. 죽은 자로 하여금 죽은 자를 장사지내게 하라.

나는 시인들로부터 사랑하는 법을 배웠네. 바이런이 갈라진 C단조 음으로 아홉 음절을 노래한다. *하지만 삶은 또 다른 이야기라는 걸 나는 알았네.* (여기서 C음은 반음계로 해서 F음으로 내려간다.) 밴조 줄이 *띠룽 따룽 떠룽,* 하는 소리를 낸다. *왜, 왜 당신은 그렇게 말하시나요?* 테레사가 책망하는 듯한 끄는 목소리로 노래한다. 밴조 줄이 울린다. *띠룽 따룽 떠룽.*

테레사, 그녀는 사랑받기를 원한다. 영원히 사랑받기를 원한다. 그녀는 옛날의 로라와 플로라와 같은 대열에 끼기를 바란다. 그런데 바이런은? 바이런은 죽을 때까지 성실할 것이다. 하지만 그것이 그가 약속할 수 있는 전부다. *한 사람이 죽을 때까지 두 사람은 묶여 있을 것이로다.*

내 사랑. 테레사가 시인의 침대에서 배웠던 밋밋한 영어 단조음을 높여서 노래한다. *띠릉,* 밴조 줄이 울린다. 사랑에 빠지고, 사랑 속에서 허위적거리는 여인, 지붕 위에서 아우성치는 고양이, 영혼이 하늘에 대고 염원을 토해낼 때, 핏속에서 소용돌이 치고, 성기를 부풀게 하고, 손바닥에 땀이 나게 하고, 목소리가 굵어지게 만드는 복잡한 단백질들. 그것이 소라야와 다른 사람들이 있었던 이유다. 그들은 그의 피에서 뱀의 독처럼 복잡한 단백질들을 빨아내면서 그의 머리를 맑고 고실고실하게 만든다. 그런데 불행하게도, 라베나의 아버지 집에 살고 있는 테레사에게는 그 독을 빨아내줄 아무도 없다. 그녀는 흐느낀다. *나의 바이런, 내게로 와주세요. 내게로 와서 나를 사랑해주세요!* 삶으로부터 유배당한, 귀신처럼 창백한 바이런은 그녀의 말을 조롱하듯이 흉내낸다. *나를 놓아주오, 나를 놓아주오, 나를 그냥 놓아주오!*

그는 몇 년 전, 이탈리아에 갔을 때, 백오십 년 전에 바이런과 테레사가 말을 타고 다녔던, 라베나와 아드리아 해안 사이에 있는 숲을 찾아갔다. 나무들 사이에 틀림없이, 영국남자가 다른 남자의 신부인 열여덟살짜리 요염한 여자의 스커트를 처음으로 들어올린 곳이 있을 것이다. 그는 내일 비행기를 타고 베니스로 가서, 라베나로 가는 기차를 타고, 승마길을 밟으며 바로 그곳을 지나갈 것이다. 그는 음악을 만들고 있다. (혹은 음악이 그를 만들고 있다.) 하지만 그는 역사를 만들고 있지는 않다. 그녀의 옷을 구기며, 그녀의 속옷에 모래를 묻히며, (그런 일이 벌어지고 있는 사이, 말은 호기심도 없이 옆에 서 있었다), 바이런이 그의 테레사—그는 그녀를 "가젤처럼 겁이 많다"
고 했다— 를 소유했던 그 숲의 소나무 잎들 위에서, 테레사가 평생
동안 열에 들떠 달을 향해 울부짖게 만든 정열이, 그조차도 그의 방
식대로 울부짖도록 만든 그녀의 정열이 태어났다.

테레사가 앞에서 끈다. 그는 페이지마다 뒤따라 나온다. 그런데 어
느 날, 어둠 속에서 다른 목소리가 들린다. 전에는 듣지도 못했고, 들
으리라고 생각하지도 못했던 목소리다. 그는 그 노래를 들으며, 그것
이 바이런의 딸 알레그라의 목소리라는 걸 안다. 하지만 그것은 그의
마음 속 어디에서 나온 것일까? *왜 저를 떠나셨나요? 오셔서 절 데려
가 주세요!* 알레그라가 소리친다. *너무 더워요, 너무 더워요, 너무 더
워요!* 그녀는 연인들의 목소리를 끈덕지게 통과하는 그녀만의 리듬
으로 이렇게 하소연한다.

성가신 존재인 다섯 살배기 소녀의 부름에 대답하는 이는 아무도
없다. 사랑스럽지도 않고, 사랑받지도 못하고, 그녀의 유명한 아버지
한테 버림받은 그녀는 이 집, 저 집을 전전하다가 결국 수녀들한테
넘겨진다. 그녀는 수녀원의 침대에서 말라리아로 죽어가면서 흐느낀
다. *너무 더워요, 너무 더워요, 너무 더워요! 왜 저를 잊으셨나요?*

왜 그녀의 아버지는 대답을 하지 않는가? 삶에 지쳤기 때문에, 자
기가 속한 죽음의 기슭으로 돌아가서 잠 속으로 가라앉고 싶기 때문
에. *나의 가엾은 아가야!* 바이런은 내키지 않아 하며, 흔들리며, 그녀
가 들을 수 없을 정도로 살짝, 노래한다. 한 쪽 그늘 속에 앉아 있는
삼중주단이 게걸음 같은, 한 줄은 올라가고, 다른 줄은 내려가는 선
율을 연주한다. 바이런의 것은 내려가는 쪽이다.

21

로잘린이 전화를 건다.

"당신이 돌아와 있다고 루시가 얘기해주더군요. 왜 연락하지 않았어요?"

그가 대답한다.

"아직 사람들과 잘 어울릴 수 없어서."

로잘린이 건조하게 대꾸한다.

"언제는 안 그랬던가요?"

그들은 클레몬트에 있는 커피집에서 만난다.

그녀가 말한다.

"말랐군요. 귀는 어떻게 된 거죠?"

"아무 것도 아냐."

그는 이렇게 대답하고, 더 이상 설명을 하지 않으려 한다.

그들이 얘기하는 동안, 그녀의 눈이 자꾸 그의 일그러진 귀 쪽으로 간다. 그걸 만져야만 할 상황이 되면, 그녀는 틀림없이 몸서리를 칠 것이다. 그녀는 남을 보살펴 주는 타입이 아니다. 그에게 남아 있는 가장 좋은 기억들은 아직도 그들이 함께 보냈던 처음 몇 개월 동안의 것들이다. 더번의 덥고 습기 많은 여름 밤, 땀 때문에 축축해진 시트, 진짜 고통과 구별하기 힘든 쾌락의 고통에 이리저리 몸부림치는 로잘린의 길고 창백한 몸. 두 감각주의자들. 그것이 그들을 함께 묶었던 것이다. 그것이 지속되는 동안은.

그들은 루시와 농장에 대해서 얘기한다.

로잘린이 말한다.

"난 그 애가 그레이스라는 친구와 살고 있다고 생각했는데."

"그레이스가 아니고 헬렌이야. 헬렌은 요하네스버그로 갔어. 둘 사이는 끝난 것 같아."

"루시가 그런 외딴 곳에서 혼자 살아도 안전해요?"

"아니, 안전하지가 못하지. 안전하다고 느낀다면 그 애가 미친 거지. 그래도 그 앤 계속 거기 있을 거야. 그게 그 애에게는 명예의 문제가 되었어."

"당신 차를 도둑맞았다면서요."

"내 잘못이었어. 내가 더 조심했어야 하는데."

"깜빡 잊었네요. 당신 재판 얘기 들었어요. 발표되지 않은 얘기말이에요."

"내 재판?"

"조사든 재판이든, 여하간 당신이 거기서 연기를 잘 하지 못했다고 들었어요."

"그래? 어떻게 들었어? 나는 그게 비밀이라고 생각했는데."

"그건 중요하지 않아요. 당신은 좋은 인상을 주지 않았다고 하더군요. 당신이 너무 경직되고 방어적이었다고."

"나는 어떤 인상을 주려고 했던 게 아니야. 나는 원칙을 지키려고 했어."

"데이비드, 그건 그럴지 몰라요. 하지만 당신도 이제 알겠지만, 재판이라는 게 원칙에 관한 것은 아니잖아요. 그건 당신이 얼마나 자신을 잘 이해시켰느냐 하는 문제지요. 내 정보에 의하면, 당신은 나쁜 인상을 줬다더군요. 당신이 지키고자 한 원칙이 뭐였죠?"

"말의 자유. 침묵할 자유."

"아주 거창하게 들리네요. 하지만 데이비드, 당신은 언제나 거창하게 자기기만에 빠져 있었죠. 거창하게 속이기도 하고, 거창하게 자기기만에 빠지기도 하고. 바지를 내리다가 들통이 난 사건이 아니라는 게 확실해요?"

그는 그 미끼를 물지 않는다.

"여하간 원칙이 무엇이었든, 그것이 사람들에게는 난해했나봐요. 그들은 당신이 요점을 흐리고 있다고 생각했어요. 당신은 사전에 코치를 받았어야 해요. 돈 문제는 어떻게 하려고 해요? 연금도 압수해버렸나요?"

"내가 넣은 것은 찾을 거야. 집도 팔려고 해. 나한테는 너무 크거든."

"남는 시간은 어떻게 하고요? 직장을 잡을 생각인가요?"

"그렇게 생각하지 않아. 일이 밀려 있어. 뭔가를 쓰고 있거든."

"책요?"

"사실대로 말하자면 오페라야."

"오페라! 아, 그건 새 출발이군요. 돈이 많이 벌렸으면 좋겠네요. 루시와 같이 살 작정이세요?"

"오페라는 장난삼아서 해보는 것일 뿐이야. 그걸로 돈을 벌지는 못할 거야. 그리고 루시와 같이 살지는 않을 거야. 그건 좋은 생각이 아닐 테니까."

"왜 아니죠? 당신과 그 애는 언제나 사이가 좋았잖아요. 무슨 일 있었어요?"

그녀의 질문은 시비조다. 로잘린은 주저하지 않고 시비를 건다.

"당신은 십 년간 나하고 같은 침대를 썼어요. 그런 나한테까지 왜 비밀을 지켜야 하죠?"

그녀는 언젠가 이렇게 말했었다.

그가 대답한다.

"루시와 나는 아직도 잘 지내고 있어. 다만 함께 살 정도로 충분히 잘 지내지는 못하지."

"당신의 인생 이야기 때문에."

"그래."

그들이 각자의 위치에서 그의 인생에 대해 생각하는 동안, 침묵이 이어진다.

로잘린이 화제를 바꾸며 말한다.

"당신의 여자친구 봤어요."

"내 여자친구?"

"당신의 *애인(inamorata)*. 이름이 멜라니 아이삭스 아니던가요?

도크 극장에서 연기를 하더군요. 모르셨어요? 왜 당신이 그 여자한테 빠졌는지 알 수 있더군요. 크고 검은 눈. 작고 교활한 족제비 같은 몸. 꼭 당신 타입이더군요. 당신은 그게 당신의 방종이나 조그만 과실 중 하나라고 생각한 게 틀림없어요. 그런데 지금 당신의 모습을 보세요. 당신은 인생을 내던져버렸어요. 무엇 때문이죠?"

"로잘린, 내 인생은 내던져진 게 아냐. 무슨 소리를 하는 거야."

"하지만 사실이 그래요! 당신은 직장을 잃었고, 당신 이름은 먹칠을 당했고, 당신 친구들은 당신을 피하고, 당신은 거북처럼 껍데기 밖으로 목을 내놓기를 두려워하며, 토란스 가에 숨어 살고 있어요. 당신의 구두끈을 맬 정도도 못 되는 사람들이 당신에 대한 농담을 하고 있어요. 당신 셔츠는 다리미질도 돼 있지 않고, 세상에 머리는 어디서 깎았는지, 당신은…."

그녀는 잔소리를 그만둔다.

"당신은 쓰레기통이나 뒤지는 한심한 늙은이로 끝날 거예요."

"나는 땅 속의 구멍에서 끝날 거야. 당신도 그렇고, 우리 모두가 그래."

"데이비드, 그걸로 충분해요. 나는 현재 상황만으로도 화가 나요. 말싸움하고 싶지 않아요."

그녀는 짐을 챙겨든다.

"잼 바른 빵을 먹는 데 지치면, 나한테 전화하세요. 내가 진짜 음식을 만들어줄 테니까."

멜라니 아이삭스에 대한 얘기는 그의 마음을 혼란스럽게 만든다. 그는 오래 끄는 관계를 가져본 적이 없다. 그는 연애가 끝나면, 그걸 과거로 돌린다. 하지만 멜라니와는 끝나지 않은 어떤 게 있다. 그의 마음 속 깊숙한 곳에 그녀의 냄새가 저장되어 있다. 짝의 냄새. 그녀도 그의 냄새를 기억할까? 꼭 *당신 타입이더군요.* 알 만한 로잘린이 그렇게 얘기했다. 그와 멜라니, 만약 그들의 길이 다시 겹치면 어떻게 될까? 연애가 끝나지 않았다는 신호나 느낌이 있을까?

하지만 멜라니에게 다시 접근한다는 생각 자체가 미친 짓이다. 왜 그녀가, 자신을 괴롭힌 사람이라고 낙인찍힌 남자와 얘기를 해야 하나? 여하간 그녀는 그를 어떻게 생각할까? 귀는 우스꽝스럽게 일그러지고, 이발도 하지 않고, 목깃은 구겨진 저능아?

크로누스와 하모니의 결혼. 부자연스럽다. 모든 좋은 말을 다 벗겨내고 보면, 바로 그것을 처벌하려고 위원회가 열렸던 것이다. 그의 삶의 방식에 대한 재판. 부자연스러운 행위에 대해, 늙은 씨, 피곤해진 씨, 생기없는 씨를 뿌린 것에 대해. *자연에 반한 것(contra natu-ram).* 늙은 남자가 젊은 여자를 탐내면, 종족의 미래는 어떻게 될 것인가? 그것이 고발의 밑바닥에 깔린 것이었다. 문학의 반은 그것에 관한 것이다. 종족을 위하여, 나이든 남자들의 무게에서 탈출하려고 몸부림치는 젊은 여자들.

그는 한숨을 쉰다. 감각적인 음악에 묻혀, 나 몰라라, 서로를 껴안고 있는 젊은 사람들. 이곳은 나이든 남자들을 위한 나라가 아니다. 그는 한숨을 쉬며 많은 시간을 보내는 것처럼 보인다. 회한. 회한의 음조를 탄 외출.

2년 전만 해도, 도크 극장은 해외로 실려갈 돼지와 소의 시체가 걸려 있던 육류냉동창고였다. 그런데 지금 그곳은 인기있는 공연장이 되어 있다. 그는 늦게 도착해, 빛이 침침해져 갈 무렵에야 자리에 앉는다. '관중들의 요구로 재공연되는 인기절정의 연극' 〈글로브 살롱의 일몰〉의 새 공연프로에는 이렇게 적혀 있다. 무대장치는 더 현대적이고, 연출은 더 전문적이고, 새로운 주연 배우가 등장한다. 그러나 조야한 유머와 정치문제를 정면에서 다루고 있는 그 연극은 전과 마찬가지로 봐주기 힘들다.

멜라니는 수련 미용사인 글로리아 역을 맡고 있다. 꽉 끼는 금색 라메 타이즈 위에 분홍색 긴 소매옷을 받쳐입고, 얼굴은 화려하게 분장하고, 머리를 고리 모양으로 올린 그녀가 하이힐을 신고 무대 위에서 비틀거린다. 그녀에게 주어진 대사는 특이할 게 없지만, 그녀는 그것을 제때에 맞춰, 흐느끼는 듯한 *케이프타운* 억양으로 잘 전달한다. 그녀는 전보다 더 자신감에 차 있다. 맡은 역을 실제로 잘 소화해내고, 재능도 있는 것 같다. 그가 떠나 있던 몇 달 동안, 그녀가 성숙해지고 자신을 찾았다는 게 가능할까? *나를 죽이지 못하는 것은 무엇이든지 나를 더 강하게 만든다.* 어쩌면 그 재판은 그녀에 대한 재판이기도 했다. 어쩌면 그녀도 고통을 받고, 견뎌냈을 것이다.

그는 무슨 신호가 있으면 좋겠다고 생각한다. 신호가 있다면 어떻게 해야 할지 알 것이다. 가령, 그녀의 우스꽝스러운 옷들이 서늘하고 은밀한 불에 모두 타버리고, 그만이 알 수 있는 비밀을 그녀가 드러내며, 루시의 방에서 보낸 마지막날 밤처럼 완벽하고 발가벗은 모습으로 그 앞에 서 있다면.

혈색 좋고 살이 찐 관객들이 편안한 자세로 연극을 즐기고 있다.

그는 그들 사이에 자리를 잡고 있다. 그들은 멜라니—글로리아에 빠져 있다. 그들은 외설스러운(risqué) 농담에 킥킥대고, 인물들이 서로를 헐뜯고 모욕할 때 요란하게 웃음을 터뜨린다.

그들은 이 나라 사람들이다. 그런데 그는 그들 사이에서 더 이질감을 느끼고, 더 사기꾼같이 느낀다. 하지만 그들이 멜라니의 대사를 듣고 웃을 때, 그는 자부심을 느끼지 않을 수 없다. *내 것이야!* 그는 그녀가 자신의 딸이기라도 한 것처럼, 그들을 향해 말하고 싶다.

갑자기 몇 년 전의 기억이 떠오른다. 그는 그때, 트롬프스버그 외곽의 1번 고속도로에서 한 여자를 차에 태워줬다. 그녀는 혼자 여행을 하는 20대 여자였는데, 햇빛에 피부가 그을고 먼지투성이인 독일 관광객이었다. 그들은 멀리 토우스 리버까지 가서 호텔로 들어갔다. 그는 그녀에게 밥을 사주고 그녀와 잠을 잤다. 그녀의 길고 단단한 다리가 생각난다. 그녀의 부드러운 머리결이 떠오른다. 깃털처럼 손가락 사이에 닿던 그 머리결.

마치 눈을 뜬 채 꿈을 꾸는 것처럼, 갑작스럽고 소리도 없이, 이미지들이 몰려온다. 두 대륙에서 만났던 여자들의 모습. 어떤 여자들은 너무 오래 돼서 알아볼 수도 없다. 바람에 뒤엉켜 날리는 나뭇잎들처럼, 그들이 그의 눈앞을 지나친다. 수백 명의 삶이 그의 삶과 뒤엉킨, *사람들로 가득한 좋은 땅.* 그는 그런 환영이 계속되기를 바라며, 숨을 멈춘다.

그들, 그런 모든 여자들, 그런 사람들에게는 무슨 일이 일어났을까? 그들에게도, 아니 그들 중 일부에게도 기억의 바다에 갑작스럽게 내던져지는 순간들이 있을까? 독일 여자, 지금 이 순간 그녀가 아프리카의 도로에서 그녀를 태워주고 하룻밤을 같이 지냈던 남자를 기억한다는 게 가능할까?

풍부해졌다. 신문은 이 말을 붙잡고 늘어지며 야유했었다. 그런 상황에서는 어리석은 말이었다. 하지만 그는 지금도, 바로 이 순간에도, 그 말을 할 것이다. 그는 멜라니에 의해, 토우스 리버에서의 그 여자에 의해, 로잘린과 베브 쇼와 소라야에 의해, 그들 모두에 의해, 풍부해졌다. 그리고 그는 다른 사람들에 의해서도, 전혀 그럴 것 같지 않은 사람들에 의해서도, 실패에 의해서도, 풍부해졌다. 그의 가슴에 피는 한 송이 꽃처럼, 그의 가슴은 감사하는 마음으로 넘친다.

이런 순간들은 어디서 오는가? 틀림없이 최면적인 것들이다. 하지만 그건 무얼 설명하는가? 그가 이끌어진다면, 어떤 신이 그를 이끄는 것인가?

연극이 진행되고 있다. 그들은 멜라니가 든 빗자루가 전기 코드에 얽히는 지점까지 왔다. 마그네슘이 터지고, 무대가 갑자기 어둠 속에 빠진다.

미용사가 비명을 지른다.

"이런, 멍청한 년! *(jou dom meid!)*"

그와 멜라니 사이에는 스무 줄의 좌석이 있다. 하지만 이 순간, 그는 그녀가 공간을 가로질러 그와 그의 생각을 냄새로 맡을 수 있기를 바란다.

무엇인가가 그의 머리를 가볍게 때리며, 그를 제 정신으로 돌아오게 한다. 잠시 후 다른 물체가 날아오더니 앞에 있는 의자에 부딪친다. 공깃돌만하게 종이를 씹어 뭉친 것이다. 세 번째 것은 그의 목에 맞는다. 그가 표적이다. 그건 틀림없다.

그는 돌아서서 노려봐야 한다. 누가 그랬어! 그는 호령을 해야 한다. 그러지 않으면 모르는 척하고, 뻣뻣하게 앞을 쳐다봐야 한다.

네 번째 것이 그의 어깨에 맞고 공중으로 튀어오른다. 옆에 앉은 남자가 이상하다는 듯 쳐다본다.

무대 위에서는 연극이 진행되고 있다. 미용사 시드니는 운명의 봉투를 뜯고 집주인이 보낸 최후통첩장을 큰 소리로 읽는다. 그들은 그 달 말까지 밀린 집세를 내야 한다. 그러지 않으면 글로브는 문을 닫아야 할 것이다.

"어떻게 하죠?"

머리감기는 일을 하는 미리암이 슬프게 말한다.

앞에서는 들리지 않을 정도로 살짝 "씨씨" 하는 소리가 그의 뒤에서 들린다.

그는 돌아선다. 종이를 뭉친 것이 날아와 그의 관자놀이에 맞는다. 귀고리를 하고 염소수염을 기른 리얀이라는 그 남자친구가 뒷벽에 기대 서 있다. 그들의 눈이 마주친다.

리얀이 거친 목소리로 속삭인다.

"루리 교수!"

행동은 난폭하지만, 그는 아주 편안해 보인다. 그의 입술에는 엷은 미소까지 묻어 있다.

연극이 진행된다. 하지만 이제 그의 주변에서 동요가 일기 시작한다. 리얀이 다시 "씨씨" 하는 소리를 낸다.

"조용히 해요!"

그는 아무 소리도 하지 않았는데, 두 좌석 건너에 앉아 있던 여자가 그를 향해 소리친다.

"미안합니다… 미안합니다."

그는 양해를 구하며 다섯 사람의 무릎을 지나쳐야 한다. 그들은 화가 나서 작은 소리로 뭐라고 한다. 그리고 나서야 그는 통로에 이른다. 그는 밖으로 나와 바람이 불고 달도 없는 밤 속으로 들어선다.

그 뒤에서 무슨 소리가 난다. 그는 몸을 돌린다. 담뱃불이 빛난다. 리얀은 그를 주차장까지 따라온다.

그는 딱딱거린다.

"설명해보라고? 당신의 어린애 같은 행동을 설명해보란 말이야?"

리얀은 담배를 빤다.

"교수, 난 당신한테 호의를 베푸는 것뿐이야. 당신은 교훈을 얻지 않았던가?"

"교훈이 뭣이었나?"

"당신 부류와 같이 있으라는 것이지."

당신 부류. 그에게 그의 부류가 누군인지 말하는 이 애는 누구인가? 서로 전혀 모르는 사람들을 모든 분별력을 초월하여 서로의 팔에 안기게 만들고, 그들을 친족이자 같은 부류로 몰아붙이는 힘에 대해서 그는 뭘 알까? *그것이 무엇이든, 그것은 자신을 완성시키고자 한다(Omnis gens quaecumque se in se perficere vult).* 완벽해지려고 몰리고, 여자의 몸 속 깊숙이 들어가려고 몰아붙이고, 미래를 존재하게 하려고 몰아붙이는 세대의 씨. 몰아치고, 몰리고.

리얀이 말한다.

"그 애를 놔두란 말이야! 멜라니가 당신을 보면 당신 눈에 침을 뱉을 거야.”

그는 담배를 던지고 한 발짝 더 가깝게 다가선다. 누군가가 그들이 그렇게도 밝은 별들 아래 서 있는 걸 본다면, 불이 붙은 채 서로를 마주보고 있다고 생각할지 모른다.

“교수, 다른 인생을 찾아보라고. 내 말 믿으쇼.”

그는 그린포인트의 중심가를 따라 서서히 차를 몰고 돌아온다. *당신의 눈에 침을 뱉을 거야.* 그는 그것은 예상하지 못했다. 운전대를 잡은 그의 손이 떨린다. 존재의 충격. 그는 그것을 더 가볍게 받아들이는 방식을 터득해야 한다.

매춘부가 여럿 나와 있다. 신호등에 서자 그들 중 하나가 그의 눈을 끈다. 검은 가죽 스커트를 아슬아슬하게 입은 키 큰 여자. 그는 생각한다. *이 계시의 밤에 하면 어때?*

그들은 시그널힐 경사로의 막힌 길에서 차를 멈춘다. 여자는 술에 취했거나 마약을 먹은 것 같다. 그녀는 횡설수설한다. 그럼에도 불구하고, 그가 예상했던 것처럼, 자기 의무를 다 한다. 그 일이 끝난 후, 그녀는 그의 무릎에 얼굴을 묻고 쉰다. 그녀는 가로등 밑에서 봤을 때보다 더 어리다. 멜라니보다 더 어리다. 그는 그녀의 머리에 손을 댄다. 손이 떨리던 게 멈춘다. 만족해지니 졸립다. 이상하게도 보호하고 싶은 느낌이 든다.

그래, 이게 전부야! 어떻게 내가 그걸 잊을 수 있었지?

나쁜 남자도 아니고, 좋은 남자도 아니고. 차갑지도 않고, 뜨겁지도 않고. 가장 뜨거울 때조차 그렇다. 테레사의 척도로는 아니다. 바이런의 척도로도 아니다. 불이 부족하다. 그것이 그에 대한 최종적인 판결일까? 모든 걸 쳐다볼 수 있는 우주가 그에게 내리는 판결일까?

여자가 움직이며 일어나 앉는다.

그녀가 중얼거린다.

"절 어디로 데려가시는 거죠?"

"내가 널 만났던 곳으로."

22

그는 전화로 루시와 연락을 취한다. 그녀는 농장에서는 모든 게 잘되고 있으니 걱정말라고 하고, 그는 그녀의 말을 의심하지 않는다는 인상을 주려고 애쓴다. 그녀는 자신이 화원에서 열심히 일하고 있으며, 봄 작물이 이제 꽃봉오리를 맺고 있다고 말한다. 위탁소에도 다시 생기가 돌고 있으며, 그녀는 현재 개를 두 마리 맡아주고 있는데, 더 들어오면 좋겠다고 한다. 페트루스는 집 때문에 바쁘지만, 도와주지 못할 정도로 그렇게 바쁜 건 아니라고 한다. 쇼 부부는 자주 찾아온다고 한다. 돈은 필요없다고 한다.

하지만 루시의 목소리가 어쩐지 그를 초조하게 만든다. 그는 베브 쇼에게 전화를 건다.

"당신은 내가 물어볼 수 있는 유일한 사람이오. 솔직히, 루시는 어떤가요?"

베브 쇼는 방어적이다.

"그 애가 당신에게 무슨 말을 하던가요?"

"모든 게 잘 되고 있다고 말했소. 하지만 목소리가 이상해요. 진정제를 먹은 사람이 말하는 것처럼 들려요. 그런 거요?"

베브 쇼는 질문을 피한다. 하지만 그녀는 진전이 있었다고 말한다. 그녀는 조심스럽게 말을 골라가며 하는 것 같다.

"진전이라니… 무슨 진전 말이오?"

"데이비드, 당신에게 얘기할 수는 없어요. 나한테 강요하지 마세요. 루시가 스스로 알아서 당신에게 얘기를 해야죠."

그는 루시에게 전화를 건다.

그는 거짓말을 한다.

"더번에 한 번 다녀와야겠다. 직장이 생길 가능성이 있어. 내가 하루나 이틀 정도 들러도 되겠니?"

"베브가 무슨 말 하던가요?"

"베브는 아무런 상관도 없다. 가도 되겠니?"

그는 비행기로 포트 엘리자베스까지 가서 차를 세낸다. 두 시간후, 그는 도로를 빠져나와 루시의 농장, 루시의 땅으로 가는 길로 들어선다.

그것은 그의 땅이기도 할까? 그의 땅이라는 느낌은 들지 않는다. 그가 거기에서 보낸 시간에도 불구하고, 그 땅은 낯설게만 느껴진다.

변화가 보인다. 그다지 정교하게 세운 것은 아니지만, 철조망이 루시의 땅과 페트루스의 땅을 가르고 있다. 페트루스의 땅에서는 앙상한 암소 새끼 두 마리가 풀을 뜯고 있다. 페트루스의 집은 현실이 되어 있다. 별 특징이 없는 회색 집이 옛 농가의 동쪽 높은 곳에 서 있다. 그는 그 집이 아침에는 긴 그림자를 드리울 것이라고 생각한다.

루시는 실내복으로도 입을 수 있는 볼품없는 여성용 작업복을 입고 문을 연다. 건강하고 팔팔하던 옛 모습은 사라지고 없다. 안색은 창백하고, 머리는 감지 않은 상태다. 그녀는 그의 포옹에 따뜻함도 없이 응수한다.

"들어오세요. 막 차를 끓이던 참이었어요."

그들은 부엌 식탁에 앉는다. 그녀는 그에게 차를 따라주고 생강과자를 준다.

"더번에서 들어왔다는 제안에 대해서 말씀해 주세요."

"그 얘기는 나중에 해도 된다. 루시, 내가 여기에 온 것은 네가 염려돼서다. 너 괜찮니?"

"저 임신했어요."

"네가 어쨌다고?"

"임신했다고요."

"누구한테서? 그날부터?"

"그날부터요."

"난 이해할 수 없구나. 나는 네가 의사하고 그 문제를 처리했다고 생각했다."

"아녜요."

"아니라니, 무슨 말이냐? 그걸 처리하지 않았다는 말이니?"

"했어요. 암시하시는 것 외에 할 것은 다 했다고요. 하지만 저는 낙태는 하지 않겠어요. 저는 그걸 또 할 준비가 되어 있지 않아요."

"나는 네가 그렇게 느끼는 줄 몰랐다. 넌 나한테 네가 낙태라는 걸

믿지 않는다고 얘기한 적이 없었으니까. 여하간 왜 낙태 문제가 제기돼야 하니? 나는 네가 오브랄(Ovral)을 복용한 줄 알았다.”

“이건 믿음의 문제와는 관련이 없어요. 그리고 제가 오브랄을 먹었다고 말씀드린 적은 없어요.”

“넌 내게 더 일찍 얘기할 수가 있었다. 왜 그 사실을 숨겼니?”

“아버지의 감정 폭발을 감당할 자신이 없었기 때문이었어요. 제가 하는 일을 아버지가 좋아하느냐, 그렇지 않느냐에 맞춰 제 삶을 살아갈 수는 없어요. 아버지는 제가 하는 모든 일이 아버지 삶의 일부인 양 행동하시잖아요. 아버지는 중심인물이고, 저는 이야기의 반이 지날 때까지는 나타나지 않는 주변인물이고요. 하지만 생각하시는 것과는 다르게, 사람들은 중심과 주변으로 나뉘어 있지 않아요. 저는 주변인물이 아니에요. 제게도 아버지의 삶이 아버지에게 중요한 만큼이나 중요한 삶이 있어요. 제 삶에서, 결정을 하는 건 저예요.”

폭발? 이것이 바로 폭발 아닌가?

그는 식탁 위에 있는 그녀의 손을 잡으며 말한다.

“루시, 그만하면 됐다. 아이를 낳겠다고 나한테 지금 얘기하는 거니?”

“예.”

“그 남자들 중 하나의 아이를?”

“예.”

“왜?”

“왜냐고요? 아버지, 전 여자예요. 제가 아이들을 싫어한다고 생각하세요? 그 아버지가 누구이기 때문에 아이를 거부해야 하나요?”

"그런 일이 없는 건 아니지. 예정일이 언제니?"

"5월이에요. 5월 말요."

"네 마음은 결정됐고?"

"예."

"좋다. 솔직히 말해서, 이것은 나한테는 충격이다. 하지만 네가 어떤 결정을 내리든, 나는 네 편에 서겠다. 그것은 이론의 여지가 없다. 난 지금 산책을 할 생각이다. 나중에 다시 얘기할 수 있겠지."

왜 지금은 얘기할 수 없는 거지? 그가 흔들리기 때문에. 그도 폭발할지 모르기 때문에.

그녀는 그걸 또 할 준비가 되어 있지 않다고 말했다. 그렇다면 그녀는 전에 낙태를 했다는 말이다. 그는 결코 짐작도 하지 못했던 일이다. 그게 언제였을까? 아직 집에서 살던 때였을까? 로잘린은 알았을까? 그만 모르고 있었을까?

세 명의 갱. 한 아이에 세 아버지. 강도들이라기보다는 강간범들. 루시는 그들을 그렇게 불렀다. 그 지역을 배회하며 여자들을 공격하고 폭력적인 쾌락을 즐기는 강간범 겸 세금 징수원들. 그런데 루시는 틀렸다. 그들은 강간을 하는 게 아니었다. 그들은 짝짓기를 하고 있었다. 그 장면을 연출한 것은 쾌락의 원리가 아니라 완벽해지려고 몸부림치는 씨로 부푼 고환이고 낭(囊)이었다. 이건 어찌 된 일인가. 아이라니! 그는 그것이 딸의 자궁 속에 있는 벌레에 지나지 않는데도, 벌써 그것을 아이라고 부르고 있다. 그런 씨가, 사랑이 아니라 증오감에서 여자 속에 내몰린 씨가, 그것도 뒤섞인 씨가, 그녀를 오염시키기 위해 개의 오줌처럼 뿌려진 씨가, 어떤 아이를 태어나게 할까?

아들을 가질 지각도 없는 아버지. 결국 모든 것은 이렇게 귀착되는 걸까? 땅으로 뚝뚝 떨어지는 물처럼, 이것이 그의 대가 끊어지는 방식일까? 누가 그걸 상상할 수 있었으랴! 여느 날처럼 하늘이 맑고 온화한 태양이 뜬 하루. 하지만 갑자기 모든 게 바뀐다. 완전히 바뀐다!

그는 부엌 바깥의 벽에 기대고 얼굴을 손으로 감싼다. 그는 헐떡거리다가 마침내 울음을 터뜨린다.

그는 루시가 전에 쓰던 방에 들어간다. 그녀는 그 방을 쓰지 않고 있다. 그는 자신이 경솔한 짓을 할까봐, 오후 내내 그녀를 피한다.

저녁을 먹으며 새로운 사실이 드러난다.

그녀가 말한다.

"그런데 그 애가 돌아왔어요."

"그 애라고?"

"예, 페트루스가 파티를 열던 날, 그 애 때문에 소란을 피우셨잖아요. 그 애는 페트루스와 같이 살면서 그를 돕고 있어요. 그 애 이름은 폴럭스예요."

"음세디시나 응카바야케가 아니냐? 발음할 수 없는 이름이 아니라 그냥 폴럭스냐?"

"피-오-엘-엘-유-엑스. 아버지, 그렇게 비아냥거리지 않고 말씀하실 수는 없어요?"

"무슨 말인지 모르겠구나."

"아시면서 그러세요. 제가 어렸을 때는 제게 굴욕감을 주려고 몇 년 동안 그런 식으로 말씀하셨잖아요. 그걸 잊으셨을 리는 없죠. 여하튼 폴럭스는 페트루스 부인의 남동생이래요. 진짜 동생인지 어떤지는 몰라요. 하지만 페트루스는 그에 대해 가족으로서 책임이 있어요."

"그렇게 해서 모든 게 드러나는구나. 이제 폴럭스는 범죄 현장으로 돌아와 있고, 우리는 아무 일도 없었던 것처럼 행동해야 한다는 말이구나."

"아버지, 화내지 마세요. 그건 도움이 되지 않아요. 페트루스에 따르면, 폴럭스는 학교를 중퇴해서 직장을 잡을 수가 없대요. 그 애가 주변에 있다는 걸 경고해 드리려고 이 말씀을 드리는 거예요. 제가 아버지라면 그 애를 피할 거예요. 그 애는 뭔가 잘못된 것 같아요. 하지만 제가 그 애에게 여기서 나가라고 명령할 수는 없어요. 그건 제 권한 밖이라서."

"특히…."

그는 말을 끝내지 않는다.

"특히 뭐가요? 말씀하세요."

"특히 그 애가 네 뱃 속에 있는 아이의 아비일지도 모르는 상황이니까 그렇겠지. 루시, 네가 처한 상황은 우습게 돼간다. 아니, 우스운 것 이상으로 불길하다고나 할까. 나는 네가 어떻게 그걸 보지 못하는지 모르겠다. 부탁하는데, 너무 늦기 전에 제발 이 농장을 떠나라. 네 정신이 온전하다면, 그렇게 해야 한다."

"아버지, 농장, 농장 하지 마세요. 이건 농장이 아니에요. 이건 제가 농작물을 기르는 한 줌의 땅이에요. 우리는 둘 다 그걸 알아요. 하지만 안 돼요. 전 단념할 수 없어요."

그는 무거운 마음으로 잠자리에 든다. 루시와 그 사이에는 아무 것도 변하지 않았다. 아무 것도 치유되지 않았다. 그들은 그가 전혀 떠나있지 않았던 것처럼 서로를 물어뜯는다.

아침이다. 그는 새로 만든 울타리를 넘어간다. 페트루스의 부인이 옛 마굿간 뒤에서 빨래를 널고 있다.

"굿모닝. 안녕하시요(Molo). 페트루스는 어디 있어요?"

그녀는 그와 눈을 마주치지 않고, 건물 짓는 곳을 늘쩍지근하게 가리킨다. 그녀의 움직임은 느리고 무겁다. 산달이 가깝다. 그도 그걸 알 수 있다.

페트루스는 창문에 유리를 끼우고 있다. 이런저런 인사를 할 게 많다. 하지만 그럴 기분이 아니다.

"루시 말로는 그 애가 다시 돌아왔다고 합디다. 폴럭스라고, 내 딸을 폭행했던 그 애 말이오."

페트루스는 그의 칼을 깨끗하게 닦아 내려놓는다.

그는 r자를 굴리며 말한다.

"그 애는 내 친척입니다. 그런 일이 있었다고 내가 그 애를 쫓아보내야 합니까?"

"당신은 나한테 그 애에 대해 모른다고 했었소. 당신은 나한테 거짓말을 했소."

페트루스는 더러운 이 사이에 담뱃대를 물고 세게 빤다. 그리고 담뱃대를 떼고 크게 웃는다.

"난 거짓말을 하지요. 난 당신한테 거짓말을 하지요."

그는 다시 담뱃대를 빤다.

"왜 내가 당신한테 거짓말을 해야 할까요?"

"페트루스, 나한테 묻지 말고 당신 자신한테 물어 보시오. 왜 거짓말을 하는 거요?"

미소가 사라지고 없다.

"당신은 갔다가 다시 돌아왔는데, 이유가 뭐요?"

그는 도전하듯 상대를 응시한다.

"당신은 여기서 할 일이 없소. 당신은 당신 아이를 돌보기 위해 오지요. 나도 내 아이를 돌보는 거요."

"당신 아이라고? 이 폴럭스라는 자가 이제 당신 아이라고?"

"그렇소. 그애는 아이요. 그애는 내 가족이고, 내 사람이오."

결국 그것이다. 더 이상의 거짓말은 없다. *내 사람.* 그가 원하는 만큼이나 노골적인 대답이다. 그래, 루시는 *그의 사람*이다.

페트루스가 대답한다.

"당신은 일어났던 일이 나쁜 것이라고 말하고 있고, 나도 그것이 나쁘다고 생각해요. 그건 나쁜 거요. 하지만 그건 끝난 일이오."

그는 입에서 담뱃대를 떼고, 그걸로 허공을 격렬하게 찌른다.

"그건 끝난 일이란 말이오."

"그건 끝난 일이 아니오. 내가 무슨 말을 하는지 모른다고 시치미 떼지 마시오. 그건 끝난 게 아니오. 반대로, 그것은 막 시작되고 있소. 그것은 내가 죽고 당신이 죽은 후에도 오래오래 계속될 것이오."

페트루스는 이해하지 못하는 척 시치미를 떼지도 않고, 생각에 잠겨 그를 응시한다.

그가 마침내 말한다.

"그애는 그녀와 결혼할 겁니다. 그 애는 루시와 결혼할 겁니다. 다만 나이가 너무 어려요. 결혼을 하기에는 너무 어려요. 그 애는 아직도 어린애니까요."

"위험한 놈이고 어린 흉악범이며 자칼 같은 놈이오."

페트루스는 그 모욕을 무시한다.

"예, 그 애는 너무 어려요. 너무 어리다고요. 그 애는 어느 날인가 결혼할 수 있겠죠. 지금은 아니란 말이오. 내가 결혼하겠소."

"당신이 누구와 결혼한단 말이오?"

"내가 루시와 결혼하겠소."

그는 자기 귀를 믿을 수 없다. 그래 이것이로구나. 저 혼자 북치고 장구치던 게 모두 이걸 겨냥한 것이었구나. 이런 제안, 이런 급습! 페트루스는 다부지게 서서, 빈 담뱃대를 빨며 대답을 기다린다.

그가 조심스럽게 말한다.

"당신이 루시와 결혼하겠다니, 무슨 말인지 설명해 보구려. 아니, 차라리 설명하지 마시오. 이건 내가 듣고 싶은 말이 아니오. 이건 우리가 일을 처리하는 방식이 아니오."

우리. 그는 *우리 서양인들*이라고 말할 뻔한다.

페트루스가 말한다.

"그래, 알겠소. 알겠소."

그는 아예 낄낄낄 웃는다.

"당신한테 얘기하는데, 루시한테 가서 얘기하시오. 그렇게 되면 모든 게 끝나는 거요. 좋지 않은 것 모두가."

"루시는 결혼하는 걸 원치 않소. 남자와 결혼하는 걸 원치 않는단 말이오. 그것은 그 애에게는 선택사항이 아니오. 그것 이상으로 내 생각을 명확하게 말할 수는 없소. 그 애는 혼자 살고 싶어하오."

"그래요, 그건 알고 있어요."

페트루스를 과소평가하면 너무 어리석은 일이 될 것이다.

페투르스가 말한다.

"하지만 여긴 위험해요. 너무 위험해요. 여자는 결혼을 해야 해요."

그는 루시에게 나중에 말한다.

"나는 내 귀를 믿을 수 없었지만 그것을 가볍게 생각하려고 했다. 그런데 그건 순전히 협박이더구나."

"그건 협박이 아니에요. 그렇게 생각하시면 틀려요. 화를 내지 않으셨으면 좋았을 텐데."

"아니다. 나는 화를 내지 않았다. 나는 그의 제안을 전해주겠다고 했다. 그게 전부다. 나는 네가 관심없어 할 거라고 말해줬다."

"그때, 화나셨어요?"

"페트루스의 장인이 될 가능성에 화가 났느냐고? 아니지. 나는 당황하고 깜짝 놀라고 어이가 없었다. 그러나 화는 나지 않더구나. 나한테 그건 인정해줘야겠다."

"말씀드려야겠군요. 이게 처음은 아니에요. 페트루스는 꽤 오랫동안 그런 암시를 하고 있어요. 그의 가정의 일부가 되는 게 더 안전하다는 거죠. 그건 농담도 아니고 위협도 아니에요. 어떤 점에서 보면 그는 심각해요.”

“나는 그가 심각하다는 것을 의심하지는 않는다. 문제는 어떤 의미에서 그런가 하는 것이다. 그는 네가 그런 걸 알고 있니?”

“제가 이런 상태에 있다는 걸 그가 알고 있느냐는 말씀인가요? 그에게 얘기하지는 않았어요. 하지만 그의 부인과 그는 틀림없이 짐작하고 있을 거예요.”

“그렇다고 그가 마음을 고쳐먹지는 않겠지?”

“왜 그래야 하죠? 그렇게 되면 더, 제가 그의 가족이 될 텐데. 여하간, 그가 노리는 건 제가 아니라 농장이에요. 농장이 제 지참금이 되는 거죠.”

“하지만 루시, 이건 터무니없는 소리다! 그는 이미 결혼했다! 네 스스로 그가 두 아내를 거느리고 있다고 나한테 말했었다. 아무리 생각에 그치는 것이라고 해도, 넌 어떻게 그런 생각을 할 수 있니?”

“아버지는 요점을 파악하지 못하고 계세요. 페트루스는 저한테 교회에서 결혼식을 올리고 와일드 코스트로 신혼여행을 가자는 게 아니에요. 그가 제의하는 것은 제휴이자 거래예요. 저는 땅을 주고, 그 대신 그의 날개 밑으로 들어가는 거죠. 그러지 않으면, 저는 보호를 받지 못하는 좋은 사냥감이라고 경고를 하는 거죠.”

“그게 협박이 아니고 뭐란 말이냐? 개인적인 것은 어떠냐? 그 제안에는 개인적인 측면은 없는 거냐?”

“페트루스가 저하고 잠을 자기를 원할 거라는 말인가요? 자신의 의도를 저한테 전달하는 목적을 제외하면, 페트루스가 저와 잠을 자고 싶어하는지는 모르겠어요. 하지만 솔직히 저는 페트루스와 잠을 자고 싶지는 않아요. 그건 분명히 아니에요."

"그렇다면 우리는 더 이상 그 얘기를 할 필요가 없다. 내가 네 결정을 페트루스에게 전해줄까? 그의 제안을 수락하지 못한다고 말이다. 그 이유는 얘기하지 말까?"

"아뇨, 기다리세요. 페트루스한테 거만한 자세를 취하시기 전에, 제 처지를 객관적으로 생각해보세요. 객관적으로 보면, 저는 혼자 사는 여자예요. 저한테는 남자형제도 없어요. 아버지는 있지만, 멀리 계실 뿐만 아니라 여기에서 중요한 문제에 관한 한 아무 힘이 없어요. 그렇다면 제가 누구한테 보호해달라고 돌아서죠? 에팅거한테요? 에팅거의 등에 총알이 박히는 건 시간 문제예요. 현실적으로 말해서, 페트루스만 남아요. 페트루스는 큰 남자는 아닐지 몰라요. 하지만 그는 저처럼 작은 사람에게는 충분히 커요. 그리고 적어도 저는 페트루스라는 사람을 알아요. 저는 그 사람에 대한 환상은 없어요. 저는 제가 왜 숙이고 들어가는지 알고 있어요."

"루시, 난 케이프타운에 있는 집을 팔려고 하는 중이다. 나는 널 네덜란드에 보낼 준비가 되어 있다. 네가 여기보다 안전한 다른 곳에서 다시 시작하는 데 필요한 어떤 것도 해줄 준비가 되어 있다. 생각해보렴."

그녀는 그의 말을 듣지 않은 것 같다.

"페트루스한테 다시 가서서 이렇게 제안하세요. 제가 그의 보호를 받아들이겠다고요. 그가 우리 관계에 대해서 무슨 말을 하든, 그의 말을 반박하지 않겠다고 하세요. 만약 그가 사람들에게 저를 그의 셋째 부인으로 알리고 싶다면, 그렇게 하라고 하세요. 첩이라고 해도

괜찮아요. 그러면 아이도 그의 것이 되는 거죠. 아이는 그의 가족이
되는 거죠. 집이 제 앞으로 되어 있는 한, 땅도 그에게 양도한다고 하
세요. 저는 그의 땅에서 소작인으로 사는 거죠."

"소작인 (*bywoner*)."

"소작인이죠. 하지만 다시 말씀드리지만 집은 제 것이에요. 그를
포함한 어느 누구도 제 허락 없이는 이 집에 들어오지 못해요. 그리
고 저는 동물위탁소를 운영할 거예요."

"루시, 그건 실현가능한 게 아니다. 합법적으로 실현가능한 게 아
니란 말이다. 너도 그걸 알고 있다."

"그렇다면 어떤 제안을 하시겠어요?"

실내복을 입고 슬리퍼를 신은 그녀는 어제 신문을 무릎에 놓고 앉
아 있다. 그녀의 머리가 길게 흘러내려 있다. 그녀는 늘어지고 건강
치 못한 방식으로, 지나치게 살이 쪄 있다. 그녀는 점점, 자기들끼리
무슨 말인가를 속삭이며 발을 질질 끌고 양로원 복도를 돌아다니는
여자들 중 하나와 비슷해지고 있다. 페트루스는 왜 구태여 협상을 하
려는 걸까? 그녀는 오래 갈 수 없다. 그녀는 가만 놔두면 언젠가 썩
은 과일처럼 떨어져버릴 것이다.

"내가 제안을 했다. 그것도 두 가지를."

"아뇨, 저는 떠나지 않아요. 페트루스한테 가서서 제가 한 말을 전
하세요. 그에게 땅을 양도하겠다고 하세요. 땅도 가져가고 등기권도
가져가고, 모든 걸 다 가져가라고 하세요. 좋아할 거예요."

그들 사이에 말이 끊긴다.

이윽고 그가 말한다.

308

"정말로 굴욕적이구나. 그토록 원대했던 희망이 이렇게 끝나다
니."

"그래요, 저도 같은 생각이에요. 굴욕적이죠. 그러나 어쩌면 다시
시작하기에는 좋은 지점일 거예요. 어쩌면 저는 그것을 받아들이는
걸 배워야 할 거예요. 밑바닥에서 출발하는 걸 배워야죠. 아무 것도
없이. 어떤 것밖에 없는 상태가 아니라, 아무 것도 없이. 카드도 없
고, 무기도 없고, 재산도 없고, 권리도 없고, 위엄도 없고."

"개처럼."

"그래요, 개처럼."

23

오전이 반쯤 지난다. 그는 불독 케이티를 데리고 산책을 하고 있다. 놀랍게도 케이티가 그와 보조를 맞춘다. 그가 전보다 더 느려졌거나, 개가 전보다 더 빨라졌기 때문일 것이다. 개는 전과 같이 코를 쿵쿵거리고 숨을 헐떡인다. 하지만 그것이 더 이상 그의 신경을 자극하지는 않는다.

그들이 집에 도착하자, 그는 페트루스가 *내 사람*이라고 부른 그 애가 뒷벽에 얼굴을 대고 서 있는 걸 본다. 처음에는 그 애가 소변을 보고 있다고 생각한다. 그러나 그 애가 욕실 창문을 통해서 루시를 훔쳐보고 있다는 걸 깨닫는다.

케이티가 짖기 시작한다. 하지만 그는 그것에 주의를 하기에는 너무 정신이 팔려 있다. 그가 몸을 돌릴 때쯤, 그들은 이미 그에게 가 있다. 그는 손바닥으로 그의 얼굴을 후려갈긴다.

"돼지 같은 놈!"

그는 고함을 치면서, 그 애가 휘청거릴 정도로 한 대 더 갈긴다.

"더러운 돼지 같은 놈!"

그는 아프다기보다는 놀라서 달아나려고 하다가 제 발에 걸려 넘어진다. 즉시 개가 그에게 달려든다. 개가 이빨로 그의 팔꿈치를 문다. 개는 으르렁거리면서 앞발로 버티며 잡아당긴다. 그는 고통에 겨워 소리를 치며 빠져나가려고 한다. 그는 주먹으로 친다. 하지만 주먹에는 힘이 없고 개는 그걸 무시한다.

돼지 같은 놈! 그 말이 아직도 공중에서 울린다. 그는 그렇게 원시적인 분노를 느껴본 적이 없었다. 그는 그 애에게 어울리는 걸 해주고 싶다. 적당한 매타작. 그가 평생동안 하지 않으려고 애썼던 말이 갑자기 너무나 잘 들어맞는 것처럼 보인다. 본때를 보여주고, 그 놈에게 제 자리를 가르쳐줘라. 바로 이것이 그것이로구나! 야만인이 된다는 게 바로 이것이로구나!

그는 그 애를 아주 세게 발길질을 한다. 그러자 그 애가 옆으로 기어간다. 폴럭스! 무슨 이름이 그 따위야!

개는 위치를 바꿔 그 애의 몸에 올라타고 셔츠를 찢고 팔을 무섭게 물어뜯는다. 그 애는 개를 밀치려고 하지만, 개는 꿈쩍도 하지 않는다.

그 애는 고통에 겨워 소리를 지른다.

"아야 아야 아야 아야 아야!"

그 애가 소리를 지른다.

"너희들을 죽여버릴 거야!"

그때, 루시가 그곳에 나타난다.

그녀가 명령한다.

"케이티!"

개는 그녀를 힐끗 바라볼 뿐 말을 듣지 않는다.

루시는 무릎을 꿇고 개의 목줄을 잡고 부드럽고 다급하게 말한다. 개가 마지못해 물었던 걸 놓는다.

그녀가 말한다.

"너 괜찮니?"

그 애는 고통으로 신음한다. 콧물이 그의 코에서 흘러나오고 있다.

그 애가 신음소리를 낸다.

"너희들을 죽여버릴 거야!"

그 애는 울음을 터뜨릴 것 같다.

루시는 그 애의 소매를 접어올린다. 개의 이빨 자국이 여러 군데 나 있다. 그들이 바라보는데, 핏방울이 검은 피부에서 돋는다.

그녀가 말한다.

"자, 가서 씻자."

그 애는 콧물과 눈물을 들이마시며 고개를 젓는다.

루시는 실내복만 입고 있다. 그녀가 일어나자, 띠가 헐렁해지면서 젖가슴이 드러난다.

그가 딸의 젖가슴을 마지막으로 보았을 때, 그것은 새침을 떠는 장미 봉오리 같은 여섯 살배기 소녀의 젖가슴이었다. 이제 그 젖가슴은 무겁고 둥글고 젖이 나올 것 같아 보인다. 정적이 내려온다. 그가 쳐다본다. 그 애도 뻔뻔하게 쳐다본다. 눈 앞이 캄캄해지며, 다시 화가 솟구친다.

루시는 그들 둘에게서 돌아서서 몸을 가린다. 그 애는 아주 날쌘 동작으로, 닿지 않는 곳으로 몸을 피한다.

그 애가 소리친다.

"우리가 너희들을 모두 죽일 거야!"

그 애는 몸을 돌리고 의도적으로 감자밭을 짓밟는다. 그리고 몸을 굽히고 철조망 밑을 통과해 페트루스의 집으로 간다. 그 애는 팔을 만지면서도, 거만하게 걸어간다.

루시가 맞다. 그 애는 뭔가 잘못돼 있다. 머리 속의 뭔가가 잘못돼 있다. 젊은 남자의 몸을 갖고 있는 폭력적인 아이. 하지만 그가 이해할 수 없는 게 더 있다. 루시는 그 아이를 두둔해서 어쩌자는 것일까?

루시가 말한다.

"아버지, 계속 이렇게 할 순 없어요. 저는 페트루스와 그의 *부류들(aanhangers)*은 상대할 수 있어요. 저는 아버지도 상대할 수 있어요. 하지만 저는 모두를 한꺼번에 상대할 수는 없어요."

"그 놈은 창문으로 널 쳐다보고 있었다. 너 그걸 알고 있니?"

"그 애에게는 정신장애가 있어요. 정신장애가 있는 애라고요."

"그것으로 변명이 되니? 그것이 그 애가 너한테 한 짓에 대한 변명이 되냐?"

루시의 입술이 움직인다. 그러나 그는 그녀가 무슨 말을 하는지 알 수 없다.

그는 말을 계속한다.

"나는 그 놈을 믿지 않아. 그 놈은 속임수를 쓰고, 자칼처럼 냄새를 맡고 돌아다니며 못된 짓을 하려고 한다. 옛날 같으면, 그런 놈에게 맞는 단어가 있었다. 박약아, 정신 박약아, 도덕 박약아. 그 놈은 정신병원에 있어야 해."

"아버지, 그건 무모한 말씀이세요. 그런 얘기를 하시려면, 밖으로 하지 말고 속으로 하세요. 여하간에 아버지가 그 애에 대해서 어떻게 생각하시든, 그건 중요한 게 아니에요. 그 애는 여기에 살고 있으며, 한 줌의 연기처럼 사라지지도 않을 거예요. 그 애는 하나의 현실이에요."

그녀는 햇볕 때문에 눈을 가늘게 뜨고 그를 정면으로 바라본다. 케이티는 자기가 한 일에 만족해서, 숨을 약간 헐떡이며, 그녀의 발 옆에서 구부정한 자세를 취한다.

"아버지, 이런 식으로 계속 살 수는 없어요. 아버지가 돌아오시기 전까지는 모든 게 안정돼 있었고, 모든 게 다시 평화로워져 있었어요. 저는 주위가 평화로워야 해요. 저는 평화를 위해서는 어떤 것이라도, 어떤 희생이라도 치를 각오가 돼 있어요."

"나도 네가 희생시킬 것의 일부냐?"

그녀는 어깨를 으쓱한다.

"그런 의미로 말씀드린 건 아니었어요. 아버지가 그렇게 말씀하시는 거지."

"그렇다면 내가 가방을 싸겠다."

그 사건이 있은 지 몇 시간이 지났어도, 그의 손은 아직도 그때 상대방을 내리쳤던 것 때문에 얼얼하다. 그는 그 애가 했던 협박을 생

각하자, 분노로 속이 끓는다. 동시에 그는 자신이 부끄러워진다. 그
는 절대적으로 자신을 비난한다. 그는 아무에게도 교훈을 주지 못했
다. 특히 그 애에게는 그러지 못했다. 그는 단지 루시로부터 더 멀어
졌을 뿐이다. 그는 자신이 흥분한 모습을 그녀에게 보여줬고, 그녀는
분명히 자기 눈으로 본 그 모습을 못마땅해 했다.

그는 사과해야 한다. 하지만 그럴 수 없다. 그는 자기를 통제하지
못하고 있는 것 같다. 폴럭스를 생각하면 분노가 솟구친다. 못생기고
흐릿한 작은 눈, 무례함, 그리고 그 놈이 잡초처럼, 루시와 루시의 삶
에 뿌리를 내리게 만드는 걸 가만 놔두고 있다는 생각.

만약 폴럭스가 다시 그의 딸을 모욕하면, 그는 다시 때릴 것이다.
넌 사는 방식을 바꿔야 해!(Du musst dein Leben ändern) 그래, 그
는 그런 말에 귀를 기울이기에는 너무 늙었고, 변하기에도 너무 늙었
다. 루시는 폭풍우에 몸을 굽힐 수 있을지 모른다. 그러나 그는 그럴
수 없다. 자존심이 있는 한 그럴 수 없다.

그것이 그가 테레사의 말에 귀를 기울여야 하는 이유다. 테레사는
그를 구원할 수 있는 마지막 남은 사람일지도 모른다. 테레사는 자존
심 문제를 초월해 있다. 그녀는 젖가슴을 햇빛에 드러낸다. 그녀는
하인들 앞에서 밴조를 켜며, 그들이 능글맞게 웃든 말든 상관하지 않
는다. 그녀에게는 불멸의 염원이 있다. 그녀는 그녀의 염원을 노래한
다. 그녀는 죽지 않을 것이다.

그는 베브 쇼가 병원 문을 막 나설 때 거기에 도착한다. 그들은 낯
선 사람들처럼 주저하며 포옹한다. 그들이 한때 벌거벗고 서로의 팔

316

에 안겨 누워 있었다는 게 믿기 어렵다.

그녀가 묻는다.

"단순한 방문이신가요, 아니면 당분간 계실 건가요?"

"필요한 만큼 있을 거요. 하지만 루시와 같이 지내지는 않을 거요. 그 애와 나는 잘 맞지 않소. 시내에 방을 하나 구해야겠소."

"안됐군요. 문제가 뭐죠?"

"루시와 나 사이 말이오? 없기를 바라오. 고칠 수 없는 건 아무 것도 없소. 문제는 그 애가 사는 곳에 있는 사람들이오. 내가 가세하자, 숫자가 너무 많아졌소. 너무 작은 곳에 너무 많이 있어요. 병 속에 든 거미들처럼."

단테의 〈지옥〉에 나오는 이미지가 그에게 떠오른다. 끓는 기름 속에 영혼을 집어넣고 버섯처럼 삶는 거대한 스틱스의 늪. *분노에 정복당했던 저들의 영혼을 보라(Vedi l'anime di color cui vinse l'ira)*. 분노에 압도되어 서로를 갉아먹는 영혼들. 그 죄에 합당한 벌.

"당신은 페트루스와 같이 살려고 들어온 그 애에 대해서 말씀하시는데, 저도 그 애 인상이 좋지는 않아요. 하지만 페트루스가 거기 있는 한, 루시는 틀림없이 괜찮을 거예요. 데이비드, 루시가 스스로 해결책을 찾을 수 있도록 당신이 물러날 때가 된 것 같아요. 여자들에게는 적응력이 있거든요. 루시에게는 적응력이 있어요. 그리고 루시는 젊어요. 그녀는 당신보다 더 땅에 가깝게 살지요. 우리 둘 중 누구보다도 더."

루시에게 적응력이 있다? 그의 경험으로 보면 그건 아니다.

그가 말한다.

"당신은 자꾸 내게 물러나 있으라고 하는데, 내가 처음부터 물러나 있었다면 루시는 지금 어떻게 됐겠소?"

베브 쇼는 아무 말이 없다. 베브 쇼는 볼 수 있지만, 자신에게는 보이지 않는, 자신에 관한 어떤 게 있을까? 동물들이 그녀를 신뢰하기 때문에, 그도 그녀를 신뢰하고, 그에게 교훈을 가르치도록 해야 하나? 동물들은 그녀를 신뢰한다. 그런데 그녀는 그 신뢰를 이용해 그들을 죽인다. 거기에 무슨 교훈이 있는가?

그는 말을 더듬는다.

"만약 내가 물러나고 새로운 재앙이 농장에 닥친다면, 내가 어떻게 살아갈 수 있겠소?"

그녀는 어깨를 으쓱한다.

"데이비드, 그건 질문인가요?"

"모르겠소. 나는 문제가 뭔지 모르겠소. 루시 세대와 나의 세대 사이에 장막이 내려와버린 것 같소. 나는 그것이 내려올 때 눈치도 채지 못했는데."

그들 사이에 긴 침묵이 흐른다.

그는 계속한다.

"여하간 나는 루시와 살 수는 없소. 그래서 방을 찾고 있소. 그래함스타운에 쓸 만한 방이 있다면 나한테 알려주시오. 내가 온 주목적은 병원 일을 거들 수 있다는 말을 하기 위해서요."

베브 쇼가 말한다.

"마침 잘 됐군요."

그는 빌 쇼의 친구에게서 반톤짜리 픽업을 산다. 그는 1000랜드를 수표로 지불하고, 7000랜드를 그달 말일자 수표로 끊어준다.

그 남자가 말한다.

"어디에 쓰려고 그러십니까?"

"동물들 때문입니다. 개들 때문입니다."

"밖으로 뛰쳐나오지 않도록 뒤에 난간을 달아야겠군요. 제가 난간을 달아줄 사람을 알고 있는데."

"내 개들은 뛰어내리지 않아요."

서류상으로 보면, 그 트럭은 12년이 됐지만, 엔진 소리는 상당히 부드럽다. 여하간 엔진이 영원히 돌아갈 필요는 없겠지. 그는 이렇게 생각한다. 어떤 것도 영원히 지속될 필요는 없지.

〈그로콧스 메일〉지에 난 광고를 통해, 그는 병원 근처에 있는 방을 세낸다. 그는 이름을 루리라고 하고, 한 달치 집세를 미리 낸다. 그리고 여주인에게 그래함스타운에서 외래 치료를 받고 있다고 말한다. 그는 그 치료가 무엇인지 말하지 않는다. 그러나 그는 그녀가 그걸 암 치료라고 생각하고 있다는 걸 안다.

그는 돈을 물처럼 쓴다. 상관없다.

그는 캠핑 상점에서 투입식 전열기와 작은 가스 스토브와 알루미늄 냄비를 산다. 그는 그것들을 들고 방으로 들어가다가 여주인을 계단에서 만난다.

그녀가 말한다.

"루리 씨, 방에서는 요리를 하지 못하게 돼 있습니다. 불이 날 경우를 대비해서 그렇습니다."

방은 어둡고, 통풍이 안 되고, 가구는 너무 많고, 매트리스는 우툴두툴하다. 하지만 그는 다른 것들에 익숙해졌던 것처럼, 그것에도 익숙해질 것이다.

퇴직한 선생 하나도 그 집에서 산다. 그들은 아침식사를 놓고 인사를 나누고, 먹는 동안 아무 말도 하지 않는다. 아침식사 후 그는 병원으로 가서 하루를 보낸다. 일요일까지 포함해서 매일.

하숙집보다는 병원이 더 그의 집같이 된다. 그는 건물 뒤 텅 빈 곳에, 쇼의 집에서 가져온 탁자와 낡은 팔걸이 의자, 그리고 햇빛을 가리기 위한 파라솔로 쉴 곳을 만든다. 그는 가스 스토브를 가지고 와서 차를 끓이거나 스파게티, 미트볼, 생선 통조림을 데운다. 그는 하루에 두 번씩 동물들에게 먹이를 준다. 그는 그들의 우리를 청소하고 가끔 그들에게 얘기를 한다. 그게 아니라면, 책을 읽거나 존다. 혹은 생각이 떠오르면, 루시가 쓰던 밴조로 테레사 구이치올리에게 줄 음악을 만든다.

아이가 태어날 때까지는 이것이 그의 삶이 될 것이다.

어느 날 아침, 작은 소년 세 명이 콘크리트 담장 너머로 그를 내려다 본다. 그는 자리에서 일어난다. 개들이 짖기 시작한다. 흥분한 소년들이 담을 내려가 부리나케 달아난다. 집에 가서 얘기할 거리가 생긴 것이다. 개들 사이에 앉아서 혼자 노래를 부르는 미친 늙은이!

정말로 미쳤다. 그가 어떻게 그들한테, 그들의 부모한테, D마을 사람들에게, 테레사와 그의 연인이 이 세상에 다시 불려올 만한 일을 했다고 설명할 수 있겠는가?

24

테레사는 하얀 실내복을 입고 침실 창문에 서 있다. 그녀의 눈은 감겨 있다. 밤 중에서도 가장 어두운 시간이다. 그녀는 바람이 스치고, 황소개구리들이 울어대는 밤에 깊게 숨을 내쉰다.

그녀는 속삭임에 지나지 않는 목소리로 노래한다.

"*이 거대한 고독은 무슨 말을 하려고 하는가? 내 자신은 무엇인가?(Che vuol dir, Che vuol dir questa solitudine immensa? Ed io, che sono?)*"

침묵. 거대한 고독은 아무 말이 없다. 구석에 있는 삼중주마저 산쥐처럼 조용하다.

그녀가 속삭인다.

"오세요! 제발 내게로 오세요, 나의 바이런이여!"

그녀는 팔을 크게 벌려 어둠을 껴안고, 그것이 가져올 것을 껴안는다.

그녀는 그가 바람을 타고 와서 그녀를 감싸주고, 그녀의 젖가슴 우묵한 곳에 얼굴을 묻기를 바란다. 어떤 때는 그가 새벽을 타고 와서, 그녀에게 따뜻한 열기를 주는 태양신처럼, 지평선 위에 나타나기를 바란다. 그녀는 무슨 수를 써서라도, 그를 다시 갖고 싶다.

그는 개들이 있는 뒤뜰 탁자에 앉아, 테레사가 어둠을 바라보면서 애원하는 구슬프고도 너무나 간절한 목소리에 귀를 기울인다. 테레사에게는 지금이 그 달 중 좋지 않은 시간이다. 그녀는 몸이 쑤시고, 한 숨도 자지 못하고, 기다림에 지쳐 초췌해져 있다. 그녀는 고통으로부터, 여름 더위로부터, 감바 저택으로부터, 아버지의 못된 성깔로부터, 모든 것으로부터 구출되기를 바란다.

그녀는 의자에서 만돌린을 집어든다. 그녀는 어린애처럼 그것을 어루만지며 창가로 간다. 만돌린이 그녀의 팔에서, 그녀의 아버지를 깨우지 않을 정도로 부드럽게, *띠룽 따룽* 소리를 낸다. 아프리카의 황량한 뜰에서 밴조가 *띠룽 따룽* 소리를 낸다.

그저 장난삼아 해보는 거야. 그는 로잘린에게 이렇게 말했다. 거짓말. 오페라는 취미가 아니다. 더 이상은 그게 아니다. 그것은 밤낮으로 그를 사로잡고 있다.

이따금 괜찮은 순간이 있긴 하지만, 사실을 말하면 〈이탈리아에서의 바이런〉은 아무런 진척이 없다. 행동도 없고, 발전도 없다. 테레사가 텅 빈 허공에 대고 쏟아내는 길고 떠듬거리는 칸틸레나(Cantilena)가 있을 뿐이다. 그 소리는 이따금, 무대 밖에서 들리는 바이런의 신음과 한숨 소리에 중단된다. 남편과 연적인 정부는 잊혀지고, 존재하지 않는 거나 마찬가지다. 그 안에 있는 서정적인 충동

은 죽지 않았을지 모르지만, 몇십 년 동안 굶주려 있다 보니, 위축되
고 발육이 안 되고 으깨진 상태로 동굴에서 기어나올 수밖에 없다.
그는 〈이탈리아에서의 바이런〉을 단조로운 상태에서 벗어나게 할 음
악적인 기량도, 풍부한 에너지도 없다. 그것은 몽유병환자나 씀직한
작품이 되어 있다.

그는 한숨을 쉰다. 독특한 실내오페라 작가가 돼 개선하는 것도 괜
찮은 일일 것이다. 하지만 그런 일은 없을 것이다. 그의 희망은 더 온
건한 것이어야 한다. 그는 혼란스러운 소리 중 어딘가에서, 불멸의
염원을 담고 있는 진정한 음조가 한 마리 새처럼 날아올랐으면 하고
바란다. 그것을 인정하는 일은 미래의 학자들에게 남겨둘 것이다. 그
때도 여전히 학자들이 있다면 말이다. 그 음조가 나올 때는, 만약 그
것이 나온다면, 그는 그것을 직접 듣지는 못할 것이기 때문이다. 그
가 그걸 기대하기에는 예술과 예술의 방식에 대해서 너무나 많은 것
을 알고 있다. 루시가 죽기 전에 그걸 듣고 그를 조금 더 좋게 생각하
면 좋을 테지만.

가엾은 테레사! 가슴앓이를 하는 가엾은 여자! 그는 무덤에서 그녀
를 데려오면서, 그녀에게 다른 삶을 약속했다. 그런데 그는 그 약속
을 지키지 못하고 있다. 그는 그녀가 마음 속으로 그를 용서해주기를
바란다.

그는 우리에 갇힌 개들 중에서, 한 마리를 특별히 좋아하게 된다.
오그라든 왼쪽 뒷다리를 질질 끌고 다니는 수캉아지다. 그는 그 개가
본래 그렇게 태어났는지 어떤지 모른다. 은총의 시기는 거의 끝이 났
다. 그 개는 곧 주사바늘에 굴복해야 할 것이다.

그는 때때로, 어떤 걸 읽거나 쓰는 동안, 그 개를 우리에서 풀어줘 그 놈 나름의 그로테스크한 방식으로 뜰 주변을 뛰어다니게 하거나 그의 발 옆을 기웃거리게 놔둔다. 그것은 어떤 의미에서 보아도 '그의 것'이 아니다. 베브 쇼는 그 개를 *세 다리(Driepoot)*라고 부른다. 그러나 그는 그 개에게 이름을 붙여주지 않으려고 한다. 그런데도, 그는 그 놈에게서 그를 향해 흘러나오는 너그러운 애정을 감지할 수 있다. 제멋대로, 무조건적으로, 그는 선택을 받았다. 그는 그 개가 그를 위해 죽으라면 죽으리라는 걸 안다.

그 개는 밴조 소리에 매혹되어 있다. 그가 줄을 튕기면, 그 개는 앉아서, 머리를 쳐들고, 그 소리를 듣는다. 그가 테레사의 가락을 흥얼거리고, 그 흥얼거림 속에 감정 — 이런 때는 그의 후두가 부푸는 것 같고, 목에서 피가 쿵쿵 뛰는 게 느껴진다 — 이 부풀어 오르면, 그 개 역시 입맛을 다시며 노래를 하거나 울부짖는 것처럼 보인다.

그가 감히 그렇게 할 수 있을까? 개를 노래 안으로 끌어들여, 사랑에 번민하는 테레사의 노래들 사이에서, 하늘에 대고 자신의 슬픔을 토하게 할 수 있을까? 왜 안돼? 결코 공연이 되지 못할 작품이라면, 어떤 걸 해도 좋은 거 아닐까?

토요일 아침, 그는 약속대로, 루시의 노점 일을 도와주려고 동킨 스퀘어에 간다. 그는 일이 끝난 후, 그녀를 데리고 점심을 사 주러 간다.

루시는 움직임이 느려지고 있다. 그녀는 평온해 보이고 자기 생각에 열중한 표정이다. 아직 임신한 표시가 드러나지는 않는다. 하지만 만약 그가 그런 표시들을 보게 되면, 독수리 눈을 한 그래함스타운의 여자들이 그런 것을 보는 건 시간 문제 아닐까?

그가 묻는다.

"페트루스는 어떻게 지내니?"

"집은 완공되었어요. 천장과 배관을 제외하면 모두. 지금 입주하는 중이에요."

"그들의 아이는? 태어날 때가 되지 않았니?"

"다음 주래요. 모든 게 때에 아주 잘 맞아요."

"페트루스가 무슨 제안을 더 하더냐?"

"제안이라뇨?"

"너에 대해서, 네 위치에 대해서 말이다."

"아뇨."

"어쩌면 아이가…."

그는 그의 딸을 향해, 그녀의 몸을 향해, 아주 희미한 몸짓을 한다.

"아이가 태어나면 달라질지 모른다. 결국 그 아이는 이 땅의 아이일 것이니. 그들은 그걸 부인하지는 못할 것이다."

그들 사이에 오랜 침묵이 흐른다.

"넌 아이를 사랑하니?"

그 말은 그의 입에서 나온 것이었지만, 그것이 그를 놀라게 한다.

"아이요? 아뇨, 제가 어떻게 그럴 수 있겠어요? 하지만 저는 그럴 거예요. 사랑이 싹틀 거예요. 그것에 관한 한, 모성을 믿어야지요. 아버지, 저는 좋은 엄마가 될 작정이에요. 좋은 엄마이자 좋은 사람이 되겠어요. 아버지도 좋은 사람이 되려고 노력해 보세요."

"그건 나한테는 너무 늦은 것 같구나. 나는 형기를 채우고 있는 늙은 죄수일 뿐이다. 하지만 넌 앞으로 나아가거라. 네가 가는 길은 괜찮겠지."

좋은 사람이라. 그건 어두운 시대에, 그리 나쁜 결정은 아니다.

그는 무언의 합의에 따라, 당분간 그의 딸 농장에 가지 않는다. 그러나 주중의 어느 날, 그는 켄튼 가를 따라 차를 몰고 가서, 차를 분기점에 세워두고, 소로가 아니라 초원을 가로질러 나머지 길을 걸어간다.

마지막 구릉에 서자, 농장이 그 앞에 펼쳐진다. 예전처럼 견고한 옛날 집, 마굿간, 페트루스의 새 집, 오리임에 틀림없을 댐 위의 반점들, 기러기임에 틀림없을 더 큰 반점들, 멀리서 루시를 찾아온 손님들.

이렇게 떨어져서 보니까 화단은 자홍색, 홍옥색, 회청색 등의 색깔로 블록을 이루고 있다. 꽃이 피는 계절. 꿀벌들은 일곱 번째 천국에서 사는 게 틀림없다.

페트루스는 흔적도 없다. 그의 아내도 그렇고, 그들과 함께 사는 자칼 같은 머슴애도 그렇다. 하지만 루시는 꽃 사이에서 일을 하고 있다. 기슭을 내려가자 불독도 보인다. 그녀 옆의 길 위에 있는 한 조각의 황갈색.

그는 울타리에 도착하자 걸음을 멈춘다. 그에게 등을 돌리고 있는 그녀는 아직 그를 알아채지 못하고 있다. 그녀는 엷은 여름 드레스를 입고 장화를 신고 챙이 넓은 밀짚모자를 쓰고 있다. 그녀가 꽃을 자르고 묶기 위해 몸을 굽힐 때, 푸른 혈관이 드러난 우윳빛 피부와 그녀의 무릎 뒤쪽에 있는 크고 약한 힘줄이 보인다. 여자의 몸 중 가장 아름답지 못하고, 가장 표현적이지 못하고, 어쩌면 그래서 가장 사랑스러운 부분.

루시는 일어서서 몸을 폈다가 다시 숙인다. 들일, 태고적 농부들의 일. 그의 딸은 농부가 되어가고 있다.

그녀는 아직도 그를 의식하지 못한다. 집 지키는 개는 졸고 있는 것 같다.

그녀는 한때, 자기 어머니 몸 속에 있는 작은 올챙이에 지나지 않았다. 그런데 지금 그녀는 확실하게, 그가 지금까지 그랬던 것보다 더 확실하게, 살고 있다. 그녀는 운이 좋으면 오랫동안, 그보다 오랫동안 있을 것이다. 운이 좋으면, 그가 죽은 후에도 이 화단에서 평범한 일을 하며, 여기에 있을 것이다. 그녀의 안에서 새로운 존재가 태어날 것이다. 그리고 그 존재는 견고하고 오래 지속될 것이다. 그렇게 존재의 선은 이어질 것이다. 그가 거기서 맡았던 역할이 속절없이 희미해지다가 결국 잊혀질 때까지, 그 선은 이어질 것이다.

할아버지가 된다는 것. 누가 그걸 생각했으랴! 그가 할아버지 하고 자자고 어를, 얼마나 예쁜 딸이 태어날까?

그는 부드럽게 딸의 이름을 부른다.

"루시!"

그녀는 그의 말을 듣지 못한다.

할아버지가 되는 덴 뭐가 필요할까? 그는 대부분의 사람들보다 더 열심히 노력했지만, 아버지로서는 별로 성공적이지 못했다. 어쩌면 그는 할아버지로서도 평균 이하의 점수를 맞을 것이다. 그에게는 침착함과 인정과 관용 등 나이든 사람이 갖게 되는 미덕이 없다. 하지만 어쩌면 다른 미덕들이 사라지면서, 예를 들어 정열의 미덕 같은 게 사라지면서, 다른 미덕들이 나타날 수도 있을 것이다. 그는 할아버지에 관한 대표적 시인, 빅토르 위고를 다시 읽어볼 필요가 있다. 배울 게 있을지 모른다.

바람이 잔다. 영원히 계속되었으면 싶은 완벽한 정적이 깃들이는 순간이다. 부드러운 태양, 오후의 정적, 꽃밭 속에서 바삐 움직이는 벌들, 밀짚모자를 쓰고 약간 배가 부른, 그림 한가운데에 있는 젊은 여인. 영원한 여인(*das ewig Weibliche*). 사르젠트(Sargent)나 보나르드(Bonnard)를 위해 미리 만들어놓은 듯한 장면. 그와 같은 도시 사람들. 하지만 도시 사람들조차 아름다움을 보면 알아보고, 입이 벌어질 수 있다.

진실을 말하자면, 그는 워즈워스를 그렇게 읽고서도, 시골생활에 별로 눈길을 주지 않았다. 하기야 예쁜 여자들을 제외하면 아무 것에도 별로 눈길을 주지 않았다. 그것은 어디서 그를 붙들었지? 지금은 눈을 교화시키기에는 너무 늦은 걸까?

그는 목청을 가다듬고 더 크게 부른다.

"루시."

마법이 깨진다. 루시는 몸을 반듯이 세우고 반쯤 돌아서서 웃는다.

"오셨어요. 못 들었어요."

케이티는 머리를 들고, 그가 잘 보이지 않는 듯이 이쪽을 바라본다.

그는 울타리를 오른다. 케이티는 어렵게 그에게 다가와서 그의 구두 냄새를 맡는다.

"트럭은 어디 있어요?"

그녀는 일을 해서 얼굴이 붉게 상기되어 있다. 약간 햇볕에 그을어 있기도 하다. 갑자기 그녀가 건강해 보인다.

"차를 세워놓고 걸어왔다."

"들어가서 차 드실래요?"

그녀는 손님에게 하듯 그렇게 제의한다. 좋다. 손님의 신분, 방문, 새로운 발판, 새로운 출발.

다시 일요일이 돌아온다. 그와 베브 쇼는 하나를 *처리(Lösung)*하고 있다. 그는 하나씩 하나씩 고양이들을 데리고 들어온다. 그런 다음에는 개들을 데리고 들어온다. 늙고, 앞을 못 보고, 절뚝거리고, 불구가 된 개들. 그중에는 어리고 건강한 개도 있다. 기한이 다 된 존재들. 베브는 하나씩 하나씩 그들을 만져주고, 그들에게 얘기하고, 그들을 달래고, 그들을 처리한다. 그리고 그녀는 물러나서, 그가 검은 플라스틱 수의로 시체를 봉하는 것을 지켜본다.

그와 베브는 아무 말도 하지 않는다. 그는 그녀로부터, 그들이 죽이는 동물에게 모든 관심을 쏟고, 사랑이라는 이름으로 부르는 데 더 이상 어려움을 느끼지 않을 어떤 것을 그 동물에게 주는 법을 배웠다.

그는 마지막 자루를 묶어 문으로 가져간다. 스물 세 마리째. 이제 한 마리가 남았다. 음악을 좋아하는 개. 기회가 반만 주어졌어도, 자기 동료들의 뒤를 따라 벌써 병원 건물로 터벅터벅 걸어 들어가, 생

전에 만나지 못했던 자들의 것을 포함한 강한 냄새들에 뒤섞여 아직
도 어른거리는, 소멸의 냄새와 방출된 영혼의 부드럽고 짧은 냄새가
아직도 어른거리는, 아연을 입힌 탁자가 있는 현장으로 들어갔을 그
개.

그 개가 헤아리지 못할 것은, (*영원히 그러지 못할 거야!* 그는 그렇
게 생각한다.), 그의 코가 그에게 얘기해주지 않을 것은, 평범한 방처
럼 보이는 그곳에 들어가면 어째서 다시 밖으로 나갈 수 없는가 하는
것이다. 무엇인가가, 말할 수 없는 무엇인가가 이 방에서 일어난다.
여기에서 영혼이 몸으로부터 쫓겨난다. 그것은 꼬이고 비틀려 잠시
공중에 떠돈다. 그런 다음 빨아들여지고 사라진다. 그것은 그의 한계
밖일 것이다. 방이 아니라, 한 존재가 존재 밖으로 새어나가버리는
구멍.

항상 더 어려워져요. 베브 쇼는 언젠가 이렇게 말했다. 더 어려워
지지만 더 쉬워지기도 한다. 사람은 어려워지는 것들에 익숙해진다.
너무너무 어렵던 것이 아직도 더 어려워질 수 있다는 데, 더 이상 놀
라지도 않는다. 그가 원한다면 또 한 주일 동안 그 어린 개를 살려줄
수 있다. 하지만 그가 그 개를 베브 쇼의 수술실로 데려가고(어쩌면
그는 그 개를 팔에 안고 갈 것이다. 어쩌면 그는 그 개를 위해 그렇게
할 것이다.), 그 개를 껴안고 바늘이 혈관을 찾을 수 있도록 털을 빗
겨주고, 그 개에게 뭔가를 속삭여주고, 그 개의 다리가 후들거릴 때
몸을 받쳐주고, 그런 다음 영혼이 나가면 그 개를 접어서 자루에 싸
서 넣고, 다음 날에는 자루를 불길에 밀어넣고, 그 개가 타고, 그 개
가 다 타버리는 것을 보는 날이 오고 말 것이다. (그건 피할 길이 없

다.) 그건 충분히 적은 것이다. 적은 것보다 못할 것이다. 아무 것도 아닐 것이다.

그는 수술실을 가로지른다.

베브 쇼가 묻는다.

"그게 마지막이었나요?"

"하나 더 있소."

그는 우리 문을 연다.

그는 몸을 숙이고 팔을 벌리며 말한다.

"이리 와."

개는 불구가 된 뒷몸을 흔들고, 그의 얼굴에 코를 대고, 그의 볼과 그의 입술과 그의 귀를 핥는다. 그는 그것을 제지하려고 하지 않는다.

"이리 와."

그는 한 마리의 양처럼 개를 팔에 안고, 수술실로 다시 들어간다.

베브 쇼가 말한다.

"난 당신이 이 개를 한 주 더 살려줄 거라고 생각했어요. 이 개를 단념하시는 건가요."

"그렇소, 단념하는 거요." (끝)

"정상에 오른 작가가 쓴, 음악 없는 미니 오페라"
— '아이스 피켈로 얻어맞는 느낌'을 주는 소설

왕은철〈문학평론가 · 전북대 영문과 교수〉

1940년 케이프타운에서 90마일쯤 떨어진 우스터(Worcester)에서 태어나, 수학, 언어학, 컴퓨터, 문학 등을 전공한 쿳시(J. M. Coetzee)는 "지적인 힘과 균형적 스타일, 역사적 비전과 윤리적 통찰력을 독특한 방식으로 통합"시킨 독창적인 작가라는 평가를 받는다. 한 작가에 대한 평가가 이보다 더 좋을 수는 없을 것이다. 이는 윤리성, 역사성, 정치성, 문학성 등을 모두 갖췄다는 평가로서, 작가라면 누구나 도달해보고 싶은 최고의 경지가 아닐 수 없다. 부커상을 비롯한 세계의 각종 문학상들을 휩쓸다가, 결국 2003년도의 노벨문학상까지 수상하게 된 것은 결코 우연이 아니었다.

쿳시가 지금까지 발표한 소설들은 2003년에 나온 〈엘리자베스 코스텔로〉(Elizabeth Costello)까지 다 합해도 아홉 권에 불과하다. 그리고 그의 소설들은 한결같이 짧다. 다른 작가들의 장편소설에 비하면 반밖에 안 될 정도로 짧다.

이는 그가 리얼리즘이 아니라 미니멀리즘을 추구하는 작가이기 때문에 생기는 현상이다. 리얼리티를 재현할 수 있다고 믿으며 스토리 전개에 치중하는 리얼리즘 작가들과 달리, 쿳시는 최대한의 것을 최소한의 언어에 응축시키고자 하는 미니멀리스트이다. 그러니 소설이 마냥 늘어질 수가 없는 것이다. 늘어지는 것을 배격하고자 하는 것이 미니멀리즘의 속성인 까닭이다.

쿳시의 소설을 읽을 때 느껴지는 폭발적인 힘은 사유의 무게를 최소한의 언어로 담아낼 수 있는 그의 천재적인 능력에 기인한다. 결국 그의 소설은 관념적일 수밖에 없다. 그가 카프카와 도스토옙스키, 베켓에게서 심오한 영향을 받았다는 것은 놀라운 일이 아니다. 그는 한오라기의 감상도 없이 세상을 바라보며, 그 사유의 폭과 깊이를 소설이라는 그릇에 담을 줄 아는 몇 안 되는 작가이다. 스웨덴 한림원이 말한 바와 같이, 그는 한없이 회의적인 작가(doubter)이다. 그는 인류가 지구상에 존재한 이래, 이런저런 형태로 존재해온 제국주의, 식민주의, 권력, 성, 인종 등의 문제를 소설 속에서 사유하며 차원높은 경지로, 내 생각에는 거의 종교적인 경지로까지 끌어올린 작가이다.

그의 노벨상 수상은 소설을 "사유의 한 방식"이라고 생각하는 그의 독창적인 소설미학이 있었기에 가능한 것이었다. 세월이 흘러서 남아프리카의 참담한 비극적 식민사가 잊혀진다 해도, 그의 소설이 갖는 보편성과 사유의 깊이는 그대로 남아 그것을 읽고 접하는 사람들의 마음을 두고두고 편치 않게 만들 것이다.

* * *

　쿳시의 진면목을 드러내주는 〈추락〉(Disgrace)──disgrace는 직역하면 '치욕'이어야 하겠지만, 여운을 남기고자 하는 의도에서 '추락'이라고 했다──은 영어권에서 최고의 상인 부커상을 세계 최초로 두 번 수상하는 영광을 그에게 안겨준 소설이다(부커상은 미국인에게만 주어지는 퓰리처상보다 훨씬 권위있는 상이다. 사실 쿳시는 1999년, 미국에서 외국인에게 주어지는 퓰리처상이라고 할 수 있는 래난(Lannan)문학상을 〈추락〉으로 수상하였으니 결국, 퓰리처상을 수상한 거나 마찬가지다). 당시 부커상 심사위원 중 한 사람이었던 보이드 톤킨(Boyd Tonkin)은 10월 3일, 쿳시의 노벨상 수상이 결정된 직후 영국의 《인디펜던트》지에 기고한 글에서, 〈추락〉을 읽고 "아이스 피켈(ice-axe)로 얻어맞은 느낌을 받았었다"고 술회하고 있다. 그에 따르면, "엄격하고 비정하고 정교하게 쓰인 쿳시의 소설은 새로 탄생한 남아프리카한테 두들겨 맞아 개처럼 코너로 꼼짝 못하게 몰리고, 굴욕을 당한 진보적 학자에 관한 이야기인데, 이 소설에서 그는 사랑, 섹스, 정치의 한계만이 아니라 인간성 자체의 한계를 테스트했다." 부커상 심사위원들이 한 작가에게 상을 두 번 주지 않는다는 전례를 깨고 쿳시에게 그 상을 줄 만큼, 〈추락〉은 품격높은 소설이다. 심사위원들은 쿳시가 수상식에 참석하지도 않을 것이고 이후의 "만찬장에서도 그의 자리가 비어있을 것이라는 걸 알면서도 그를 선택했다"고 한다. 심사위원들은 쿳시가 "상업성에 휘말리기 싫다"는 이유로 전에도 수상식에 참석하지 않았다는 걸 알고 있었던 것이다. 톤킨이 말한 바와 같이, 〈추락〉에 나오는 아이러니는 "오싹하고 까다롭고 난해하고, 그의 생각은 위협적으로 들린다." 그러나 그는 "이 시대의 작가들 중 가장 타협을 하지 않는 작가일 뿐만 아니라 가장 분명하고 가장 용감한 작가들 중 한 사람이다." 그렇다. "뼛속까지 파고드는 진실"(《뉴욕타임스》 서평)을 얘기하고자 하는데 무슨 타협이 있을 수 있겠는가.

쿳시는 1998년, 남아프리카의 현재상황에 대해 어떻게 생각하느냐는 나의 질문에 "우리는 현재, 옛것과 새것이라고 희망했던 것 사이의 불안하고, 점점 더 편치 못한 틈에 있는 것 같다"고 말한 바 있다. 〈추락〉이 1999년에 발표되었으니, 어쩌면 쿳시는 〈추락〉을 집필하고 있던 시점에서 이 말을 했을 것이다. 여하튼, 보는 사람에 따라서는, 남아프리카의 변화된 정치현실에 박수와 갈채를 보내지 않고 그것에 수반된 갈등이나 후유증, 그리고 그 미래를 우울하고 회의적인 눈으로 응시하는 쿳시의 소설이 못마땅할 수도 있을 것이다. 백인정권이 종식되고 흑인정권이 들어서며 "무지개 나라"를 꿈꾸는 남아공 사람들에게는 더욱 그럴지 모른다. 지배계층이었던 백인 여성이 흑인들에게 성폭행을 당하고 땅마저 빼앗기는 상황을 묘사한 쿳시의 소설을 읽으며 남아공 사람들이 극도로 불편한 생각을 갖는 것은 어쩌면 당연한 것이기도 하다. 그러나 그런 식으로 쿳시의 소설을 대하면, 의심과 회의의 눈길로 세상을 관조하며, 서구문명이 기초하고 있는 "잔인한 합리성"을 해체하고 인간의 심리를 유례가 없을 정도의 깊이로 해부한 그의 예술적 성취를 폄하하는 오류를 범하게 된다. 쿳시는 역사적 리얼리티를 포착하려 하면서도, 단순한 리얼리즘에 머무르는 소설을 쓰는 걸 거부해온 작가인 것이다. 카프카에게서 낙관적인 비전을 기대한다는 것 자체가 무리이듯, 쿳시에게서 낙관이나 단순한 긍정을 기대한다는 자체가 애당초 무리인 것이다. 쿳시의 말을 빌리면, 그의 소설이 지향하는 것은 "벌어진 틈, 거꾸로 된 것, 아래쪽에 있는 것, 베일에 가려진 것, 어두운 것, 묻힌 것, 여성적인 것 등 타자를 읽는 데 있다." 그의 소설들이 그러한 입장에서의 세상읽기라면, 그 테두리 내에서 그의 문학세계를 평가할 필요가 있을 것이다. 세상을 바라보는 그의 시각은 어두울지 모르지만, 무엇보다 중요한 것은 그 어두움이 단 한 번도 예외없이, 유례가 없을 정도의 언어적 명징성과 완벽성을 통해 전달된다는 것이다. 읽고난 후에도 사람의 마음을 끊임없이 불편하게 만들고, "아이스 피켈로 얻어맞은 느낌"을 갖게 만드는 〈추락〉은 쿳시의 이러한 면모를 보여주기에 충분한 소설임이 분명하다.

쿳시의 소설은 사람을 불편하게 만들고, 때로는 사념의 늪에 빠뜨려 허우적거리게 만든다. 상호배타적인 양자택일 방식이나 이분법적 흑백논리보다는, 회의적인 눈으로 이것도 저것도 아니고 흑도 백도 아닌, 가치의 회색지대를 바라보고 사유하기 때문이다. 그의 소설은 따라서 메시지를 지향하지 않는다. 제3세계권의 소설들이 대부분, 메시지 지향적인 것에 비하면 추구하는 방향 자체가 다르다. 식민주의 역사와 독재, 인종 분규 등 수많은 문제들이 산적해 있는 제3세계권의 국가에서, 문학작품이 메시지를 지향하는 것은 어쩌면 당연한 일일지 모른다. 그러나 메시지를 지향해야 하는 문화적 현실은 작가가 운신하는 폭을 좁게 만드는 법이다. 사회와 역사가 획일적인 리얼리즘 문학을 강요하며 작가의 상상력에 재갈을 물리기 때문이다. 그래서 그는 남아공의 식민주의적 리얼리티를 외면하지 않으면서도 제3세계 문학의 편협성을 벗어나려고 했다. 그가 후기구조주의나 포스트모더니즘 등의 현대이론과 맞닿아 있으면서도, 그 이론이 빠져들기 쉬운 자기중심적이고 유희적인 함정에 빠지지 않고, 식민주의와 제국주의의 문제를 중심에 놓고 있는 소설을 써온 것은 제3세계 작가로서 책임감을 외면하지 않음과 동시에, 보다 넓은 세계문학의 도도한 흐름에 합류하려는 속 깊은 생각에서 기인한 것이었다.

＊　＊　＊

이 책을 읽는 독자가 유념하면 좋을 몇 가지 사항을 적어보려 한다.

가끔 우리말 번역에 원어가 딸려 있는 부분들이 있을 것이다. 원어를 없애는 것이 보기에도 깔끔할 것 같아 그렇게 해볼까도 생각해 봤지만 아무래도 몇 군데는 원어를 보충해야 소설의 묘미를 살릴 수 있을 것 같아 그것을 괄호 안에 넣어 처리하기로 했다. 이 소설은 영어로 된 소설인데, 주인공 루리 교수는 종종 영어가 아니라 라틴어, 독일어, 프랑스어, 이탈리아어 등의 언어로 사고를 한다. 이탤릭체로 처리되어 있는 곳은 대부분 주인공 데이비드 루리 교수의 그러한 현학적인 면을 보여주기 위한 것이다. 그것은 이 소설의 내러티브가 루리의 시각을 통해 전개되기 때문에 불가피한 일이다. 나머지 부분에서 원어를 괄호 속에 처리한 것은 인물들이 사용하는 언어가 영어가 아니라 네덜란드계 백인들의 언어인 아프리칸스어(Afrikaans)임을 나타내거나, 어떤 것을 특별히 강조하기 위한 것이거나, 생소한 단어나 인명을 확인해 주기 위한 것이거나, 다른 책에 나오는 것을 인용할 경우다.

이 소설의 주인공 데이비드 루리와 그의 딸 루시 사이에 오가는 대화를 번역하는 과정에서 약간의 변화가 있었다. 소설 속에서 루시는 그녀의 아버지를 아버지라 부르지 않고 데이비드라고 부른다. 처음에는 그것을 곧이곧대로 번역했으나 아무래도 마음에 걸려 작가와 상의한 결과, 그것이 우리 정서에 맞지 않으니 공손한 어조로 대치하는 것이 좋겠다는 쪽으로 합의했다. 우리나라에서는 천부당 만부당한 일이겠지만, 서양에서는 아버지와 자식이 서로의 이름을 부르는 경우가 있다. 흔한 일은 아니지만 아주 진보적인 가정에서는 그런 경우가 있다는 말이다. 독자는 이 점을 염두에 두고 데이비드와 루시 사이에 오가는 대화를 읽을 필요가 있을 것 같다.

이 소설은 백인정권이 종식되고 흑인에게 정권이 이양된 남아프리카를 무대로 설정하고 있다. 따라서 파란만장한 남아프리카의 역사를 염두에 두고 이 책을 읽으면 좋을 것 같다. 그저 단순한 것처럼 보이는 사건이나 대화나 행동에는 남아공의 비극적 역사가 지워지지 않는 얼룩처럼 묻어 있다. 그리고 수백 년에 걸친 백인 식민주의는 이 소설에서 벌어지는 흑백간의 갈등과 폭력의 원인을 제공한다. 남아프리카는 바로 지금, 그러한 폭력의 와중에 있다. 데이비드와 루시가 느끼는 나름대로의 위기의식은 어쩌면 대다수 백인들이 느낌직한 위기의식이며, 페트루스와 흑인 강도들이 백인들에게 느끼는 적대감은 어쩌면 대다수 흑인들이 느낌직한 적대감이다.

쿳시의 산문 스타일은 독특하다. 그는 아주 단순한 문장만을 사용하고, 때로는 주어도 없고 목적어도 없는 문장을 사용한다. 형용사나 부사만 달랑 있는 경우도 있다. 그래서 그의 문장은 때로 불완전하다. 그런데 흥미로운 것은 불완전한 문장이 글의 흐름에 리듬감을 준다는 사실이다. 주어가 없거나 형용사만이 있는 문장은 그 자체로서는 불완전할지 모르지만, 인간의 사고가 언제나 완전한 문장을 통해 이뤄지는 게 아니라는 점에서 오히려 더 자연스러울 수 있다. 이런 특성을 가진 쿳시의 산문 스타일을 제대로 이해하기 위해서는 소설을 천천히 읽을 필요가 있을 것 같다. 어차피 길지도 않은 소설이니 그 아름다움과 폭발적인 힘을 음미하면서 말이다. 그렇게 하면, 어떤 학자가 〈추락〉을 두고 했던 말처럼, "정상에 오른 작가가 쓴, 음악이 없는 미니 오페라"의 아름다움과 힘을 다소나마 느낄 수 있을 것이다.

개정판 작업을 하면서 다시 한 번 실감한 바지만, 〈추락〉은 놀랍도록 처연하고 아름다운 소설이다. 가령, 쿳시의 동료이자 유명작가인 안드레 브링크(Andre Brink)가 "이 소설의 백미"라고 말한 바 있는 마지막 장을 보라. 이처럼 통렬하고 비극적인 정조를 느끼게 하는 결말을 가진 소설이 세상에 또 있으랴 싶다. 주인공이 켜는 밴조 소리에 매혹되어 "입맛을 다시며 노래를 하거나 울부짖는 것처럼 보이는," 오그라든 왼쪽 뒷다리를 질질 끌고 다니는 수캉아지가, 안락사를 시키는 사람의 손에 넘겨지는 처연한 장면이, 그 개를 안락사시키도록 넘겨주는 당사자인 주인공의 처연한 상황과 오버랩되는 결말은

이 소설이 왜 "미니 오페라"라고 불리는지 실감케 해준다. 나는 이처럼 결말이 완벽하게 처리된 소설을 많이 알지 못한다. 얄미울 정도로 완벽한, 아니 다시 읽으면 읽을수록 더 완벽해지는, 도무지 빈틈을 보이지 않는 소설이다. 빈틈이 없어서, 그리고 기댈 인물이 없어서, 독자를 때로 힘들게 만드는, 그래서 비정하게까지 느껴지는 소설이라고나 할까. 이는 〈추락〉에만 해당하는 게 아니고 쿳시의 소설 모두에 해당하는 말이기도 하다.

* * *

나는 이 소설을 번역하던 1999년에, 케이프타운 대학의 펠로이자 객원교수로 있었는데, 이 소설을 번역하게 된 것은 전적으로 나에 대한 쿳시의 신뢰와 배려 덕분이었다. 내가 번역을 시작할 당시, 쿳시는 나를 번역자로 지정하여 그의 에이전트에게 통보해 놓고 있었다. 나는 케이프타운대학에서 〈추락〉을 번역하는 동안, 그의 연구실을 찾아가서, 혹은 그가 없는 동안은 이메일을 통해서, 그를 퍽이나 귀찮게 했었다. 〈야만인을 기다리며〉, 〈페테르부르크의 대가〉, 〈철의 시대〉를 번역할 때도 나는 그와의 인연을 담보삼아 그렇지 않아도 바쁜 그를 적잖이 귀찮게 했다. 그때마다 그가 보여준 친절함과 자상함을 생각하면 가슴이 뭉클해진다.

나는 이번에 개정판 작업을 하면서 여러 군데의 오역을 찾아내 바로잡았고 어색한 표현들도 손을 봤다. 낯간지러운 말이긴 하지만, 쿳시의 소설 번역은 〈추락〉이 처음 것이어서 스타일도 제대로 살리지 못했던 것 같고, 오역도 그만큼 많지 않았나 싶다. 여하튼, 개정판 작업을 하는 과정에서 확인한 오역들은 내가 미처 찾아내지 못한 그 이상의 오역들이 얼마든지 있을 수 있음을 암시하는 것 같아 나를 불안하게 한다. 그리고 과연 나의 번역이, 쿳시의 산문이 지닌 우아함과 힘을 제대로 전달하지는 못할망정, 그것의 분위기나 맛이라도 부분적으로나마 살리고 있는지 모르겠다.

2004년 봄 역자

1940　　남아프리카 공화국의 케이프타운에서 한 시간 떨어진 우스터에서 출생

1960-3　케이프타운대학 영문학 및 수학 학사, 영문학 석사

1962-3　IBM영국지사 컴퓨터 프로그래머, 영국 국제컴퓨터시스템 컴퓨터 프로그래머

1969　　텍사스주립대 영문학 박사

1968-71 뉴욕주립대(버팔로) 영문과 교수

1972-2001 남아프리카공화국 케이프타운대학 영문과 교수, 종신펠로, 석좌교수

1974　　소설 〈더스크랜즈〉(Dusklands) 출간

1977　　〈나라의 심장부에서〉(In the Heart of the Country) 출간, 남아프리카 최고의 상인 CNA상 수상

1978　　모폴로 플로머상 수상

1980　　소설 〈야만인을 기다리며〉(Waiting for the Barbarians) 출간, 제임스 테이트 블랙 기념상, 제프리 파버상, CNA상 수상

1981　　남아공 최고 권위의 문학비평상인 토마스 프링글상 수상

1983　　소설 〈마이클 K〉(Life and Times of Michael K) 출간, 부커상, CNA상 수상, 아프리칸스어 소설 번역 〈바오밥 나무 원정〉(Expedition to the Baobab Tree) 출간

1985　　프리 페미나 에트랑제상 수상

1986　　소설 〈포우〉(Foe) 출간, 안드레 브링크와 공동편집 〈갈라진 땅--남아공 독자〉(A Land Apart: A South African Reader), 네덜란드 소설 번역 〈사후의 고백〉(A Posthumous Confession) 출간

1987　　예루살렘상 수상

1988　　학술서 〈백인의 글〉(White Writing) 출간

1989　　뉴욕주립대(버팔로) 명예 문학박사

1989　　영국 왕립문학회 펠로, 미국 MLA 명예회원, 세발리에 문학상, 토마스 프

링글상 수상
1990   소설 〈철의 시대〉(Age of Iron) 출간, 선데이 익스프레스상 수상
1991   미국 예술원 명예회원
1992   〈에세이 및 인터뷰〉(Doubling the Point: Essays and Interviews) 출간
1994   소설 〈페테르부르크의 대가〉(The Master of Petersburg) 출간, 프레미오 몬델로상 수상
1995   프레미오페로니아상, 영연방작가상, 아일랜드 타임즈 국제소설상 수상, 케이프타운대학 명예 문학박사
1996   〈검열에 관한 에세이들〉(Giving Offense: Essays on Censorship), 나탈대학, 스키드모어대학 명예 문학박사
1997   자전적인 〈소년기〉(Boyhood: Scenes from Provincial Life) 출간, 미국 평론가상 수상
1999   소설 〈추락〉(Disgrace) 출간, 〈동물들의 삶〉(The Lives of Animals) 출간, 부커상을 세계 최초로 2회 수상, 로즈대학 명예 문학박사, 외국인에게 주어지는 미국 최고의 상인 래난 문학상 수상
2001   〈문학에세이〉(Stranger Shore: Literary Essays, 1986-1999) 출간, 케이프타운대학 교수직을 사임하고 오스트레일리아의 아델라이데로 이주
2002   자전적인 〈청년기〉(Youth: Scenes from Provincial Life II) 출간
2003   소설 〈엘리자베스 코스텔로〉(Elizabeth Costello) 출간, 노벨문학상 수상, 현재 미국 시카고대학 교수, 오스트레일리아 아델라이데대학 교수